初めての梅

船宿たき川捕り物暦

樋口有介

JN075838

祥伝社文庫

目次

初めての梅

船宿たき川捕り物暦

一

軒庇《のきびさし》の下、格子戸《こうしど》の桟《さん》と羽目板《はめいた》との間に 柊《ひいらぎ》と鰯《いわし》の頭をさす。

この世に蔓延《まんえん》する邪気は尖《とが》り物と悪臭を嫌うという俗信から、節分にはどこの家でも柊の葉と鰯の頭をさし飾る。今年の暦《こよみ》では節分が暮内《くれうち》にきて、明日はもう立春、凛《りん》とした冷気が堀江町《ほりえちょう》の往還《おうかん》を清浄にし、思案《しあん》橋の方向から親父《おやじ》橋の方向へ百 姓体《ひゃくしょうてい》の男が二人、煤払《すすはら》いの竹を担《かつ》いでいく。

暖簾《のれん》が割れてお葉《よう》が顔を出し、柊と鰯の頭をななめ上に見あげて、くすっと笑う。

「お前さん、上出来だよ」

「これぐらいは造作《ぞうさ》もない」

「それだって……」

云《い》いかけてまたくすっと笑い、流し目を送っただけで、お葉が暖簾の内へ顔をひっ込める。米造《よねぞう》は綿入れ羽織の袖《そで》に両手を入れ、掃《は》き清められた往還から店の三和土《たたき》へと暖簾をくぐる。すでにお葉は掘割《ほりわり》側の戸口に立ち、賄《まかな》い口からは女中頭のお種《たね》が、そして帳場の結界《けっかい》からは番頭の利助《りすけ》が頭をさげてくる。

「旦那様、ご隠居様に、よろしくお伝えくださいまし」

利助の声にうなずいた米造へ、賄い口から寄ってきたお種が藍小紋《あいこもん》の風呂敷包みをさし出す。

「弥吉《やきち》さんがこしらえたお重《じゆう》でございます。お若《わか》も気は利《き》かすでしょうけど、柊と鰯の頭もそえてございます」

「うむ」

「お前さん……」

お葉が二、三歩米造のほうへ下駄を鳴らし、その肩に桐油紙《とうゆし》の合羽《かつぱ》を着せかける。

「日が出ている。合羽は無用だろう」

「それだってお前さん、水がかかるじゃないかえ」

「羽織まで綿入りでその上に合羽では、身が動かん」

「艪《ろ》なんざ片手でちょいちょい。ねえ、お前さんなら身なんぞ動かす手間は、ござんせんでしょう」

「船頭たちが聞いたら気を悪くするぞ」

「構《かま》やしませんよ。水がかかって川風に吹かれたら、お前さん、風邪《かぜ》をひいちまいます」

「それほど軟弱《やわ》ではない」

「いいからさあ。四の五の云ってないで、着ておくれね。あっちへ着いてからお前さんにくさめでもされたら、お父《と》っつぁんに合わせる顔がないもの」

「しかし……」

お種が下を向いて口元を隠し、利助が髷《まげ》の先に指を這《は》わせて、奇妙な空咳《からぜき》をする。

「なんだえ利助さん、云いたいことでもおありかえ」

「え、いいえ、その、なんとも、仲のおよろしいことで」

「あら、仲がよくっちゃいけないとでも」

「滅相《めっそう》もございません。ええ、旦那様、そういう訳合いでございます。船頭衆でさえ蓑笠《みのかさ》をかぶるご時節、女将《おかみ》さんの仰有《おっしゃ》るとおり、どうぞ合羽をお召しくださいまし」

米造は利助の苦笑に負けて桐油紙の合羽に肩を入れ、お種がさし出している風呂敷包みを受けとって、掘割側の裏戸口へ向かう。そこで飯炊きに雇った権助《ごんすけ》とすれちがい、戸口の敷居をまたぐとうしろから利助とお種と権助が「行ってらっしゃいまし」と声をそろえる。

外へ出た米造にお葉が寄りそってきて、立てた小指で米造の乱れた小鬢《こびん》をなでつける。

「だけど、ナンだねえ、お父っつぁんも無精《ぶしょう》になったねえ。豆撒《まめま》きの日ぐらい腰をあげて来りゃいいのにさ」

「義父殿《おやじどの》なりに気を遣《つか》っておられるのだろう」

「お父っつぁんが来たからって、誰も邪魔にゃしませんよ」

「そこが男親というもの。本心ではお葉の顔を見たくとも、我慢しておられる」

「水臭いったらないねえ。つまらない遠慮はしっこなし。歳取《とし と》りはお若と一緒に〈たき川〉でするようにって、お前さんからも云っておくれね」

「うむ、伝えよう」

米造は舟寄せから堀の猪牙《ちょき》へ足をおろし、舟底に重箱の包みをおいて艫《とも》に棹《さお》を立てる。お葉が棒杭《ぼうくい》からもやい綱《づな》を外して舟内へ放り、米造が堀の石垣へ、とんと棹尻《さおじり》を突く。

「うちの豆撒きは暮れ前ですから、お前さん、それまでにはお帰りを」

お葉が白い腕を晒《さら》して切り火を打つ真似《まね》をし、米造はうなずいて、舳先《へさき》を鎧《よろい》の渡し方向へ向ける。棹をくり出すとそこはすぐに思案橋、その思案橋をくぐったあたりで棹を艪にかかえ、お葉がたき川の裏口へ姿を消していくうしろ姿に目をやってから、紙合羽の前合せを肩の上にたくしあげる。綿入れの羽織だけでも腕の動きが不自由だというのに、その上に合羽まで着せられては自分が蓑虫《みのむし》にでもなったような気分になる。そうはいっても襦袢《じゅばん》から小袖から羽織までがすべてお葉の手前仕立てで、着ろといわれれば綿入れの褌《ふんどし》でもなんでも、着るより仕方ない。

鎧の渡しをすぎて箱崎《はこざき》橋側から大川《おおかわ》へ漕《こ》ぎ出し、三叉《みつまた》の中洲《なかす》を右手に大川をさかのぼる。夏ほどの賑《にぎ》わいはないにしても川面《かわも》には荷舟や屋根舟が行きかい、中洲ではこの寒空に何人もの年寄り子供が釣り糸をたれている。利助の云い草ではないが、なるほど船頭たちはみな蓑と笠で防寒し、艪を漕ぐ手に手布団を当てている者もいる。今年の江戸は豆撒きが終わってから各寺社に歳の市が立ち、煤払いを済ませて掛取《かけと》りを済ませて、あとは正月を待つだけになる。

旧姓真木倩一郎《まさきせいいちろう》が船宿〈たき川〉へ婿入りし、二代目米造を襲名してからすでに三《み》月《つき》近くがたつ。船宿の亭主といっても実態は江戸の目明かし三百人を束ねる、蚯蚓《みみず》御用の元締め。蚯蚓御用とは地の底に身をひそめて江戸の治安を守る役目、というほどの意味らしく、三代将軍家光《いえみつ》の世に松平伊豆守《まつだいらいずのかみ》が定めた制度だという。ミミズとは目見えずの転訛《てんか》、目の見えないミミズを皮肉って目明かし、また蚯蚓の字から虫を外して丘を岡に読みかえたことから、蚯蚓御用を岡っ引きと呼称する。

二代目を襲名して以降の月日をふり返り、猪牙の先を大川の上流へ向かわせながら思わず苦笑する。小野《おの》派一刀流佐伯《さえき》道場の師範代として身をすごしていたなら、ゆくゆくは野州《やしゅう》、酒井《さかい》下野守《しもつけのかみ》家の剣術指南役に迎えられる段取りになっていた。その宮仕えを嫌って腰の大小を捨ててはみたものの、蚯蚓御用の元締めという立場の、なんと繁忙《はんぼう》で不自由なことか。奈良《なら》屋や喜多村《きたむら》などの町年寄、古町の名主《なぬし》連や魚河岸《うおがし》差配たちとの顔つなぎは仕方ないとして、蔵前《くらまえ》の札差や日本橋《にほんばし》の大商人なども宴席に招いてくる。加えて南北両町奉行への襲名挨拶《あいさつ》、それが済むと今度は奉行所の与力たちから私的な宴席を申し込まれ、加えて寺社奉行や勘定奉行までが「ご入魂《じっこん》に」と進物を届けてくる。進物を受ければ返礼の挨拶にも出向かねばならず、こんなことなら北森《きたもり》下町《したちょう》の長屋で近所の女房《かみ》さん連中と無駄口をたたき合っていたほうが、どれほど気楽だったか。

米造が繁忙にすごしている間には、旧主家筋の白河《しらかわ》松平家に養子入りした上総介定信《かずさのすけさだのぶ》が正式に家督を継ぎ、老中格の越中守《えっちゅうのかみ》となって溜《たま》りの間詰めに叙《じょ》せられた。また前月の初めには老中田沼意次《たぬまおきつぐ》の長男、山城守意知《やましろのかみおきとも》が部屋ずみのまま幕府若年寄に就任している。これら公私の変化にすべて対応し、やっとひと息ついたのが、この師走《しわす》になってから。お葉の父親である先代の米造、隠居をして滝川美水《たきがわのびすい》と名を改めた舅《しゅうと》の顔もしばらく見ておらず、鱠を握《にぎ》る手にも自然と力が入ってくる。

新大橋《しんおおはし》、両国橋《りょうごくばし》、大川橋とさかのぼって待乳山《まっちやま》聖天《しょうでん》の社殿を遠望し、冬枯れの桜《おう》樹《じゅ》が並んだ向島《むこうじま》土手にそって猪牙をすすめてから、水神社をすぎたところで綾瀬川《あやせがわ》に入る。そこの小橋をくぐったあたりが関屋《せきや》の里、川の両岸はすべて百姓地だがぽつりぽつりと隠宅風の建物も見え、枯れ葦《あし》の間には猪牙や荷舟がもやってある。

関屋の里の先はもう隅田《すみだ》村。猪牙の行く手左側に葦を刈った舟寄せがあり、小猪牙のもやってある桟橋の向こうに唐桟《とうざん》の袴《はかま》と袖なしの綿入れ羽織を着た老人が立っている。米造は自分の猪牙を舟寄せにつけて棒杭に綱をかけ、紙合羽を脱いでから、桟橋に足をかける。

「これはこれは婿様《むこさま》。ずいぶん艪の達者な船頭がいたものだと、感心しておりましたよ」

たまたま川端を散策していたのか、それとも米造の訪《おとな》いに予感でもあったのか、美水隠居が泰然《たいぜん》と目尻の皺を深める。

「義父殿《おやじどの》、ご無沙汰《ぶさた》をしております」

「それはお互い様。ご覧のとおりすっかり出不精になりまして、まるで狸《たぬき》の冬籠《ふゆごも》りでございます。しかし婿様、手前が申すのもご無礼ではありますが、剣術の達人ともなるとさすが、腰の据《す》わりがちがうものですなあ」

「船宿の亭主が艪も操れんでは、船頭衆に示しがつきません」

「いやはや、ごもっとも。で、今日は？」

「料理人の弥吉が節分の重をつくりましたもので、お届けに」

「そりゃまあ、お手間なことで。使いなんぞ女中か船頭にやらせればよろしいものを、婿様じきじきとは恐れ入ることでございます」

美水隠居が小腰をかがめながら踵《きびす》を返し、なにやら苦笑しながら、霜融《しもど》けの小道に米造をうながす。この隠宅はもともと室町《むろまち》の薬種問屋《やくしゆどんや》が寮として建てたもので、三年ほど使われていなかったものを美水の隠居に合わせてたき川が譲り受けた。百姓地との境はただの竹垣で椿《つばき》が植えられ、建物自体も小体《こてい》な百姓屋ふうに造ってある。庭に余計な泉水はなく、今は垣根にそった寒椿だけが緋縮緬《ひぢりめん》を散らしたような花を咲かせている。

日当たりのいい庭を母屋《おもや》の前まで歩くと、出入りの戸口から女中のお若が顔を出し、あれあれと駆け寄ってくる。

「旦那様、お越しくださいました」

「うむ、お若も元気そうだな」

「お陰《かげ》さまで」

「ちと肥《こ》えたか」

「あれ、いえ、そんな」

「達者でなにより。義父殿のためにも、お前には元気でいてもらわんとな」

お若が頰《ほお》を赤らめてかしこまり、濡《ぬ》れてもいない手を縞《しま》の前垂れにこすりつける。

もともとは葛西《かさい》からたき川へ奉公に来ていた百姓の娘で、美水の隠居に合わせて「気心の知れている者を」と、この隠宅へ従わせた。百姓娘にしては色白で華奢《きゃしゃ》な躰《からだ》づくり、それに二年ほど日本橋の水で顔を洗ったせいか、田舎《いなか》娘の割には垢抜《あかぬ》けて見える。

「お若、弥吉がこしらえた節分の重だ。お前もたき川の味が懐《なつ》かしかろう。あとで義父殿にお裾《すそ》分《わ》けしてもらうといい」

重詰めの風呂敷をお若にわたし、格子戸をくぐろうとして、ふと米造は軒《のき》の下を見あげる。

「ほーう、すでに」

「こんな田舎にまで柊売りが参りましてな。夜分には豆も撒こうかと」

「さようですか。お種が気を利かして、包みの内に柊と鰯の頭を入れてあるとか」

「気働《きばたら》きの勝《か》った女で……年寄りのことなんぞ頓着《とんちゃく》せず、店のほうをよろしく頼むと、どうぞ、婿様からも」

美水隠居が苦笑しながら米造をうながし、米造、美水、お若の順で内の三和土に足を入れる。外観も百姓家風だが内の結構《けっこう》も田舎家を模していて、広い三和土の土間に二穴の大竈《おおへっつい》、年寄りと小女の二人暮らしではもて余しそうな大甕《おおがめ》に鍋、釜、笊《ざる》、桶、膳、瀬戸物類と、それらがたき川の水屋と同様に棚や板の間に始末されている。

三和土の左手には座敷へのあがり框《がまち》があって、その板の間が南庭に面した広縁へとつづき、また北側には納戸《なんど》や雪隠《せっちん》への裏縁がある。神田《かんだ》や日本橋では考えられないほど贅沢《ぜいたく》な間取りで、そのぶん隙間風《すきまかぜ》も大儀だろうに、表戸も庭に面した座敷もすべて戸障子が開け放ってある。

美水が米造を日当たりのいい縁側へ招き入れ、そこでたき川の婿と舅、あらためて無沙汰の挨拶をかわす。縁側からは右手前方に遠く上野《うえの》の森、その少し左には待乳山聖天の甍《いらか》がのぞき、水戸《みと》家下屋敷の方向には瓦焼きの煙が五筋六筋、春霞《はるがすみ》のようにたゆたっている。

勝手からお若が手炙《てあぶ》りの箱火鉢を持ってきて、すぐにさがり、今度は盆に二人分の茶を運んでくる。

「なんだえお若、婿様に茶は無粋《ぶすい》だろう」

「え、はい」

「こういうときは気を利かせるもんだよ」

「義父殿、お構いくださるな」

「なーに寒さしのぎに、この隠居が一杯やりたいのでございますよ。お若、美濃《みの》屋さんの寮へでも行って、ちょいと借りておいで」

「お酒ならうちにもございますが」

「そんなことは分かってます。けどせっかく婿様がお見えんなったてのに、下総《しもうさ》の醤油《しょうゆ》っぽい酒はいけないよ。美濃屋の隠居なら下《くだ》り物をひと通りそろえてなさる。〈ななつうめ〉か〈みつうろこ〉か、適当に借りておいで」

　お若が返事をして勝手へさがっていき、美水が刀傷のある左頬をゆがめて、にんまりと笑う。以前はその刀傷と鋭い目つきが非情な猛禽《もうきん》を思わせたものだが、隠居して肩の荷がおりたせいか風貌《ふうぼう》全体にどことなく、温和な景色がにじみ出る。

「義父殿《おやじどの》、かえって、余計なお手間をとらせました」

「滅相もございません。お聞きのとおり近くに隠居仲間などもできまして、酒を貸したり借りたり、やれ骨董《こっとう》の目利き会だの発句《ほっく》の集まりだなどと、そんなことで暇をつぶしております」

「義父殿がたき川へ顔を見せんので、お葉が淋《さび》しがっております。近いうちに是非《ぜひ》にと」

「とんでもございません。あの気の強い娘を婿様にひき受けていただき、本心から、清々《せいせい》しております次第。ですがまあ、年でも明けて落ち着きましたら、一度お邪魔をいたしましょうかな」

美水が立てた右膝《ひざ》を左手でさすり、首に巻いた茶色縮緬の首巻きに顎《あご》をうずめて、勝手の方向へしばらく耳を澄ます。お若が裏口から出かけていく下駄の音が聞こえ、その下駄音が消えるのを待ってから、ふと美水が顔をあげて、ぽんぽんと手を打つ。

お若以外に奉公人はいないはず、と米造が思ったところへ廊下に影が動き、股引《ももひき》に尻っぱしょりをした年寄りがあらわれて、一間《けん》ほど向こうに膝を折る。

「うむ?」

「婿様、驚かれましたかな」

「はあ、いや、いささか」

「節分の座興《ざきょう》に、というわけではございませんが、ちょうどよい折りと思いましたもので、おひき合わせをいたします」

年寄りが一度目をあげて会釈《えしゃく》をし、すぐに視線を落として、膝に両手をそえる。五十をすぎた程度のどこにでもいる田舎くさい年寄りではあるが、しかしこの親爺《おやじ》はさっき米造がたき川を出てくるとき、番頭の利助や女中頭のお種と一緒に掘割口から「行ってらっしゃいまし」と声をかけてきた、飯炊きの権助ではないか。

「いやいや、婿様が驚かれるのも無理はございません。この権助、本姓は長岡忠兵衛《ながおかちゅうべえ》と申しまして、上州《じょうしゅう》は国定《くにさだ》村に住しまする、赤城忍軍《あかぎにんぐん》の頭目でございます」

「赤城忍軍と？」

「ご承知のとおり、我が遠祖滝川一益《たきがわかずます》はもともと甲賀《こうか》の忍び。赤城忍軍は甲賀流滝川派の術を受け継ぎます、一族の傍系《ぼうけい》なのでございますよ」

「なんと……」

美水の遠祖滝川一益は織田信長《おだのぶなが》に仕え、一時は関八州《かんはっしゅう》を治めた有力大名であったことは、米造も松平定信から聞いたことがある。その出自が甲賀の忍びであることも聞いてはいたが、末裔《まつえい》が今も忍びとして上州に土着していることなど、講釈にも江戸の噂《うわさ》にも、聞いたことはない。

「婿様、お若が戻るまでにご説明いたさねばなりませんので、少し話がくどくなりますが、どうか、お聞きくださいまし」

美水が茶托《ちゃたく》から筒茶碗をとりあげてひと口すすり、米造も湯呑《ゆのみ》の茶で咽《のど》をうるおす。

「もちろんただ今まで、滝川と赤城忍軍はときおり音信を交わす程度の間柄。それをこのたび忠兵衛をお江戸へ呼び寄せました理由は、一にも二にも、田沼様にございます。この夏の危難は婿様にお助けいただき、田沼様も今後は滝川へは手を出さぬ、とお約束されました。まして小野派一刀流の達人真木倩一郎様が大小を捨て、我が家の婿に納まったとなれば、いかな田沼様とてこれ以上の横槍《よこやり》は入れぬはず。と、たしかにそうは存じますが、なにせ相手は三百石取りの小旗本からご老中にまで成りあがった妖怪でございます」

「加えて、田沼は、根来《ねごろ》」

「ご栄達の結果根来忍者を支配できるようになったものか、あるいは本性が根来の頭目であったものか。手前などにご政道は無縁でございますが、田沼様のご栄達ぶりは異様といえば異様。いかに公方《くぼう》様の覚えがめでたく、大奥お大名方への賂《まいない》がいかに莫大《ばくだい》だったとはいえ、小旗本からご老中にのぼりつめることなど、尋常《じんじょう》ではございますまい」

「田沼の栄達には御庭番の根来を使っての、諸侯への画策《かくさく》がある、と」

「どのお家にもご公儀に知られたくない密事《ひそかごと》のひとつや二つ、ございましょうからな」

「うむ、道理」

「これはあくまでも手前の、邪推《じゃすい》でございます。邪推ではございますが、先の北町同心、友部《ともべ》八郎《はちろう》の例もございますれば、用心に越したことはなかろうかと。で、相手が根来の忍びなればこちらも」

「それも道理」

「すでに忠兵衛配下の忍びが数名、ご府内にひそんで田沼様の動きに目を配っております。ご政道のことはいざ知らず、もしお葉や婿様が倅《せがれ》一家のような目に遭《あ》いますればと、そればかりが気にかかり、婿様にお話しもせず勝手な算段をいたしまして、申しわけございません」

「こちらこそ、お心遣い、恐縮です」

「ですが婿様、この忠兵衛ならびに赤城忍軍の在《あ》り様《よう》、店《たな》の者はもとより目明かし衆お葉にまで、断じて口外は無用でございます。もし蚯蚓御用に忍びが動いたとなれば、目明かし衆三百の顔に泥を塗ることにもなり、また赤城忍軍の素性《すじょう》がご公儀に知れましたなら、どのようなご処置がなされるやも知れず」

「はい」

「このまま事が起こらねばそれでよし。忠兵衛はあくまでも飯炊きの権助、その配下もこの世に存在せぬものとご分別《ふんべつ》くださいまし」

「義父殿より受け継ぎました蚯蚓御用支配、次の代にひきわたすまで、赤城忍軍のこと、断じて口外はいたしませぬ」

「相手が婿様なれば念を押すまでもなかったこと。こちらこそ、ご無礼を申しました」

美水が痛む右膝を折って深く頭をさげ、米造も威儀を正して、美水に礼を返す。

「忠兵衛……いや権助、聞いてのとおりだ。ただ先《せん》にも云ったように相手は田沼と根来の忍びたち、お前たちにはくれぐれも、用心《こころ》してな」

本姓国定村の忍び頭長岡忠兵衛、そして見かけは百姓親爺の権助が一瞬背筋をのばし、米造と美水に目礼をして片膝を立てる。片膝を立てたかと思うと次の瞬間にはもう縁側にその姿はなく、音もなく影もなく、存在自体が初めからなかったように、すっと消えてしまう。縁側には冬の陽射しがななめ横からふりそそぎ、その先の遠い百姓地に植わった梅の木には赤い蕾《つぼみ》が金平糖《こんぺいとう》のように、きらきらと光っている。

「いやはや、婿様、とんだ手妻《てづま》をお目にかけて、心苦しいことでございました」

「義父殿が最前、私の来訪をご承知の様子で舟寄せに立っておられたこと、ちと怪風《けぶ》とは思いましたが」

「やはり見抜かれておりましたな。あの権助なれば堀江町から隅田村まで走るのに、四半刻《しはんとき》とはかかりますまい。いかに一族の末裔とはいえ、よくぞ今の世まで忍びの技を伝えてくれたものです」

「しかしあの権助が、忍びとは」

「権助の口から身分を明かされても、お信じにはなれなかったはず。それで今日まで機会《とき》を待っていたのでございますよ」

「先の友部にしてもあ奴の剣技を見抜けなかった未熟者、まだまだ修行が足りませぬ」

「忍びらしく見えては忍びが勤まりません。婿様のお腕前ならお葉もたき川も、難く守れましょう。国定村から赤城忍軍を呼び寄せるなど、本来なればご無礼のかぎり。それぐらいのことは承知しておりましても、歳をとりますと、どうにもこう、心配性が勝ちましてな。年寄りの無用なお節介と、笑ってお許しくださいまし」

　そのとき勝手のほうに下駄の音が聞こえ、帰ってきたお若が廊下の端に顔を出す。

「ご隠居様。美濃屋さんで、紙屋の〈きく〉を貸していただきました」

「そうかい、そりゃいい酒があったね。燗徳利《かんどつくり》でいいからさっそくつけておくれ。

上等な酒だから、熱燗はいけないよ」

　お若が笑顔で廊下からさがり、すぐに勝手から鍋や瀬戸物を用意する音、そしてまな板に包丁を打つ音などが聞こえ始める。たき川にいたときから裏表なく働く気質でお葉にも可愛《かわい》がられ、そういえばお葉が浅草寺《せんそうじ》の四万六千日で拉致《かどわか》されたときも供をしていたのは、お若だったたか。

　美水がキセルに煙草《たばこ》をつめて煙草盆をひき寄せ、火壺を煙草盆ごともちあげて、煙草に火をつける。隠居後の俳号が滝川美水、美水などというと字面は洒落《しやれ》ているが、なんのことはない、ただ岡っ引きのミミズに美水の字を当てただけのことなのだ。

「義父殿、話があと先になりましたが、この隠宅での田舎暮らし、なんぞご不自由はありませぬか」

「お気遣いくださいますな。軒の柊ではありませんが、隠居所をまわって歩く棒手振《ぼてふ》りが味噌《みそ》も豆腐も、みな担《にな》って参ります。それに猪牙で花川戸《はなかわど》まで出れば、料理屋も酒屋もございます」

「しかし義父殿のように日本橋育ちのご仁《じん》には、いささか退屈なのでは」

「滅相もございません。なにせこの辺りはご寺社の繁盛地《はんじようち》、やれ今日は長命寺《ちようめいじ》、明日は釣鐘堂《つりがねどう》と、毎日のようにお若にひき回されますよ」

「お若も歳のわりに、信心深いことですな」

「なーに婿様、お若の目当ては神仏のご利益《りやく》ではなく、茶店で出る菓子や団子でございます。最前婿様に『肥えたか』と云われて顔を赤くしたのは、まさに図星だった訳合いで」

「さようですか。若い娘に田舎暮らしも気の毒と思いましたが、婦女子の楽しみというのは分からぬものです」

美水が頰の傷をゆがめて苦笑し、キセルの雁首《がんくび》を灰吹きの頭に、こつんと打ちつける。縁側への陽射しはあくまで長閑《のどか》で暖かく、垣根の椿には冬の雀《すずめ》がたわむれる。

「それにしても婿様……」

苦笑を浮かべたまま美水が煙草をつめなおし、火壺から火をとって、ぷかりと煙を吹かす。

「お腰の大小を越中守様から賜《たまわ》った鉄扇《てっせん》にかえてから、そろそろ三月。されどお武家の言葉というものは、改まらぬものですなあ」

「お葉にも小言を云われます」

「猪牙を扱うようには参りませんか」

「清次《せいじ》や音吉《おときち》相手なら多少の伝法《でんぽう》も使えますが、義父殿の顔を見ると、つい真木倩一郎に戻ってしまいます」

「それでよろしいのでございますよ。癖の勝った目明かし連中が相手ともなれば、強面《こわもて》のほうが睨《にら》みもききましょうからに」

美水の苦笑に水屋からの話し声が重なり、待つまでもなくお若と、もう一人の知らない女が膳をもってあらわれる。

「ほう、これはこれはお園《その》師匠。ちょうどよいところへ」

「いやですよ、師匠だなんて。いえねご隠居様、さっき美濃屋さんの先でお若ちゃんに会って、それでご自慢のお婿様がお越しと。だもんでちょいと、お顔を拝見に」

「お前さんもずいぶんと物好きな。だが節分ではさすがに、近所の女連も稽古《けいこ》にかよわんとみえる」

「もう朝っから、暇をもて余しちまって」

お園と呼ばれた女が膳を米造の前におき、尻さがりに距離をとって、畳の内に手をそえる。

「二代目の旦那様。お初にお目にかかります。あたくしはついこの先で三味線《しゃみせん》の稽古どころを営みます、園と申します。ご贔屓《ひいき》に、なんて云ったらご新造《しんぞう》やお若ちゃんに叱《しか》られちまいそうですけど、どうぞ、ご贔屓に」

顔をあげて米造に流し目を送り、美水のほうに肩をすくめて見せてから、お園が悪戯《いたずら》っぽく笑う。子持ち縞《じま》の綿入れに黒ビロードの半襟《はんえり》をかけ、帯は麻の葉模様の角出し結び。髪を島田《しまだ》くずしに結《ゆ》って鼈甲《べっこう》の櫛《くし》をさし、歳はお葉と同じほどか。まさかこんな田舎で三味線の師匠が成り立つはずもないから、大店《おおだな》か旗本の囲われ者だろう。鼻筋もとおって眉《まゆ》ものびやか。ほそい目に多少の険《けん》は感じられるものの、それがまた凄艶《せいえん》な色気を放ってくる。

お若が美水の前に膳をすえていき、膳からお園が徳利をとりあげて美水に酒をすすめる。お園は膝の向きをかえて米造にも酒をつぎ、自分は三味線でも構えるように、肩の力を抜いて背筋をのばす。その仕種《しぐさ》は酒宴慣れした玄人《くろうと》らしく、前は新橋《しんばし》か深川《ふかがわ》にでも出ていたものか。

「ですけどさ、本当にまあ、お若ちゃんから聞いてたとおり……」

珊瑚玉《さんごだま》の簪《かんざし》を髪にさしなおし、膝をこころもちくずして、お園がほそい目に婀娜《あだ》っぽい色をただよわせる。

「菊五郎裸足《きくごろうはだし》とはよく云ったもの。先《せん》は怖いヤットーの先生だったなんて、信じられませんねえ」

「なあお園師匠、お若のやつはあることないこと、ご近所へ云いふらしてるのかえ」

「叱っちゃいけませんよご隠居様。そりゃお若ちゃんが自慢するのも、無理ござんせんさね。たき川の女将《おかみ》さんは江戸一の果報者だって、あたしもつくづく、得心させていただきました」

「婿様、お聞きのように、師匠の家はお若たち小女の溜まり場になっておりましてな。やれどこの隠居がどこの百姓娘に手をつけたの、どこの女中は荷商《にあきな》いの誰某《だれそれ》といい仲だの、そりゃもう、賑やかなことでございます」

「義父殿も気持ちが若返って、よろしいのでは」

「なーに、手前などはもう隠居気分が身に染まりまして、吉原《よしわら》へ気すら向かぬ始末。吉原なんぞ、ちょいと猪牙を出せば……」

お園から酌を受けた酒をほし、杯をお園にわたして、美水がその杯に酌を返す。お園も悪びれずに酒をほし、慣れた手つきで美水に杯を戻す。柳橋《やなぎばし》か深川の座敷に出ていたならすでに十年ほどの年季のはずで、美水とは以前からの顔見知りでもあったのか。

「婿様、吉原で思い出したのですが、実は昨日《さくじつ》、ちと面倒な話をもち込まれましてな」

「それはまた」

「いえいえ、面倒と申してもいわば内輪もめがらみ。ちょいとした意地の張り合いで、大人げもない話ではございますが」

美水が杯をおいて煙草盆をひき寄せ、煙草をつめたキセルの雁首を火壺に近づける。

「吉原のちょいと手前、山谷堀《さんやぼり》から新鳥越橋《しんとりごえ》をくぐった辺《へん》に、〈船十《ふなじゅう》〉という船宿がございます。船宿と申しても吉原がよいの遊び客を送り迎えするだけの、ほんの小店《こだな》ではございますが」

「たしか主の喜作《きさく》さんは、分家筋の目明かしだったかと」

「覚えておいででしたか」

「躰《からだ》のご不自由なご老人だったような」

江戸の古目明かし二十四人、その分家筋が五十数人、下っ引きまで入れればその数は三百余。さすがにすべての顔は覚えきれないが、祝言《しゅうげん》後に催《もよお》した仲間内の席に顔を見せた喜作のことは、米造も記憶にある。歳は美水ほどだが干瓢《かんぴょう》のように干からびた体躯《たいく》で、右半身が上下とも不自由らしく、宴席での立ち居に若い者の肩を借りていた老人だ。

「で、その喜作さんが、なにか？」

「喜作が、というより、昨日猪牙を漕いできたのは、娘のお峰《みね》でございまして」

「娘ごが猪牙を」

「いえいえ、娘と申してももう、二十七八《にじゆうひつぱち》にはなろうかという大年増《おおどしま》。とても娘ごなんぞという代物《しろもの》では……ま、それは追々《おいおい》お話しするとして、実はその喜作の縄張り内で、ちと面妖《めんよう》な事態が起こっていると」

美水が煙草を二、三服吸って雁首をはたき、手にもった杯にお園からの酌を受ける。お園の同席を憚《はばか》る様子もないから、「面妖な」とはいいながら、それほど込み入った話ではないだろう。

「昨日の話で四日前、といいますから、今日でもう五日目になりますか。その朝も暗いうち、喜作の親爺が不自由な躰に箒《ほうき》なんぞをもって、店の前あたりを掃き清めていた、とお思いくださいまし」

「はあ」

「するてえと日本《にほん》堤《づつみ》の往還を、垂れをおろした町駕籠《まちかご》が一挺《ちよう》。所が日本堤でございますれば、吉原がよいの駕籠が行き来しますことに不思議はございません。ですが喜作も、中風《ちゆうぶ》を患ったとはいえ性質《たち》は根っからの目明かし。垂れの下からちらっと、なにやら派手な色物が見えたような……まあ、目も半分かすんでうすっ暗がりでもあり、気のせいか、とも思ってみましたが、よくよく考えてみますと、どうも方角がちがうようだと」

「方角がちがう、とは」

「明け方のまだ暗いうち、あの往還をとおる駕籠はみな吉原からの帰り客。なれば駕籠の棒鼻は大川方面へ向いているはず」

「なるほど」

「また駕籠は辻駕籠でなく、明らかに町駕籠の様子。そのくせ人足《にんそく》どもが袢纏《はんてん》を、裏返しに着ていたと申します」

「屋号を知られぬように、でしょうかな」

「加えて垂れの下から女物らしき着物の袖かなにかが、ちらり。さすがに喜作も、こりゃあ怪風《けぶ》と思いまして、不自由な足をひきずりひきずり、駕籠屋どものあとを。したところ連中はいくらも行かぬうちに、山谷堀にかかる小橋をわたって、すぐそこにある料理屋の塀内へ」

「あのあたりの料理屋は、大方夕刻よりの商売《あきない》かと」

「さようでございます。そして婿様、その料理屋と申すのが、これがまた……」

お園の手がとまって徳利が宙に泳ぎ、その切れ長の視線が米造の顔から美水の顔へ、呆《あき》れたように移行する。

「ご隠居様。まさか、その料理屋って」

「それよ。そのまさかがまさかだっていうから、とんだ茶番だろう。いくら〈八百《やお》善《ぜん》〉が判じ物好きだからって、半纏を裏返しに着た駕籠屋に、そんな朝っぱらから、なんの用があるんだえ」

またお園の手が動きだして美水と米造の杯が満たされ、米造はその酒に口をつけてから、軽く膝を打つ。

「八百善という料理屋のことでしたら、私も噂ぐらいは聞いております」

「さようでございましょう。なにせ茶漬け一杯に一両も二両もふんだくるという、まるで追剝《おいはぎ》みた様《よう》な商売《あきない》で」

「茶漬け用の湯を多摩川《たまがわ》まで汲《く》みに行ったとか、梅干は太閤《たいこう》家の遺品だとか」

「やれ大根は十五の未通娘《おぼこ》にひと晩抱かせて味を出したの、やれ烏賊《いか》は十日も生簀《いけす》に飼って酒で酔わせてあるだの。そんなゴタクはどうせ下手な戯作者《げさくしゃ》の入れ知恵、ですが近年は十八大通《じゅうはちだいつう》とか申すバカどもがはびこりまして、そんな八百善をもてはやす始末。手前などとんと縁はございませんが、蔵前の札差やお大名の重役方などがおかよいになって、相当に繁盛している、と聞いております」

「越中守様のお耳にでも入れれば、また額《ひたい》に青筋を立てられますな」

「すべてが田沼様のご政道、とは申しませんが、上から下まで、お江戸の箍《たが》がゆるんでおることとは、真実でございましょう」

そのとき台所からお若が盆をもって顔を出し、徳利を新しいものにかえて、座敷側にはお園の膳もすえていく。このあたりの気働きはたき川で女中をしていただけのことはある。

「さて、話を元に戻しまして……」

いくらか酒がまわったのか、赤みを増した左頰の古傷をさすりながら、美水が縮緬の首巻きをゆるめる。

「駕籠かき連中は十も数える間もなく八百善から出てきて、また大川方向へ。そのときの駕籠はもう、空《から》になっていたと」

「駕籠の内は八百善に残されたわけですな」

「そんな見当で。喜作もしばらくの間をおいてから、八百善の塀内をのぞいてみたそうですが、静まり返って普段とかわった様子もなく。ですがまあ、駕籠の内が鰹《かつお》や大根であったはずもなく、なにか困りごとでも起きたなれば、八百善が町役人にしかるべき届けを出すだろう、と。そうなりゃ順番で自分のところへも報《しら》せは来る理屈で、出番があるかないかは先方次第。そんなふうに思いながら船十へ帰り、まあ、お峰の手伝いなんぞをしながら時を過ごしていたようで」

「しかし、いつまで待っても、音沙汰はなし」

「ご明察。そんなこんなするうち、翌日になってやっと、新鳥越町の自身番に八百善から、姉娘のお美代《みよ》が急な病であの世へ去った、との届けが。そりゃ八百善も客商売であれこれ憚りもありましょうが、届けの言上《ごんじょう》は『お美代は前夜、急な腹痛を起こしてそのまま床《とこ》につき、医者を呼んで療治したが薬石《やくせき》も効なく、翌朝未明に他界』とかいうもの。喜作にしてみれば実際に怪風な駕籠を見ている訳合いで、そんな届けに得心できるものではございません。病なら病で仕方のなきこと。かりに他界の場所が憚られるとしても、それはそれで町名主に話をとおし、御番所のご検視を受けるのがご定法《じょうほう》。事情によっては自分がひと肌脱がないものでもないと、通夜《つや》に顔を出しながら八百善の主人に問うたところが」

「娘は間違いなく、自宅で息をひきとった、と」

「さようでございます。医者の見立てては腸がつまったことによる癪熱《しゃくねつ》。医者も家人も、お美代の臨終《りんじゅう》を見届けているとか。それなら、と喜作が仏の改めを申し出ると、ああだのこうだの臍《へそ》が痒《かい》いだの。そのうち主人が通夜の席からお武家を呼んできて、こちらのお武家もお認めくださっている、とかなんとか。そのお武家と申すのが、婿様、北町奉行所の内与力、山科大三郎《やましなだいざぶろう》様というお方」

「北町の、内与力？」

「覚えておりませんかな。ほれ、北町奉行、曲淵甲斐守《まがりぶちかいのかみ》の御役宅へ襲名のご挨拶にうかがった折り、下座に控えていた」

「でっぷりと肥えた、四十年配の、赤ら顔の御仁」

「さようでございます。内与力、などと申すのは本来、お旗本曲淵家の私的な用人。奉行所の与力同心方から見れば員数《いんずう》外ではありますが、内与力としてお奉行に仕えておるあいだは、無視するわけにもいかず。また大商人やお大名方にしても、お奉行への手蔓《てづる》として使い道もあるのかと」

「で、八百善あたりで、酒席を」

「そんなところでしょうな。ですがその山科様に、お美代の死にはいささかも遺漏《いろう》なし、と高言されたのでは、喜作にしてもそれ以上つっ張るわけにいかず。その場はすごすごと、家に帰ったと申します」

ひと息つくように、美水が痛めている右膝をさすりはじめ、猛禽を思わせる鋭い目にふと、可笑《おか》しそうな笑みを浮かべる。日が陰ってきて縁側の陽だまりが小さくなり、開け放ってある居間に綾瀬川からの風が、ひゅうと吹き抜ける。

「婿様、これまでお話ししたことはみな、お峰からの又聞きでございますよ」

「承知しております」

「で、そのお峰の申すには、八百善から帰ってのち喜作はもう、鼻水までたらして自《や》棄酒《けざけ》をあおったとか。もともと八百善の商売にいやな気をもっていたところへ、そのあしらい。加えて北町の内与力なんぞに威張り散らされたとあっては、喜作でなくともいい顔はできません。この夏はまた、田沼様のご威光を笠に着て曲淵様がたき川へ横槍を入れてきたことは、江戸の目明かし三百、みなが承知しておること。喜作とて昔は山谷堀の親分とかいわれた強目明《こわめあ》かし、元気なころなればお美代の死に探索をかけて、八百善、並びに山科様に逆《さか》ねじのひとつも食らわせるところ。ですがまあ、昨今のような様《ざま》になりましては……」

キセルに煙草をつめなおして火を使い、生垣に咲いている椿のほうに目をほそめて、美水が長く煙を吹く。

「婿様、喜作という親爺はもともと、勘助《かんすけ》の父親《てておや》、門前の勘兵衛《かんべえ》に使われていた下っ引きでございましてなあ」

「ほーう」

「気風《きっぷ》もいいし御用の腕も確か。それでまあ年季の入ったころ、船十のひとり娘のところへ婿入りさせ、門前の分家筋、ということで縄張り分けをした次第」

「さようでしたか」

「と、それならそれで、今度のことも勘助に助《すけ》っ人《と》を頼めばいい、とお思いでは？」

「しかしそれが、最初に義父殿が申された内輪もめがらみ、意地の張り合い」

「年寄りの話というのはまどろこしくて、相済《あいす》まないことでございます」

美水が灰吹きに、こんとキセルの雁首を打ち、使った煙草盆をお園の膝前にすべらす。お園がしないをつくって頭をさげ、帯間から自分の朱ラオを抜いて、火皿に美水の国分《こくぶ》をつめる。

「いえね、婿様、もう他愛《たわい》のない話といえば、それまでのことで」

ちびりと杯をなめ、立てていた右足を尻の下に戻して、美水が髷《まげ》の刷毛先《はけさき》をつまむ。

「とにかくそんな訳合いで、喜作も船宿の主と目明かしの、二足の草鞋《わらじ》。女房との仲もうまくいき、二年ばかし後にはお峰も生まれたのですが、困ったのがこのお峰」

「と、申されますと」

「いえいえ。困ったといっても、べつに手足が不満足とかいうことではなく、まあ、ちっと色は黒めといえ目のぱっちりとした、まずまず可愛い赤ん坊。喜作夫婦も自慢だったらしく、両国あたりへ夕涼みに出ましたときにはたき川へも、赤ん坊の顔を見せに。また門前は門前で、その五、六年前には勘助が生まれておりまして、船十と門前の縁からも、ゆくゆくは勘助とお峰を夫婦に、とそれぞれの親が考えるのは自然のこと。勘兵衛に喜作、また女房どももすっかりその気でおりましたところが、なんと申しますか、ちっとばかし、具合の悪いことが」

「お峰が病でも得ましたか」

「さあ、あれを病というか……婿様も会ってみれば得心なさいましょうが、背丈が、ちと」

「ちと？」

「伸びすぎました」

「それはまた」

「お峰が尋常だったのは帯解きのころまで。それからなんの因果《いんが》か、あれよあれよと育ちはじめまして、十五のころにはもう五尺七、八寸。おまけに顔なんぞも炭屋の娘と間違えられるほど黒くなりまして、さあ、そこで四の五のぐずりはじめましたのが勘助の野郎。ご承知のとおりあの勘助、下駄みた様な顔に色はまっ黒。躰はがっちりしておりましても、背丈はあんなもの。お峰と二人並べてみますれば、頭ひとつ、お峰のほうが上に出る見当で」

「誰が悪い、ということもないでしょうが、たしかにそれは、難儀な話ですな」

米造は杯をおいて竹箸《たけばし》をとり、箸の先で衣被《きぬかつぎ》の皮を、さっと切りのける。小野派一刀流仕込みの箸捌《はしさば》きにお園が息を呑み、美水が苦笑して、庭では寒雀《かんすずめ》が鳴きさわぐ。

美水の話に出ている勘助とは、浅草は浄念《じょうねん》寺の門前で線香店を出している古目明かし、人呼んで門前の勘助。二十四人いる古目明かしのなかでも世話役格で、米造は女房のお久《ひさ》も知っている。小柄で色白ではきはきと線香店をきりまわし、色黒で無骨な勘助とは微笑《ほほえ》ましいような対照がある。人の好みはそれぞれだが、勘助も自分の人相《にんそう》からして色の黒い大女は、勘弁だったのか。

「お峰と勘助さんの縁談はまとまらず。で、喜作さんは今でもそのことを根にもっているのですか」

「親の心持ちにしてみますと、それも仕方のなきこと。ちっと伸びすぎの色黒とはいえ、化け物ってわけじゃなし。気立てもよくて働き者で躰もいたって丈夫。喜作にしてみれば目に入れても痛くない、と思うほど可愛いひとり娘で、そんなお峰に、なんの不満があるのかと」

「そんなこんなで、以降はどうも、門前と船十はぎくしゃく。ですがべつに絶縁ってわけでもなし。お峰も喜作に、そんな昔のことはとうに忘れている。八百善のことで探索が必要なら勘助親分に助っ人を頼めばよござんしょ、と。そう口をすっぱくして意見してみても、喜作がどうにも首をたてにふらない。そのくせ昼間から自棄酒をくらって、鼻水を拭《ふ》きふき愚痴《ぐち》を並べる」

「見るに見かねて、お峰という娘が義父殿のもとへ」

「歳をとると人間、つまらぬいきさつに意地をはるもの。まして中風を患って身の自由がきかぬとあっては、喜作もより依怙地《いこじ》になりましょう。まあ、ではありますが……」

「義父殿としては喜作さんの顔も立ててやりたい。また八百善が内与力の威光を盾《たて》に目明かしを軽んずるような仕儀は、蚯蚓《みみず》御用全体に対する横車。ここはひとつ、たき川としても道理を示さねばなりませんな」

「婿様にそう合点《がてん》していただけると、この舅、頭がさがります」

「新鳥越橋向こうならもののついで。帰りしなに山谷堀をのぼってみましょう」

「まことに、恐縮でございます。岡っ引きの元締めなんぞという稼業は、こんな些事《さじ》にも出張らねばならず、婿様には今後とも、ご苦労なことでございます」

美水が苦笑しながら、ぽんとうしろ首をたたき、杯をとりあげてお園からの酌を受ける。お園も袂《たもと》で口元を隠しながら笑いをこらえ、米造は衣被を頰張る口の動きで、ため息をごまかす。八百善が一杯の茶漬けに百両二百両の値をつけようと、そこの姉娘がどこで死のうと生きようと、そんなことは八百善の勝手。そうはいっても蚯蚓御用元締めの職を先代米造からひき継いだ以上、目明かしとしてのけじめはつける必要がある。

「さて、長居をいたしました。お峰とやらの顔を見てから、堀江町へ戻ろうと思います」

「婿様、まだよろしいのでは」

「お葉に、暮れ前には帰れ、と云われておりますので」

「またあの我まま娘が……」

「そうではなく、今日は、豆撒きでございますゆえ」

江戸の豆撒きは寺社仏閣を別にして、町家も武家も、本来はすべて寝入り前。夜更《ふ》けてから戸障子を開け払って鬼を家外へ追いやり、素早く戸締りをして床につく。その習慣は長屋でも大商家でも同様だが、夜商いのたき川では夕前に形だけの豆撒きを済ませるのが仕来《しきた》りだという。

「お、さようでしたな。隠居をしたせいか、すっかりたき川の習わしを忘れておりました。今年は誰ぞ、年男に当たりましょうか」

「ちょうど音吉が」

「音の野郎がそんな歳になりましたか。ちっとばっか頼りない性質《たち》ではございますが、今後とも、よろしくおひき回しくださいまし」

美水が酔いの浮いた皺顔をつるりとなで、ゆるめていた首巻きを襟の内にたくし込む。その美水に頭をさげて座を立ち、米造がお園に会釈を送る。

「師匠、私は去《い》なせていただくが、義父殿のお相手を頼みます。たき川から重を持参しておるゆえ、どうか、ゆっくりと」

お園が片膝を立てて婀娜っぽく笑みを浮かべ、美水も痛む右足をかばいながら、よっこらしょと腰をあげる。日はかたむいたが空気は暖かく、遠く瓦焼きの煙がゆったりと西へなびいていく。

お園を座敷に残し、米造、美水と廊下を出入り口へ向かう。三和土の土間ではお若が柴《しば》を割《さ》いていて、すぐ框のほうへ下駄を鳴らしてくる。

「あれ、旦那様、もう?」

「この次はゆっくり、お若の三味線でも聞かせてもらおう」

「そんな」

「元気がよいのはけっこうだが、あまり団子や饅頭《まんじゆう》を食いすぎぬようにな」

「誰が、あれ、いやーなご隠居様」

すでに揃《そろ》えてある雪駄《せった》に足をおろし、つづこうとする美水を、米造が手で制す。

「義父殿、どうぞそのまま。お園師匠をひとり残したのではあとで恨《うら》まれましょう」

「婿様もずいぶんと、お口が軟《やわ》らかくなりましたなあ」

「それもこれもお葉のしつけ。義父殿に申してはナンですが、近ごろはすっかり、尻に敷かれております」

美水とお若が声をそろえて笑い出し、その二人に礼をして、米造は戸口側へ身を移す。

「お若も送らなくてけっこう。義父殿とお園師匠に先ほどの重をな。それから義父殿……」

戸口から外に出て内へふり返り、框に膝を折った美水に、米造が軽く頭をさげる。

「年明けに、などと仰有らず、近いうちぜひ堀江町へ。お若とて日本橋の賑わいが恋しいはず。暮内から参られて、歳取りはたき川でなされればよろしい。お葉もそれを望んでおりますれば、必ずや、そのように」

美水に返事をさせず、戸口に背を向け、米造は母屋を離れる。霜融けの泥濘《ぬかるみ》をさけて歩をすすめ、竹垣の寒椿に目をほそめながら庭を舟寄せに向かう。戸口では美水とお若が、縁側ではお園が米造の背中を見送っているのだろうが、なにやら気恥ずかしい思いがあって、そのまま栈橋へおりる。府内へ物売りに出る百姓の荷舟が綾瀬川をくだっていき、対岸の枯れ葦前では型のいい寒鮒《かんぶな》が、きらりと銀鱗《ぎんりん》を光らせる。

猪牙のもやい綱をとき、紙合羽はまとわず、米造は棹を使って舳先を川下側へ旋回させる。

山谷堀をのぼって船十をのぞき、それから堀江町のたき川へ帰る前に、今日の米造にはもう一カ所、寄る場所がある。

二

まあ、たしかに色は黒かったがと、山谷堀から大川へ猪牙の先を向けながら、米造はお峰の顔を思い出してこみあげる笑いをこらえる。新鳥越橋向こうにあった船十は美水に聞いたとおりの小店、船頭も鈍重《どんじゅう》そうな若者がひとりいるだけで、商売《あきない》のいっさいは娘のお峰が仕切っている。このお峰も聞いていたとおりの大女、美水は「勘助より頭ひとつ」と云ったが、米造の見たかぎり、頭ひとつ半は上に出るだろう。小柄で色白で華奢な女を好む江戸気質《かたぎ》からは、なるほど埒《らち》がはずれている。お峰がまた自分のその長身を恥入るように背中を丸め、終始うつむき加減に茶を出すような女だった。そうはいっても米造はもともと奥州《おうしゅう》の白河育ち、お峰程度に大柄で色の黒い百姓娘は子供のころに見なれている。顔色だって「炭屋の娘」というほどではなく、目のぱっちりしたおちょぼ口で、好みはともかく、まずは美形の部類だろう。くわえて働き者で躰も丈夫で親孝行ということなら、婿入り希望者のひとりや二人、いてもよさそうなものだが。

主の喜作は米造も顔を合わせたことがあって、干瓢《かんぴょう》のような風貌と不自由な右半身は相変わらず。八百善の娘、お美代の件についても美水の説明からかわるところはなく、「たき川の若い者と下っ引きを助っ人に出すから、喜作さんの差配で片《かた》をつけてほしい」という米造の申し出に、鼻水をすすりながら低頭した。八百善の娘お美代がいつ、どこでどんなふうに死んだのか。北町奉行所の内与力山科大三郎がお美代の死に関わっているのか否《いな》か。まさか奉行の曲淵甲斐守まで絡《から》んではいないだろうが、清次ならそのあたりの探索を抜かりなくこなすだろう。

大川の右岸になにやら喚声《かんせい》が起こり、米造は艪をこぐ手をとめて、浅草寺の五重塔方向に目をやる。節分のこの日、江戸にある多くの寺社では庶民を集めて豆撒きの式をおこなうが、なかでも浅草寺の賑わいは随一。刻限もそろそろ七ツで、今日最後の豆撒きでも始まったのだろう。浅草寺では豆のあとに〈節分般若心経《はんにゃしんぎょう》日数所〉と書かれた札も撒き、その札から節分の二文字を切り抜いて飲み込めば安産の守りになるという。お葉にもそのうちそんな守り札が必要になるかと思うと、米造はふと、気恥ずかしい気分になる。

猪牙はすでに大川橋の下をくぐりすぎ、胸内にあるお葉の顔が由紀江《ゆきえ》の顔にかわる。由紀江は白河にいたころ藩の若侍たちが憧れた、御弓《おゆみ》奉行の娘。嫁してのち離縁になり、今春からは白河藩江戸屋敷に召し出されて奥向きの勝手を任されているという。米造がこの夏、松平定信の招請《しょうじょう》を受けて藩下屋敷に出向いたのも、本心では由紀江の顔が見たかったから。しかしその折りは邂逅《かいこう》かなわず、以降は消息を聞くこともなく過ごしてきた。

そんな由紀江から手紙《ふみ》を受けたのが、昨日のこと。躰慣らしにかよっている茅場《かやば》町《ちょう》の剣術道場を出たところで、手代ふうの若い男に頭をさげられ、「明日《みょうにち》七ツ刻、駒《こま》形堂《んどう》近くの料理屋、〈奥村《おくむら》〉までお越しを」との書包みをわたされた。由紀江に恋心を抱いていたのはすでに十年もの昔、ましてや今は腰の大小を捨て、たき川の主人と蚯蚓御用元締めの座についている。家で待っているお葉のことを考えるまでもなく、本来なら由紀江に会うことなど、人の道として憚られる。そうは思うのだが、少年時代の甘やかな記憶が猪牙の先を駒形堂へ向けてしまう。由紀江にしても手紙をたき川へ届けてきたわけではなく、米造が茅場町の直心《じきしん》流丸目《まるめ》道場に出入りしている事実を調べている。たんに昔を懐かしむための呼び出しでないことは明らかで、旧主家筋、白河松平家への義理という名目を立てれば、心中《しんちゅう》のうしろめたさも割引ける。

猪牙が大川橋をすぎると右手側は材木町《ざいもくちょう》の河岸地。付近の右岸では殺生《せっしょう》が禁止されているから、釣り人の姿も本所《ほんじょ》側にちらほら見えるのみ。浅草寺の荷揚げ場には屋根船や茶船がもやってあり、そのわきをくだって竹町《たけちょう》の渡しもすぎる。駒形堂はもう目と鼻の先で、米造は猪牙を寄せられる河岸を探しながら艪を棹にかえる。すすんでいくと駒形堂の手前に空いている雁木《がんぎ》が見つかり、そこに猪牙をつけて棒杭にもやいを掛ける。かたむいた陽射しが本所側の町屋を飴《あめ》色にそめ、夕景のなかを朱鷺《とき》の群れがやかましくわたっていく。河岸地にあがって奥村という料理屋を探しはじめたとき、ちょうど浅草寺の鐘が、七ツを打ってくる。

河岸道沿いに店を出した奥村は二階家づくりの料理屋で、表は細格子に紺暖簾。路地には水が打たれて箒《ほうき》の目が入り、小さい陽溜りには白猫がうずくまっている。道沿いにはほかにも料理屋が軒を並べているが、特別に目立つ造作ではなく、格式としても中程度か。

暖簾をくぐって案内を乞《こ》い、出てきた女中にみちびかれて二階へあがる。日暮れ前のせいか客も少なく、閉め切られた各戸障子の内から人声は聞こえない。

女中が座敷のひとつに声をかけ、内に衣擦《きぬず》れの音がして障子が開かれる。なかでは二人の女が茶托《ちゃたく》をはさんでいて、ひとりは大川方面へ顔を向け、障子を開けた若い女はそのまま敷居際にかしこまる。不思議だったのはどちらも町家のつくりをしていることで、顔を見せないほうは鼠絽《ねずろ》の綿入れを着て商家の新造ふう、もうひとりも地味な縞の着物をまとって、髪には光り物もない。

一瞬なにかの手違いかとも思ったが、大川へ顔を向けている女のうなじに、米造の記憶が甘やかに痛む。

若い女にうながされ、米造は座敷へ入って、由紀江の前に端座《たんざ》する。女中がさがってから由紀江が顔を向け、畳に指をそえながら、いたずらっぽく微笑む。その黒目勝ちのくっきりした目が十年の歴史《とき》を巻き戻し、美しい鼻筋が米造の感傷を、切なくくすぐる。目元に小皺はふえたが色の白さはかわらず、顎先から咽への皮膚にも歳の弛《ゆる》みはない。女によってはこんなふうに、年齢が美しさに磨《みが》きをかける例も、たまにはある。

由紀江に目で合図をされ、若い女が湯呑を片付けて座敷をさがっていく。

「倩一郎さま、お懐かしゅうございます」

「由紀江殿には、おかわりなく」

「かわりはありました。わたくしが嫁ぎ先を不縁になったことは、天野善次郎《あまのぜんじろう》さまからお聞きでございましょう」

「なにとはなく」

「この夏は下屋敷へ、とのお誘いでございましたが、殿や天野さまがご一緒では気が置けますゆえ、ご遠慮いたしました」

「あれから半年、故《ゆえ》あって私も今はご覧のとおり、船宿の主です」

「たき川の米造親分、でしたわね。ですがわたくしにとって倩一郎さまは、あくまでも白河の真木倩一郎さま。由紀江も倩一郎さまの前では、白河の我まま娘に戻らせていただきます」

由紀江が可笑しそうに米造の目をのぞき、口をすぼめながら、小さく微笑む。もともと由紀江にはたわむれを好む癖《へき》があり、法事の席で指に触れられたり、町なかでのすれちがいざまにアカンベエを見せられたり、米造は子供のころから翻弄《ほんろう》されていた。そんな十年の歳月が壊れた走馬灯のように、ぎくしゃくと目の前を行きすぎる。

廊下に足音がして障子が開き、店の女中が二人の前に膳をそろえはじめる。由紀江の供らしい若い女は顔を見せないから、浅草寺見物にでも出かけたのだろう。

二人の前に酒肴《しゆこう》が並び、女中がさがってから、由紀江が白い腕を箱銚子《はこぢようし》にのばす。米造は由紀江からの酒を杯に受け、ひと息に飲む。それから杯洗《さかずきあらい》を使って杯を由紀江に手わたし、米造が由紀江に酒をつぐ、由紀江は口をつけただけで杯を下におき、自分の杯を米造にさし出す。この十年、米造のほうは父の倩右衛門《せいえもん》に従って白河を去り、倩右衛門の死後は剣術修行のために諸国を経巡《へめぐ》った。由紀江が江戸藩邸に召し出され、米造が武士を捨て、今は大川を望む料理屋で酒肴の膳をはさんでいる。

「倩一郎さま、この十年、由紀江は倩一郎さまのことを、ずっとお恨みしておりました」

「はあ?」

「白河をお出になるとき、なぜひと目なりと、会いに来てくれなかったのです」

「さあ、そう申されても」

「この夏、下屋敷でお目にかからなかったのは、薄情な倩一郎さまへの、由紀江の仕返しでした」

「しかし……」

真木倩一郎時代の米造が由紀江に思いを寄せていたことは、事実。だからといって由紀江の気持ちを聞いていたわけでもなく、それにあのときは出立《しゅったつ》自体が人目を憚るものだった。かりに由紀江と会っていたところで、以降二人の人生に変化があったとも思えず、今ごろになってそれを云うのは、例の由紀江の、たわむれ癖だろう。

「しかし由紀江殿、本日のお招きは、そのような昔話ではないでしょう」

「懐かしいお顔を拝見したかっただけ、という理由では、いけません？」

「それほど自由なお躰ではないはず」

「奥向きの勝手を預かっておりますので、出入り商人たちと交わることも多く、たまには他出も許されます」

「このような料理屋にも慣れている、と」

「お口の悪い。先ほどここにいた娘は鈴《すず》、そしてこの奥村は鈴の実家。鈴は当上屋敷へ行儀見習いにあがっておりますゆえ、わたくしも外出の折りは寄らせていただき、このように、姿形《なり》も寛《くつろ》がせてもらいます」

「さようですか」

「倩一郎さまこそ、お江戸の水にそまって、世慣れたお人柄になられたこと」

あけてある窓に大川からの風が冷たく流れ、同時に船頭が唸《うな》る潮来節《いたこぶし》が高声で聞こえてくる。本所側の空もすでに日が陰って、行きかう船の艪音だけが慌ただしい。

由紀江が不意に居住まいを正し、畳に両指をそえて、面《おもて》を伏せる。

「倩一郎さま、本日お越しいただいたのは、白河への帰藩をお願いしたいため」

「いや、それは」

「無体《むたい》は承知で申しあげております。殿のおんため、白河のため、白河領民のため、曲げての帰藩を、なにとぞ」

「由紀江殿」

面を伏せた由紀江の奥襟に白い背中がのぞき、米造は目をそらして、杯を口にはこぶ。

「十年前にかわらず、たわむれの激しいご気性ですな」

「たわむれではありません」

「唐突に理不尽《りふじん》を申されるは、昔とかわらぬ、たわむれ」

「けして、けして、たわむれでは」

由紀江がきっぱりと面をあげ、手を膝に戻して、正面から米造の顔を見つめる。

「現在ただ今、殿のおん身には、危難がふりかかっております。何者かが殿を亡きものにしようと謀《はか》っていることは、火を見るより明らか。その証《あかし》が、これにございます」

由紀江の右手が留袖《とめそで》の左袂《たもと》をさぐり、その手に縮緬の巾着《きんちゃく》が見えて、なかから油紙の包みがとり出される。由紀江が膳越しに包みを米造の手にわたし、米造が包みを開く。あらわれたのは焼き塩に似た白い粉で、由紀江の気配からもまさか、塩や砂糖ではないだろう。

「石見《いわみ》銀山にございます」

「砒石《ひせき》、ですか」

「出入り商人の伝手《つて》をたよって、内々に調べさせました。その包みは賄方《まかないかた》の女中が隠しもっていたもの。このところ殿のお加減がすぐれず、昼間より床に臥されることなども。日ごろよりご壮健な殿にしては解《げ》せぬこと、となにやら虫の知らせのようなものがあり、先ほどの鈴に気を配らせておりましたところ、賄方の女中に、怪しき気配が」

「賄方の女中に、して、その女中は」

ございます」

「詮議《せんぎ》のためひと間に押し込めておきましたものを、目をはなした隙に、殺《あや》められて

「それは、尋常ならざる……」

「ですから倩一郎さま、一日も早く帰藩し、殿のおそばにあって、殿のお命をお守りくださいませ」

大川で船同士がぶつかったような音が聞こえ、二言三言、野次と罵《ののし》り声がとび交う。定信から米造が帰藩を乞われたのは、まだこの夏のこと。国元では真木倩一郎が先藩主、松平定邦《さだくに》のご落胤《らくいん》なりとかいう噂が流れたとか、流れなかったとか。そんな白河藩へ戻ったら家中に無用な混乱が起きるのは必定《ひつじょう》。米造は市井《しせい》で生きる道を選び、お葉との暮らしを選び、刀を捨ててたき川の婿におさまった。定信もその経緯《けいい》を承知し、祝言には腰の二刀のかわりにと、小柄《こづか》仕込みの家紋入り鉄扇を下賜《かし》してくれた。そんな定信が今さら、米造を召し出すはずはない。

「由紀江殿、事情は承《うけたまわ》りましたが、私の帰藩云々《うんぬん》はできぬ相談」

「なぜです」

「すでにたき川へ婿入りし、目明かしの元締めなどという卑《いや》しき職に身を落とした者が、有徳院《ゆうとくいん》様のおん孫でもあらせられる定信様のおそばに仕えることなど、お家の誰

が許しましょう」

「なれば、名をかえ身分をかえ、せめてこの騒動が収拾《おさ》まるまでても」

「それも笑止。白河のお家は懸念《けねん》されますが、私には江戸三百の目明かし、その目明かしどもが守らねばならぬ民《たみ》の暮らしがあります。英明な定信様にあっては、そのあたりの理屈をご承知のはず」

「ですが……」

「お家内《いえうち》のもめ事はお家内で収拾めるのも大名の理屈。奥向きには由紀江殿が、また殿のおそばにあっては、天野善次郎がおりましょう」

「あのように頼りなきお方、当てにはできませぬ。それに天野さまはすでに、宇賀美《うがみ》さま一派に内通なされているやも」

「宇賀美様？」

「国元の次席家老、宇賀美広昭《ひろあき》さまです」

　今の次席家老が十年前と同じなのか、かわっているのか。いずれにしても宇賀美家は代々藩の老職を世襲する家柄で、藩内の大権勢家であることは米造にも記憶がある。現在の白河藩がどういう勢力構成で、どの勢力にどんな思惑があるのかは知らないが、由紀江の告発を信じるには材料が少なすぎる。

「して、由紀江殿が、天野がすでに次席家老に内通しているやも、と思われる理由は」

「来春天野さまにお輿入《こしい》れなさる吉野《よしの》さまは、村方奉行、神尾《かみお》さまのご息女。神尾家は宇賀美さまの縁つづきにございますれば」

「そこまでは聞いていなかったが」

米造はひと息ついて杯に手酌し、酒を口にはこんで、窓の外に目をやる。天野善次郎がたき川を訪ねてきたのはひと月ほど前。定信が正式に家督をつぎ、善次郎もお側役にくわえて江戸留守居見習いを拝命した、と上機嫌《じょうきげん》で酒を飲んでいった。そのときは家中の内紛《ないふん》など話題にものぼらず、善次郎の様子にも危難の気配は見えなかった。新藩主が白河松平の血筋ではなく、田安《たやす》家からの天下りとなれば多少の確執《かくしつ》は避けられぬこと。しかし定信はすでに藩内の人心を掌握《しょうあく》し、年来の不作、また浅間《あさま》の山焼けによる翌年の凶作に備えて、領地《くに》内外の手配に奔走《ほんそう》しているはず。家士《かし》にしても覇権争いなどと呑気《のんき》に構えている場合ではないだろうに、饅頭の餡《あん》を食らうか皮を食わせられるかは、大儀以上の関心ごとなのか。また善次郎にしても、定信に砒石がもられるほどの大事があったのなら、なぜひと言ぐらい、たき川へ知らせてこないのか。

杯をほし、膳から砒石の包みをとりあげて、米造はそれを帯間にはさむ。

「この物騒なものは、一応、私が預かります」

「では帰藩のお願いを、お受けくださるのですね」

「それは当初より、無理なお話と申しあげている」

「わたくしがこれほど理を重ねて、お願いしても」

「由紀江殿の理は由紀江殿のみの理、私には私の理があります」

「倩一郎さまはいまだに、白河を恨んでいるのですか」

「白河を、恨む?」

「本来なれば白河のご当主におさまられたやも知れぬお身、その倩一郎さまをお父上ともどもお家から追い出した藩ご重役方、ならびに先殿定邦さまを、倩一郎さまは今でもお恨みなのでしょう」

「私が定邦様のご落胤なりや、という噂がお家内にあったことは、天野からも聞いております。ですがそのような噂は、根も葉もないたんなる風聞《ふうぶん》」

「噂には根も葉もあり、証とて、しかとございますれば」

由紀江の目が米造の目をとらえ、大きく見開かれて、白い頬に赤みがさす。結ばれた唇《くちびる》はしばらく動かず、その黒目が生き物のように、じっと米造の顔を見つめてくる。

やがて由紀江の肩から力が抜け、手が杯にとどいて、酒がその口に消える。

「二十六年前、定邦さまが千枝《ちえ》さまを手込めになされ、その結果として生まれたのが、倩一郎さま、あなたです」

「たわけたことを」

「その当時ご老職を勤めておられた方々は、ほとんど亡くなられております。ですが今のご城代、吉村又右衛門《よしむらまたえもん》さまのお父上さまはご存命で、わたくしは江戸へ参る前に、そのご隠居様より当時のいきさつを聞いております」

「思惑も知れぬ年寄りの昔話など、聞きたくはない」

「いえ、聞いていただきます。二十六年前、大納戸《おおなんど》役をお勤めになっていた倩右衛門さまは、ふた月ほど江戸への出府を命ぜられたとか。その間に定邦さまは西郷《にしごう》村へお鷹狩《たかが》りに出られ、村内の浄真《じょうしん》寺でご休息をとられました。その折りに千枝さまが、お身回りのお世話役として召し出されたのです。そのような手配ができたのは、ご老職方が定邦さまの意を受けていたからこそ。藩内一の美形と噂のあった千枝さまが、定邦さまのお目に」

「父からも、母からも、そのような話は聞いていない」

「お聞きになっていなくても、倩一郎様が生まれたのは事実です」

「しかし……」

「定邦さまには男のお子がなく、本来なれば倩一郎さまが白河のお世継ぎ。でもまさか、藩主が家臣の妻女を手込めにしたことなど公《おおやけ》にできるはずもなく、倩一郎さまはそのまま、真木家のお子として育てられたのです」

「父が、不義の子と知りつつ、私を育てたと」

「倩一郎さまが家督をつがれたのち、老職にとりたてる約定《やくじょう》だったとか」

「その話をされたご隠居様とやらには、耄碌《もうろく》が入っておられる」

「話が事実であることは、倩一郎さまご自身がご存じ。だからこそ倩一郎さまは白河の困難に目をつぶり、殿のお命すら、軽んじられるのでしょう」

由紀江が懐紙をとり出して口元をおさえ、米造も首筋ににじんだ汗に、手の甲をそえる。時分どきなのか店にも客が入りはじめ、外の廊下を足音や人声が行き来する。

米造は手酌で酒を飲み、上気した由紀江のととのった顔を、正面から見つめる。

「しかし、由紀江殿」

「はい」

「母から直接聞かされたならまだしも、二十六年前のでき事などに、誰も証は立てられません。先殿も凡庸《ぼんよう》ではあられたが、非道を好まれるご気性とは聞いておらぬ」

「藩政《まつりごと》には凡庸でも、女子《おなご》に対しては非道を好まれるご気質です」

「ご隠居様の言《げん》だけでは証とは云えますまい」

「証は別のことです」

「さて、どのような」

「今、倩一郎さまの目の前にいるわたくしが、その証です」

表情のない由紀江の顔に目だけが光をまし、逆に上気の色が、すっと失《う》せる。窓からの風がとまり、大川の艪音も廊下のざわめきも、一瞬に凍りつく。

「二十六年前、千枝さまになされたと同じ振舞いを、先殿は、わたくしにも」

「いくらなんでも……」

「場所も昔と同じ浄真寺。わたくしもただお身回りのお世話を申しつけられただけ。まさか、あのようなことになるとは、思いもよらず」

由紀江の頬がひきつり、息を呑む音が聞こえ、膝に拳《こぶし》が握られる。

「そして、それを知ったわが主人は、気を狂わせました。わたくしも一時は自害を、と思いましたなれど、親兄弟縁者などの行く末を考えればそれも叶わず。こうやって今、倩一郎さまに、お目にかかっております」

由紀江の目に涙がにじみ、しかしその涙は頬を流れず、黒目に映った米造の顔が木偶《でく》人形のように、唖然《あぜん》とゆれ動く。天野善次郎からも、由紀江の前夫は「廃嫡《はいちゃく》されて鏡石村《かがみいし》の山寺に幽閉されている」と聞いていたが、由紀江の今の説明を聞けばその話にも筋道はつく。そして由紀江が米造にそこまでの秘密を告げるからには、二十六年前に母千枝の身に起こった不幸も、あるいは、事実なのか。

由紀江が目の前の膳をわきに退《ど》け、唇をふるわせながら、畳に指をそえる。

「倩一郎さま、わたくしも自身の恥をさらしてまで、このようにお願いしているのです。ご城代さまは今も昔も、ただの飾りもの。実際に藩政を仕切ってきたのは宇賀美さまと、それにつながる一派。その宇賀美さまが今は殿のお命を狙っているのです。倩一郎さまにおかれても、白河へのお恨みが晴れぬなら尚《なお》のこと、なにとぞ、なにとぞ、殿に、お力をお貸しくださいませ」

由紀江の面があげられ、涙で光を強くした動揺のない目が、射るように米造の顔を見つめる。

米造と由紀江がお互いの目を見交わしていたのは、十も息をするほどのあいだだったか。由紀江は畳から手をあげず、米造は言葉が見つからず、好きあった男女のようにただお互いの目を、無言で見つめあう。十年の年月はお互いの立場をかえ、そして十年の年月は誰の心からも、子供の無邪気さを奪いとる。

米造は由紀江の顔から視線をはずし、両手を膝にそえて、目礼をする。

「由紀江殿、懐かしいお顔が拝見できて、よき時をすごせました」

「倩一郎さま」

「されどただ今のお話は、伺《うかが》わなかったことにします」

「わたくしが、これほどお願いしても」

「人は恨みつらみで生きるものではなく、また出自血筋で生きるものでもなく、その者一人《いちにん》として生きるもの、と心得ます。私の父が定邦様であれ倩右衛門であれ、またそのへんの犬畜生《ちくしょう》であれ、わが身には無縁。現在のわが身に恨みもなければ、過去に遺恨《いこん》もありません。また定信様ほどの英明な殿であれば、ただ今の危難など、おひとりの裁量で切り抜けられるはず。私の出る幕ではなく、出られる立場でもなく、これ以上の無理難題は、たんに、迷惑を感じるのみ」

腰をあげ、もう一度由紀江に目礼をして、米造は廊下側の障子戸へ身を移す。

「倩一郎さま。由紀江は、倩一郎さまを、見損ないましたぞ」

足をとめかけたが、しかしふり返らずに障子をあけ、廊下へ出て、ふり返らずに障子を閉める。廊下の掛け行灯《あんどん》にはすでに灯が入り、階下からは商人らしい客があがってくる。

米造は商人をやりすごしてから階段に足を向け、階段をおりながら、腰の鉄扇を握りしめる。自分が招請すれば、米造がたき川やお葉を捨て白河藩へ戻るなどと、由紀江は本気で考えたのか。定信にもられたという砒石、その砒石をもったとされる女中の死、家中の内紛など気配にも見せなかった天野善次郎。すべては曖昧《あいまい》で、すべて気にはなるが、人には人の分《ぶん》がある。

さて、豆撒きに間に合うかどうか。もし遅れたらお葉からどんな小言をくらうか知れたものではないなと、米造は、こほっと空咳をする。

＊

鎧の渡しをすぎて思案橋をくぐると、掘割の向こうに市村《いちむら》座、中村《なかむら》座の芝居櫓《やぐら》が見えてくる。二座の櫓は夕闇に包まれ、蔵河岸《くらがし》に点在する船宿の裏軒にもそれぞれ行灯がともっている。芝居町では顔見世興行も終わって春芝居を待つばかり。そうはいっても堺町《さかいちょう》や葺屋町《ふきやちょう》には芝居茶屋、出合い茶屋、陰間《かげま》茶屋、それに人形《からくり》芝居や娘義太夫《ぎだゆう》を聞かせる小屋などが並んでいるから、二座芝居のない期間にも相当の賑わいがある。たき川の掘割口にも軒行灯の灯が入り、二階座敷のひと間にもすでに客の気配がある。

米造が棹をあやつって船寄せに猪牙をつけると、どこかで見ていたのか、船頭の音吉と芳松《よしまつ》が戸口からとび出してくる。

「へい、親分、お帰りなさい」

声をかけてきた芳松にもやい綱をほうり、米造はひらりと、猪牙から桟橋に身をうつす。本職の船頭でさえ舟への乗りおりは慎重になるところを、米造はうっかりすると小野派一刀流できたえた六尺跳びの技を使ってしまう。

「いよっ、日本一。鞍馬《くらま》の天狗《てんぐ》かたき川の二代目かってね。おいらもそういう軽業《かるわざ》を見せて品川《しながわ》あたりの女郎を、ひいひい泣かせてみたいよ、ちくしょうめ」

音吉が金壺眼《かなつぼまなこ》を見開いて見得《みえ》を切り、芝居がかった仕種で米造の腰つきを真似る。この冬場でも着物に綿を入れず、たき川の印袢纏《しるしばんてん》に手拭《てぬぐ》いの首巻き。衣装《なり》だけは感心するほど粋《いき》に決めているのだが、なにせ顔が寸詰まりで足ががに股。一方の芳松は顎も鼻も長くてたれ目の糸瓜顔《へちまがお》。二人が顔を並べているところを見ると笑いをこらえるのに苦労する。

米造の肩から紙合羽をはずし、音吉が身を寄せてきて鼻先を上向ける。

「ねえねえ親分、さっきからお嬢さん……じゃねえ女将さんが、豆を食いすぎた牝鬼《めすおに》みてえな顔で、頭に五、六本も角を生やしてるよう」

「豆撒きは」

「そいつはちょいと前に、おいらが」

そのとき戸口に、ころんと下駄の音がして、座敷用に薄化粧をしたお葉が斜構《はすがま》えに顔を出す。

「音さん、誰がどこに、何本の角を生やしたって？」

「へっ、えーと、鬼の角ってのは、ありゃたしか、二本だったかと。ということで親分、おいらはそういうことで。おい芳松、さっきの将棋はてめえ、桂馬《けいま》を尻の下に隠しやがったろう。おめえのすることは狡《こす》くていけねえ。それだから大坂からの下者《くだりもん》は、信用できねえんだあ」

音吉と芳松が二人そろってうしろ首をおさえ、お葉の視線を避けるように、あたふたと戸口へ駆け込んでいく。

その二人に険のある流し目を送って、お葉が小鼻をぴくぴくさせながら、また二、三歩、米造のほうへ下駄を鳴らしてくる。

「あーれお前さん、ずいぶんお早いお帰りだねえ」

「豆撒きには間に合わなかったようだな」

「暮れ前だって念を押したじゃないかえ。まさか吉原あたりで……」

「吉原の手前の山谷堀だ」

「山谷堀?」

「義父殿に頼まれてな。船十の縄張り内で怪風な死人《しびと》が出たらしい。それで喜作さんのところへ寄ってきた」

「それならそうと、最初《はな》から云っておくれね。あんましお前さんの帰りが遅いんで、あたしゃ余計な心配をしちまったよ」

帰りが遅い、といってもせいぜい半刻か四半刻。たき川の豆撒きは形だけで節分料理のほうが本番だというから、米造がいてもいなくても、大したかわりはない。それでも奥村で由紀江に会っていなければ、お葉の頭にもこれほどの角は生えなかったろう。

「それよかお前さん」

お葉が眉を開きながら肩を寄せ、米造の袖口に手をかけて、その躰を戸口へうながす。

「最前から門前の勘助さんと、北町奉行所《おきた》のご同心がお見えだよ」

「北町の……」

「なんだかシャッチコばったお人で、そりゃ可笑しいったら」

「門前にはこちらも用があったが、清次はいるか」

「お客を送って深川の先へ。おっつけ戻る頃合いだけど」

「山谷堀の件で清次に頼みがある。帰ったら声をかけてくれ」

お葉がはいはいと返事をして米造を戸内へ押し込み、自分では下駄を鳴らして賄い口へ消えていく。帳場の結界から利助が「お帰りなさいまし」と頭をさげ、表口からは飯炊きの権助が何食わぬ顔で、灯したつけ木を賄い口へ運んでいく。

米造は利助に会釈をして雪駄を脱ぎ、帳場わきの長暖簾を割って、主人用の居間に入る。居間では掘割側を閉め切った障子戸の前に勘助と若い同心が胡坐《あぐら》をかいていて、二人は米造の顔を見てすぐ、胡坐を正座に直す。米造も二人の前に膝を折り、勘助には無沙汰の挨拶をする。

「ええ、ということで二代目。こちらはこのたび北の御番所で定町廻《じょうまちまわ》り入りなすった、神坂平之助《かんざかへいのすけ》様で。神坂の旦那がたき川へご挨拶をってんで、この汚え面がお供を、とね」

「さようですか。本来ならこちらから挨拶に伺うのが筋、わざわざ恐縮です」

「とんでもござらぬ。手前、若輩《じゃくはい》の不束《ふつつか》者、よろしく、おひき回しのほど、このとおり、お願い申します」

神坂という同心が老中にでも拝謁《はいえつ》するように低頭し、顔をあげたあとも米造には目を向けず、膝の上で手を握ったり開いたり、ぎこちない仕種をくり返す。顎の尖った中高《なかだか》の顔つきで眉が奇妙に濃く、細身のわりに肩だけがつっ張って、全体になにかが、ちぐはぐな印象を受ける。はて、この顔はどこかで見たような気がするが、と米造は端座したまま、じっと神坂の風体《ふうてい》を値踏みする。

若い女中が入ってきて二人の前から茶仕度をさげていき、つづけて女中頭のお種が顔を見せて、三人の前に酒肴の膳をそろえはじめる。肴《さかな》は白魚《しらうお》の酢の物に鰊《にしん》と大根の炊き合わせ、小鉢には和辛子《わがらし》をきかせた餡かけ豆腐がそえてある。お種と勘助はもう何年来の顔なじみで、そのお種が神坂、勘助、米造と一献《こん》ずつ酌をして、すぐに座をさがる。

「神坂さん、失礼ですが、以前にどこかで」

「は、あ、いや、真木殿、手前の顔など、覚えていてくださったか」

「と、申されると」

「ほれ、福井町《ふくいちょう》の佐伯道場で、十年ほど前に」

「私が入門したばかりのころ、ですか」

「さようさよう。当時は養子に出る前でして、姓を田川《たがわ》と申していましたが」

「田川、田川、田川……お、あのときの、田川さんか」

　神坂が濃い眉根を大きく開いて破顔し、つっ張った肩を決まり悪そうにすくめて、ほっと息をつく。云われてみればその顔はまさしく田川平之助、いつも同年輩の荒井《あらい》七之助《しちのすけ》に打ちのめされて、唇をかみながら鼻水をすすっていた男ではないか。荒井の田川に対する稽古は度を超した激しさで、真木倩一郎は仲裁《ちゅうさい》にも入り、荒井の乱暴を諫《いさ》めもした。荒井の云い分に他意はなく、たんに「こういうなよっとした胡瓜《きゅうり》顔が気に食わねえ」というものだった。田川はそれからひと月ほどで道場をやめていったが、荒井も倩一郎も、理由は知らなかった。

「その節はまことに、お世話になり申した。あの乱暴者の荒井さんに終日……」

　ほっとしたような顔で杯をほし、すぐに勘助から酌を受けて、神坂が二杯目も飲みほす。

「いやあ、なにせ荒井さんには目の敵《かたき》にされまして、辛かったのなんの。神田川へ身を投げようと思ったことも一度や二度ではなく、もし真木殿にかばっていただかねば、実際、身を投げていたかも」

「なにを、大げさな」

「大げさではございません。手前は元々南町奉行所吟味《ぎんみ》方与力、田川彦之助《ひこのすけ》の三男。この親父殿と申すのがまた頑固《がんこ》者で、相弟子《あいでし》にいじめられて道場をやめたいなどと云ったら、その場で即手討ち。いやーっ、生きるも地獄、死ぬるも地獄とは、まさにあのときのこと」

「その田川さんが神坂の家へ」

「はい。地獄に仏とはよく云ったもの。養子話が来たときにはもう嬉しくて嬉しくて。一も二もなくとびつき、また養子入りと同時に奉行所へ見習い奉公にあがりましたゆえ、それを口実に佐伯道場もやめられました。それがまたこのたび……」

神坂が尻をずらして改まり、畳に手をそえて、慇懃《いんぎん》に低頭する。

「このたび、ありがたくも、定町廻りのお役をいただき、またもや真木殿……いや、たき川の米造殿とともにお役を務められる仕儀、この神坂平之助、身にあまる幸せ。なにとぞ、よろしく、おひき回しくだされ」

「まあああ、ねえ、神坂の旦那」

勘助が色黒の下駄顔を笑わせて神坂の面をあげさせ、杯に酌をして、その徳利を米造の杯にものばす。

「そうシャッチコばらねえだって、よござんしょう。二代目はこのとおり、ザックバランなお人だ。旦那がそう肩をつっ張らかしてたんじゃあ、あっしのほうも酒が飲めねえ」

「いや、されど、まことにこのたびは……」

「このたびは目出《めで》てえ目出てえ。ねえ、旦那が二代目と昔馴染《なじ》みってえことなら、あっしのほうも気が置けねえや。そういうことで二代目、北の御番所もやっと、定町廻りの頭数がそろったような按配《あんばい》で」

この夏、田沼意知の意を受けた定町廻り同心、友部八郎がお葉の拉致《かどわかし》を謀った一件があり、その友部を米造が斬って田沼とたき川はとりあえずの和睦《わぼく》をみた。しかし根来者の友部を無理やり定町廻りに押し込んだのは、奉行の曲淵甲斐守。そのときの確執やらあと始末やらで定町廻りの欠員が埋まらなかったという。まさかこの神坂が曲淵や田沼と通じているとも思えないが、しばらくは意にとめておく必要がある。

暖簾が割れてお葉が顔を出し、片膝をついただけで米造のほうへ首をのばす。

「お前さん、清次さんが帰ってきたけど」

「待っていた。すまぬがお葉も、ちと残ってくれ」

お葉がかるくうなずいて座敷へ入り、米造のとなりに腰をおろす。つづけて清次も暖簾をくぐってきて、米造、勘助、神坂の順に頭をさげながら出入り口側に膝を折る。


「清次、こちらのお武家はこのたび定町廻り入りされた、神坂平之助さんだ」

「さようで。当宿の船頭、清次でござんす。お見知りおきを」

清次が苦みばしった目つきで神坂に挨拶をし、神坂も肩をつっ張らせて礼を返す。

米造はお葉の手伝《てづて》に清次へ杯をわたし、お葉がその杯に酒をみたす。

「神坂さん、勘助さん、それに清次。実は山谷堀で怪風な死人が出てな。その話を聞いてもらいたいのだ」

三人が顔をあげてそれぞれに杯をおき、膝の位置をわずかずつ米造へ向ける。

「山谷堀の船十は門前の分家筋、本来なら勘助さんのところへ行く話らしいが、義父殿に聞いたところによると、ちと訳あり、とかでな」

「や、や、二代目。べつにあっしのほうは、どうこうってことじゃ……ただ喜作のとっつぁんが、どうにも因業《いんごう》な性分《しょうぶん》で」

「まあいい。お峰も昔のいきさつなどには頓着《とんちゃく》していなかった」

「あの大女に、お会いになったんで」

「気立てがよくて働き者で親孝行。勘助親分、ちと贅沢が過ぎたのではないか」

「だって二代目、世間には釣合いってもんがござんしょう。うちは代々線香屋、お峰を嫁にもらって炭屋に商売がえしちまったら、先祖に申し訳ねえ」

お葉が下を向いて口元をおさえ、清次も頬をさすりながら笑いをごまかそうとする。神坂以外はみな事情を知っているはずなので、お葉の酌を受けながら米造がつづける。

「山谷堀で出た怪風な死人というのは、八百善の姉娘、お美代という」

「おっと、八百善の」

「五日前の早朝、喜作さんが日本堤で不審な駕籠を見かけ、八百善までつけたという。駕籠からは女物の着物がのぞいていた。そのときは事無《ことな》しで家へ帰ったが、翌日八百善から自身番に『お美代は癪熱による病死』との届けが出された。喜作さんは前日駕籠を見ているので、ただの病死ではあるまいと。しかし八百善も客商売ではあり、世間体《せけんてい》もあろうから、事情によっては自分がひと肌脱ぐつもりでいた。ところが八百善の云いようは、あくまでも家での病死。くわえて通夜の席には北町奉行所の内与力、山科 某《なにがし》までいて、喜作さんを虚仮《こけ》にする始末」

「米造殿。御番所の、山科某とは……」

「山科大三郎、懇意の御仁か」

「あちらはお奉行付きの内与力、御番所内でたまに見掛けるぐらいですが」

「山科さんと八百善、ただ料理屋と客というだけの間柄なのか、あるいはそれ以上のつながりがあるのか。いずれにせよこのままでは喜作さんの顔が立たず、江戸三百の目明かしも喧嘩《けんか》を売られたような筋合い。そこでだ清次……」

お葉からの酌を待ち、注がれた酒をくっと飲みほして、米造が鉄扇の要《かなめ》に拳を当てる。

「この悶着《もんちやく》、お前の手配でけりをつけてくれぬか」

「へい、あっしなんぞで構わなけりゃあ」

「この暮にきて気の毒なようだが、知ってのとおり喜作さんは躰が不自由。今評判の八百善が相手ではちと、荷が重かろう。もっとも探索をかけてみたら、お美代が出合い茶屋あたりで急《きゆう》病《やまい》を起こしたとかいう、つまらぬ事情かも知れぬが」

「まあ、そんなことも」

「下っ引きもお前が気のきいた者を集めて、好きなように使うといい。都合によっては向こうへ泊まり込む算段でな」

「承りやした」

「詳しいことは船十へ行って、直接喜作さんから聞いてくれ」

「それじゃさっそく、これから」

「清次さん、まあちょいと、お待ちなね」

お葉がつっと腰をあげて仏壇の前にすすみ、抽斗《ひきだし》から白い金包みをとり出す。探索の費用を仏壇内に用意しておくのは先代米造からの習慣で、それは今の代でもかわらない。下っ引き連中の飲み食いから手間賃、聞き込み先での心付けと、目明かし稼業にもそれなりの出費がある。

お葉が清次の前に金包みを押し出し、清次がそれをおしいただいて懐《ふところ》へ落とす。

「なあ清次、俺に助《す》けられることがあったら云ってくれ。本筋からいやあ俺の側で片《かた》す話なんだから」

「なーに門前の親分、舟が暇だもんで、躰をもてあましてたところですよ。それに相手が八百善となりゃあ、意地の見せ甲斐《がい》もあるってもんで」

清次が畳に拳をつけて一同に頭をさげ、粋な身のこなしで、すっと暖簾から消えていく。気働きもあって御用の腕も確か、米造が婿入りする前は「清次がお葉と」と周囲に思われていた。米造から見てもそれが順当なはずだったが、お葉に云わせると、「最初《はな》からそんな気は、ちっとも」だったらしい。お葉の言葉も気持ちも信じられるが、しかし清次のほうは、どうだったのか。

お葉が空いた徳利を片付けて座敷をさがっていき、かわってすぐ、なぜか音吉が盆に燗徳利をのせてくる。

「ねえねえ、親分、ねえ。山谷堀の八百善で、狸が若え娘に化けたとかなんとか」

「相変わらず耳だけは早いな」

「憚りながらこの音吉、浅草寺の観音様が夜な夜な團十郎《だんじゅうろう》の寝屋へかよってることまで、ばっちりお見通しだあ」

音吉が神坂、米造、勘助に新しい酒を注いでまわり、それから勘助のとなりに、ぺたんと腰をおろす。

「だけど親分、清次兄いじゃなくて、なんでおいらを山谷堀へ遣《や》ってくれねえんです」

「お前を山谷堀なんかへ遣ったら、吉原にへばりついて動かなくなる」

「あれあれ、あんなこと云ってるよ。おいらなんかもう御用ひと筋、親分の指図となりゃあ火のなか水のなか。命のひとつや二つ、いくらでも投げ出すよう」

「音、おめえの安い命なんか投げ出されたら、二代目のほうが迷惑するぜ」

勘助が自分の杯を音吉にわたし、その杯に徳利の酒を注いでやる。

「門前の親分も世間が狭いねえ。あのね、品川のお勝《かつ》って女なんか股の内側に、もう〈音さま命〉って刺青《すみ》をこう」

「弘法《こうぼう》さまみた様な筆で、鮮やかにか」

「あれあれ、まさか」

「見ちゃあいねえが、おめえの敵娼《あいかた》なんざどうせ海千山千《うみせんやません》。今度その股暗《またぐら》を拝むとき、唾《つば》をつけて刺青をこすってみるがいいぜ」

音吉が金壺眼を見開いて口を尖らせ、髷の刷毛先を抓《つま》みながら、へっと息をつく。品川から深川、上野山下から音羽《おとわ》の門前町まで、音吉の足は相当にマメらしい。足もマメで口もマメ、それでいてひとりの女に長つづきしないことも、船頭内では評判になっている。

「まあ、いいだろう。冬場は舟も暇らしいから、音吉も躰の空いたとき清次を助《す》けてやれ」

「おっと、そうこなくちゃいけないよ。がってんだあ」

「ところで神坂さん」

白魚に箸をつけてから杯を口へはこび、音吉の軽口に濃い眉をひそめている神坂に、米造が視線を向ける。

「山科大三郎さんの、御番所内での評判はどんなものです」

「いや、どんな、と云われても」

神坂が杯を宙に浮かせて首をかしげ、店側の暖簾や柱の暦《だいしょう》のほうへ、口をあけたまま目を泳がせる。

「内与力殿、などというお方とは、手前、まるで無縁でしてなあ。ですがご承知のとおり、甲斐守様はすでに十四年もお奉行の職にあって、山科様も同じだけ内与力を。それだけの月日を勤められますと、あれやこれや、商人どもともつき合いが深くなるようで」

「おおよその見当はつくが」

「たとえば、そうですなあ、御番所のお役に小石川《こいしかわ》の養生所見廻りというのがございます。これには与力ひとりに同心が二名当たっているのですが、養生所出入りの薬種問屋、太物問屋、青物問屋などから相応の挨拶料が贈られます。特に薬種問屋などは利も大きい理屈ですので」

「その利とは、どれほどの」

「手前などには見当もつきませんが、与力への挨拶料が月に一両、同心にはそれぞれ一分《ぶ》と申しますから、薬種問屋の利となれば百両や二百両ではございますまい」

「なるほど」

「それをいつでしたか、山科様が横車を押して、養生所出入りの薬種問屋をすげかえたとか」

「新しい薬種問屋からは当然山科さんへ、賄賂《まいない》か」

「どれほどの金子《きんす》になりましょうかなあ。いずれにせよお奉行がお役を退《しりぞ》けば、内与力殿とてそれまで。山科様に限らず、お役にあるうちにせっせと蓄財されますのは、御番所の通例でございます」

「建前は一代抱えでも、代々御番所内でお役をひきつぐ与力同心のほうが、限度をわきまえていますかな」

「手前などは見習いから昇進《あが》ったばかりですので、難しいことは、とんと、不案内ですが」

　神坂が懐紙をとり出して額の汗をぬぐい、肩をつっ張らせたまま、膳の料理に箸を使いはじめる。町奉行所の同心、などといっても武家の身分としてはただの足軽。まして三十俵二人扶持《ぶち》の薄給では生計《たつき》もままならず、神坂だってどうせ相応の挨拶料は懐に入れている。米造もそういう役人世界の習慣を肯定《こうてい》するつもりはないが、すべてを否定してしまったら世の中は動かない。

「それはそれ。ということで、神坂さん……」

　米造が腕をのばして神坂の杯に酌をし、勘助に目配せをしてから徳利を音吉に手わたす。

「御番所内での山科さんの動きに、それとなく目を配っていただけるかな」

「は、いや、それは、もちろん」

「しかしくれぐれも、相手には気づかれないように。また八百善の件にたき川が首をつっ込んだことは、ご同役にも内密に」

「承知してござる。八百善のこと、山科様のこと、この胸三寸におさめますれば、どうか、ご安心を」

　神坂が米造に徳利をさし向け、米造が酒を受けて、勘助も音吉もほっとしたような顔で膝をゆるめる。神坂が曲淵に内通していればこちらの手の内は筒抜け、それならそれで方策はあるし、いずれにしても八百善のこの一件が神坂の人物定めになる。

「えーと、それじゃ、そういうことで二代目、あっしらはこのへんで、お暇《いとま》を」

「夕餉《ゆうげ》でも食っていかぬか」

「滅相《めっそう》もねえ。たき川もこれからが書き入れ、あっしみてえな汚え面がとぐろを巻いてたら、お葉さんに塩を撒かれまさあ」

「へっへ、門前の親分、そいつは違えねえ」

　音吉が尻をもちあげて手を泳がせ、勘助と神坂もつづけて腰をあげる。店のほうにも客が出入りするらしく、帳場からは利助の声、掘割口側からは女中の下駄音が聞こえてくる。

音吉を先に居間から暖簾を割っていき、米造も腰をあげて勘助と神坂を三和土の前まで見送る。

「勘助さん。正月の三が日明けにでも、古目明かし衆と寄り合いをもちたいのだが」

「そいつはもう、願ってもねえ」

「例の夜盗の件で、総掛かりの仕組みをつくっておきたい」

「おっと。ここんとこ連中が大人しくしてるもんで、うっかりしておりやした。それじゃ四日という段取りで、あっしが回状を打っておきましょう」

勘助が表戸の前で膝に手をそえ、神坂もていねいに頭をさげて暗くなった往還へ表暖簾を割っていく。日が落ちきったわりに寒気もそれほどではなく、掘割口からは客を送り出したらしいお種と若い女中が、忙しそうに下駄を鳴らしてくる。船宿の繁期はなんといっても夏の大川が開いている期間ちゅう。そうはいっても冬は冬で、雪でもふれば芸者を連れて雪見舟を洒落る暇人がいるし、佃島《つくだじま》の漁師が白魚漁のために焚く漁火《いさりび》を肴に、屋根舟で酒宴する大商人もいる。

音吉はいつの間にかどこかへ消え、女中たちの姿もなく、二階から三味線の音も聞こえてくるから座敷に町芸者でも呼ばれているのか。米造は三和土の下駄をつっかけて掘割口へまわり、一度堀端へ出てから裏手の水屋口へ足を向ける。その出入り口は薪炭《しんたん》や野菜、魚の搬入口でもあり、料理人や飯炊き、女中たちの通用口にもなっている。

すすんでいくと水屋の戸障子は開いていて、こぼれ出る明かりのなかにしゃがみ込んだ権助が、背を丸めて薪を割っている。その姿はどこから見ても百姓の山出し親爺、もし美水からの説明を受けていなければそれが赤城忍軍の頭目だなどと、誰が信じるか。

権助のわきで足をとめ、星を仰《あお》ぐような素振《そぶ》りで米造がささやく。

「白河藩の上屋敷で、なにやら不穏《ふおん》な動きがあるらしい。越中守様に砒毒が盛られ、毒を盛った女中は藩邸内で変死。その話を伝えてきたのは奥向き勝手方取締りの由紀江という女性《にょしょう》なのだが、知友の天野という男からは聞いておらぬ。この騒動、真実か否か、探ってもらえぬか」

権助が薪割り台にとんと細い丸太をのせ、その音で返事と、探索を了承した意を示してくる。米造は帯間から砒石の紙包みをとり出し、権助の膝に放って下駄を戸障子のほうへすすめる。権助が鉈《なた》をふりおろして丸太を二つに割り、その瞬間、割られた薪の片方が地から槍《やり》で突きあがるように、米造の横顔めがけて、鋭い速度で飛来する。米造はとっさに腰の鉄扇から小柄を抜き、飛来してくる薪をすっと、たてに斬り分ける。切られた薪は真二つに裂けて一間ほど向こうへ落ち、そのときには小柄も鉄扇の親骨に収まっている。

権助がにやっと笑って手拭いで鼻水をふき、米造も苦笑をこらえて、かるく権助にうなずく。割った薪の片方を正確に米造の顔に飛ばしてくるなど、権助の技量は米造でさえ恐れ入るほど。この権助がたき川にいるかぎり、たとえ米造の他出中に凶賊《きょうぞく》が襲ってきたとしても、お葉や店の者に危難はないだろう。

戸口をくぐると五つ並んだ大竈《おおへっつい》に鍋や釜がかかり、それぞれに湯や汁や煮物が湯気をたてて、七輪の前では見習いの小僧が烏賊《いか》の粕漬《かすづ》けを炙《あぶ》っている。これだけの火が使われていると真冬とはいえ、さすがに汗がにじむ。

敷居に腰掛けて煙草を吸っていた料理人の弥吉が腰を浮かせ、灰吹きにキセルの雁首をたたいて、小さく頭をさげる。

「旦那様、裏口からお越しとは、とんだご酔狂《すいきょう》で」

「客人を見送ったついでだ。それより節分の重《じゅう》、義父殿もお若も喜んでいたぞ」

「そう仰有っていただけると、へい」

「無心をして済まぬが、節分の料理をまた二人分ほど、重にできぬか」

「そんなことは、お安いご用で」

「それでは頼む。久しぶりに見たい顔を思い出してな。居間にいるから、支度ができたら声をかけてくれ」

弥吉は四十をいくつかすぎたあたりの三宅島《みやけじま》帰り。洲崎《すさき》の枡屋《ますや》という料理屋で修業していたころ、なにかの事情があって人を殺めたという。その事情はどうあれ、人ひとり殺せば死罪がご定法。よくて八丈島《はちじょうじま》送りで、それも赦免《しゃめん》を受けることなどまずあり得ない。弥吉の処分が三宅島送りの五年で赦免、という結果だったのは相応の事情があったと同時に、裏には先代米造の力がある。

弥吉と小僧がそろって頭をさげ、二人に送られて戸障子から裏に出る。さっきの場所に権助の姿はなく、新月の空から痛いほどの星明かりがふってきて、薪割り台に刺さった鉈の刃をきらりと光らせる。

＊

「なんとまあ、できた味じゃねえか。醤油がぴりっときいて、それでいてヘンに辛くも甘くもねえ。料理人も年季が入ると剣術の奥義《おうぎ》みてえな何かを、会得《えとく》するのかなあ」

佐伯七之助、旧姓荒井七之助が胡坐の膝にぽんと手を打ち、感に入ったような顔で鬚《ひげ》の濃い顎をなでる。七之助が口にしたのは弥吉がこしらえた鮒の甘露煮《かんろに》で、三段の重にはその甘露煮のほか、鮑《あわび》や塩筍《たけのこ》や酢菊などの節分料理がおさまっている。米造は七之助の居室に膳をはさんで端座し、久しぶりに会う朋輩《ほうばい》とその妻女の顔を、ほほえましく見比べる。

小野派一刀流佐伯道場の赤鬼、といわれた荒井七之助が綾乃《あやの》の婿になって道場を継ぎ、青鬼と称された真木倩一郎が二刀を捨てて船宿の亭主におさまってから、それぞれに三月の余。この前顔を合わせたのは師の谷九郎《やくろう》を行徳《ぎようとく》河岸に見送ったときだから、もう二月がすぎている。心の臓を病んでいた谷九郎に「気候のよき安房《あわ》にてご養生を」と誘ってきたのは以前佐伯道場の高弟だった山影《やまかげ》某という剣客で、山影は安房佐貫藩《さぬき》一万六千石の剣術指南役をつとめ、技量人物ともに傑出した剣客だという。谷九郎の安房くだりには医師のすすめもあったが、やはり娘の綾乃と娘婿の七之助に気を遣ってのことだろう。

「それにしても倩一郎、たき川で毎日毎日こんな料理が食えるお主も、果報者だなあ」

「おまえ様、それは私がおまえ様に、碌《ろく》なご膳をさし上げていない、という意味ですか」

「そういう意味ではなく、つまり、あれだ。果報も過ぎては身がもたなかろうと、倩一郎の行く末を案じておるわけで」

「さようですか。私はまたおまえ様が、吉原の料理屋でも恋しくなったのかと」

「愚《ぐ》を云うな。吉原の茶屋なんぞはみな出来合いの仕出し料理、焼き物も蓋《ふた》物も冷めちまって、食えたものではない」

「あら、よくご存じですこと」

「や、だから、それはだなあ」

「酒井様のお留守居様に誘われて、仕方なく、ですわね」

「またそれを蒸し返す。俺がしかるべき筋への挨拶まわりや小野ご本家とのつき合いで、飲みたくもない酒を飲んでいることを、いつになったらお前は得心してくれるのだ」

「いいえ。殿方のおつき合いぐらい、父の代から心得ております。でもおまえ様のおつき合いは、ひじょーに回数が多ございます」

「それは、だから、まだ道場を継いだばかりで」

「綾乃殿。そう七之助を責めてくださるな」

「お言葉ですが、真木様。私は旦那様のご酒《しゅ》が過ぎて躰をこわさないかと、それを案じておるのですよ」

「そういうことでしたら、それも道理かと」

「殿方も所帯をかまえれば、独り身のときとは事情が異なります。旦那様だけでなく、真木様もそのあたりの理《ことわり》を、よーくお心得くださいまし」

綾乃が化粧の濃い顔で冷淡《れいたん》に笑い、すっと背筋をのばしたまま米造に流し目を送る。髪は島田から丸髷《まるまげ》に直って着物も留袖、しかし紫繻《しゅ》子《す》の帯に水色縮緬の内着、櫛は金蒔絵《まきえ》で簪は鼈甲の二本ざしと、派手好みはかわらない。本来なら町人と剣術師範とその妻だから身分も立場も異なるが、この十年、綾乃殿、真木様、七之助と呼び合った仲で、たった三月余では気分も言葉も直らない。真木倩一郎が綾乃の婿におさまっていたら、七之助のほうは美濃《みの》の貧乏藩家中へ養子に出る段取りになっていた。

「さて、真木様。私はあちらで縫い物のつづきをさせていただきます。久しぶりに殿方同士、つもるお話もございましょうから、どうぞごゆっくり」

綾乃がかるく指をついて座を立ち、脂粉《しふん》の香をふり撒きながら座敷をさがっていく。七之助は箸を構えたまま綾乃のうしろ姿を見送り、その七之助の仏頂面《ぶっちょうづら》に、米造は思わず笑ってしまう。

「七之助、人のことは云えぬが、すっかり女房殿の尻に敷かれたようだな」

「そこが倩一郎、小野派一刀流秘伝、女房返しの技さ」

「なんだ、それは」

「だからな、一見尻に敷かれてるように見せかけて、敵にもそう思わせておく。そうやってじっと耐えに耐え、一瞬の間合いを見切って一気に形勢を逆転させる。この技で肝要な点は、つまり、どこまで敵の圧迫に耐えられるかと、そういうことだ」

「これまでに形勢を逆転させたことはあるのか」

「ない」

「やはりな」

「だからよ。今はまだ敵の技量を見切ってる最中で、こっちも秘伝をくり出すほど追いつめられてはいねえってことさ」

七之助が箸をおいて煙草盆をひき寄せ、キセルに国分《こくぶ》をつめて、雁首を手炙りの火に近づける。道場を継ぐ前よりも月代《さかやき》はきれいで髷に乱れもなく、着物も帯も絹物で粋に決めている。どうせ綾乃からきびしく指図された結果だろうが、その理屈は米造のほうもかわらない。小野派一刀流で学ばなくても、女房相手には「耐えに耐え」という技が世の亭主族には秘伝として伝わっている。

「ところで、七之助」

出されている銚子《ちょうし》から勝手に手酌し、七之助が吹かした煙草の煙を眺めながら、米造がほっと息をつく。

「昔この道場にいた田川平之助という男を覚えているか」

「田川平之助？」

「南町奉行所吟味方与力の、三男だそうだ」

「いつごろの話だ」

「もう十年にはなるだろう」

「田川、さーて、どんな野郎だったか」

「歳は俺たちと同じほど。痩《や》せてはいるが肩が妙につっ張って、細い顔に眉が濃くて」

「おう、いたいた。俺が稽古をつけてやると半ベソをかきやがって、いつも道場の裏へ逃げ出していた野郎だ」

「その田川が神坂という同心の家に養子入りしていて、今度北町の定町廻りについたと、たき川へ挨拶に来た」

「あの胡瓜野郎が、定町廻り？」

「この夏の田沼の件で欠員ができたからな」

「だからって倩一郎、あんな陰間《かげま》剣法で、お役が勤まるのかえ」

「定町廻りなどというのはただ町を廻るだけ。実際の捕り物には捕り方がくり出すし、それに神坂程度の剣でもヤクザ者の一人二人なら、相手にできるだろう」

「そんなもんかなあ。まあ町奉行所なんてところは、しょせん徳川《とくがわ》の穀《ごく》つぶし。オロシャが攻めてきたらあんな連中、屁《へ》のつっかえにもなるめえよ」

煙草を二、三服吹かしてから、こんとキセルを打ち、七之助が杯を口にはこぶ。

「それはそうと、なあ倩一郎、お主が道場へ来てくれねえと俺の躰が鈍《なま》っていけねえ。三谷《みつや》や渡辺《わたなべ》あたりが相手じゃあ、まだ汗もかけねえよ」

「町人に道場の板を踏ませぬのは佐伯の仕来《しきた》り。七之助にその仕来りを破らせたとあっては、大先生に顔向けができぬ」

「相変わらず融通《ゆうずう》のきかねえ男だ。だがそれでお主のほうは、躰が鈍らねえのか」

「たまには丸目道場へ顔を出している」

「丸目てえと、あれはたしか、茅場町の」

「直心流丸目簡斎《かんさい》さんの道場さ」

「おいおいおい、そりゃたしか俺たちが十七、八のころ、一緒に乗り込んでぶちのめした狸親父じゃあなかったか」

「顔はたしかに、狸に似ているがな。あのころはあちこちの道場破りが大先生に知れて、大目玉をちょうだいした」

「そうそう。あのときはあの狸め、俺たちを若僧と踏んで侮《あなど》りやがって……したがあんな道場では、なあ、真木倩一郎の剣が泣くだろうよ」

「最初から覚悟はしている。あと二、三年もすれば逆立ちしてもお主の剣には敵《かな》わなくなろう。これも人の運命《さだめ》だ」

「人の運命なあ。分かっちゃあいるが、真木ほどの腕をもちながら、どうにも惜《お》しい気がするぜ」

「云ってくれるな。それより七之助のほうこそ、なぜたき川へ顔を出さぬ。お葉も、佐伯の先生はどうしちまったんですかねえと、いつも噂をしているぞ」

「おう、おう、それもこれも、なにせ……」

　七之助が銚子をとって米造の杯をみたし、自分の杯にも酒を注いで、綾乃がさがっていった廊下のほうへ眉をひそめる。

「つい先日《このあいだ》もだ。ちょうど躰が空いたので、久しぶりにお主と酒を酌《く》もうかと……したところ女房殿が、おまえ様、本心は真木様ではなく、あの美しいご新造のお顔が見たいのでございましょうと、こう攻めやがる。そこまで云われちゃふり切って出掛けるわけにもいかず、そんなことで、ご無沙汰しちまってるのさ」

「秘伝というのはなかなか使えぬものだな」

「まったくなあ。もっとも生涯封印して過ごすのが、秘伝の秘伝たる所以《ゆえん》かも知れねえ。これまで思ってもみなかったが、女てえのは剣術よりも、ずいぶん面倒なものらしいぜ」

笑っていいのか慰めていいのか、酒を口に含みながら、米造も返事に迷ってしまう。世間では「鍾馗《しょうき》様が天狗のお面をかぶったようなお顔」と噂され、道を歩けばガエンやヤクザ者さえよけてとおる佐伯七之助も、惚れ抜いて婿に入った綾乃が相手では勝手がちがうらしい。女は怖くないのに女房は怖い。それは米造にしても同じことで、しかしなぜそうなってしまうのか、理由は分からない。

そのとき廊下に、水屋のほうから足音がして、女中のおさんが前垂れをゆらしながら顔を見せる。

「真木先生、たき川の音吉さんて人が、米造親分にご用だってよ」

「うん？」

「おさん、音吉は水屋口へ来たのか」

「へえ」

「音吉なら知らぬ仲じゃあねえ。遠慮なく表へまわって玄関から入ってこいと云ってやれ」

　おさんが頭をさげて廊下の向こうへさがっていき、入れちがいに音吉が息を切らせて駆け込んでくる。米造への急用であることは顔を見れば分かるが、しかしそのうしろ襟に草履《ぞうり》をはさんでいるのは、なんのまじないか。

「へい、佐伯の先生、今日《こんち》はお日柄もよろしく」

「音吉、もう玄関へまわってきたのか」

「それどころじゃないよう。親分、大変だあ」

「なにがあった？」

「せ、清次兄いが……」

「清次が」

「清次兄いが、斬られたあ」

　そこで音吉ががくっと膝をつき、金壺眼をぱちくりやりながら、米造と七之助のほうへ両手を泳がせる。着物の裾が割れて股座《またぐら》に赤い褌がのぞき、息も髷も乱れて、目はほとんど白目になっている。

米造は片膝を立て、鉄扇の要に右手をかけながら、左手で音吉の肩をつかむ。

「音、清次が斬られたというのは、どういうことだ」

「詳しいことはまだ……船十のお峰さんが、たき川へ報せに来た」

「場所は」

「山谷堀近くの、どっかだと」

「命は」

「分からねえ。戸板で船十へ運ばれて、それですぐオランダ医者を。お峰さんに分かってることは、そこまでらしいや」

米造がすっくと腰をのばし、音吉の腰もあげさせて廊下へ足をすすめる。

「とにかく船十へ行く。音、猪牙はどこへつけた」

「神田川の浅草橋たもとで」

「よし。七之助、そういう事情だ。慌ただしくて済まなんだと、綾乃殿に伝えてくれ」

言葉とともに歩き出し、廊下から玄関へすすんで、雪駄に足をおろす。そのうしろに音吉がつづき、七之助も玄関まで見送りに来る。

「倩一郎、なんだか分からねえが、俺にできることがあれば力を貸すぞ」

「聞いておく。しかしまずは山谷堀へ行ってみぬと……」

「お、親分、おいらの草履がねえよ」

「そのうしろ首に差さってるのは、なんだ」

「あれあれ、こんなところに。あの女中め、こんなところにおいらの草履を隠しやがった」

まさかそんなこともないが、それだけ音吉も泡を食っていたのだろう。音吉が玄関へ草履を放って足を入れ、七之助への挨拶も省略して佐伯道場から福井町の往還、往還から向こう柳原《やなぎわら》土手へと、競うように駆けはじめる。清次が斬られたというのは、どういうことなのか。清次はすでに八百善への探索を始めていたのか。清次ほどの腕っ節ならなまくら侍の一人や二人を相手に、後《おく》れをとることもないはずだが。いずれにしても船十へついてみるまでは、なにも分からない。なにも分からないことは分かっていながら、走りつづける米造の頭に清次、お峰、喜作の顔がくり返し、あらわれては消えていく。

柳原土手上の空に、冷たい星が一筋、鋭く流れる。

＊

神田川から大川、大川橋をくぐって山谷堀へ。さすがの音吉も無駄口はたたかず、歯を食いしばるような顔で猪牙をこいでいく。刻《とき》はすでに四ツ、吉原で通しをする客以外はそろそろ大門《おおもん》を後にする刻限で、日本堤にも職人体《しょくにんてい》の衆が声高に歩いている。暮もおし詰まったというのに遊廓《ゆうかく》の繁盛はかわらないらしく、ご政道がどうであれ、男の性《さが》もかわらない。

山谷堀をさかのぼって新鳥越橋をすぎ、船十の舟寄せに猪牙をつける。付近には大小の船宿が散在し、それぞれの宿から吉原帰りの酔客《すいきゃく》が大川方向へ猪牙を出していく。宿のほとんどは吉原への案内茶屋を兼ねていて、日本橋あたりから猪牙をつけた客はみな宿から各妓楼《ぎろう》へ名刺をとおし、遊女の手配をしてから吉原へ出掛けていく。もっともそれは大籬《おおまがき》や半籬《はんまがき》の部屋持ち女郎へかよう客の話で、一般にはぶらりとくり込んで安女郎に相手をさせ、ことの終わったあとはまた、ぶらりと帰ってくる。

音吉がもやいの始末をするのを待ちきれず、米造は六尺ほど桟橋に飛んで、そのまま船十の戸口へ向かう。軒行灯の灯は落とされて腰高障子も閉め切られ、なかにはぼんやりした明かりと人の気配がうかがわれる。障子戸をあけ、内へ入ると五、六人の顔がいっせいに米造をふり返る。

「お、こりゃあ、二代目の……」

　喜作が腰掛けていた小上がりから腰を浮かせ、そうでなくとも萎《しな》びている顔に、泣きそうな皺を浮かべる。狭い三和土《たたき》の両側は舟待ち客用の板の間、その右側の小上がりには布団が延《の》べられて清次がうつ伏せに寝かされ、治療の終わったらしい坊主医者が小盥《こだらい》で湯を使っている。清次の枕元側には背を丸くしたお峰、右側の小上がりには惣太《そうた》という船十の若い船頭と知らない若い男がいて、それぞれに膝を直して米造へ頭をさげてくる。ふた間の小上がりには箱火鉢と瀬戸火鉢が置かれ、これでもか、というほどの炭火が息苦しいほどの熱を放っている。

　音吉が駆け込んできて戸障子を閉め、肩にかけた手拭いで、つるっと顔の汗をふく。米造は三和土をすすんで右側の小上がりに膝をつき、うつ伏せのまま身動きもしない清次を、間近に凝視《ぎょうし》する。髷は元結《もっとい》が切れて大童《おおわらわ》、着物は剝《は》ぎとられてその裸の背中全面に、幅一尺ほどの晒《さらし》が巻かれている。どうやら息はしているようで、晒より上の肩が弱々しく上下する。

「お医師殿、怪我《けが》の程度は」

「手当てが早かったことが、幸《さいわ》いいたしましょうかなあ」

「命に別状はないと」

「若さにくわえて、なかなか丈夫そうな躰をしておられる。疽毒《そどく》でもまわって心の臓を冒《おか》されねば、まずは助かるかと」

「さようですか。御礼《おんれい》が後先になりましたが、このたびはまことに、かたじけのうござった」

米造の風体は町人髷に商家ふうの綿入れ羽織、その口から武家言葉を聞かされて、一瞬医師が怪訝《けげん》そうな顔をする。馬道《うまみち》あたりの蘭方医が米造の顔を知っているはずはなく、また米造もとっさの場合は言葉が元に戻ってしまう。

「ただ、いかに若くて丈夫といっても、油断はなりませんぞ。血が相当に失われておるし、今宵《こよい》から三日ほどは高熱も発しましょう。熱がさがらぬうちは、あるいは意識も戻らぬものかと」

「傷口を見せていただきたい」

「はあ？　や、しかし」

「せっかく巻かれた晒。されど今このとき、傷の有様《ありよう》を確かめておかねばなりませぬ。ご面倒ではありましょうが、なにとぞ」

四十がらまりの坊主医者が、むっとしたように顎先をつき出したが、とり巻く一同に見つめられて、小さく空咳をする。米造の素性は知れなくとも語気に有無を云わせぬ気配を感じたのか、逆らわぬが賢明という顔で肩をすくめる。

医師が枕元のお峰に会釈を送り、お峰がその力強い両腕で清次の肩をもちあげる。清次の口がうっと声を発し、しかし医師が構わずに晒の結び目を解《ほど》いて、手早く晒を巻きとる。あらわれた背中の傷は長さ一尺ほど、太刀筋《たちすじ》は左から右へほぼ水平に払われたもので、あと五分《ごぶ》も深ければ背骨まで断ち切られていた。その傷口が十カ所ほど絹糸で縫い合わされ、まだ血もにじんで縫合《ほうごう》あとを囲むように紫色の腫《は》れも出はじめている。こんな刀傷を見せられたら気を失ってもよさそうなところを、お峰は清次の肩を抱きあげたまま、傷に目をすえて、紅《べに》のない唇を気丈に結んでいる。

「ご無理を申しあげた。見届けましたので、どうか、元に」

医師が巻きとった晒を元に戻しはじめ、米造は板の間に膝をくずして、深々と息をつく。音吉が佐伯道場へ駆け込んできたときは最悪の事態まで懸念されたが、傷口を見るかぎり、清次の命に別状はない。米造の躰にも回国修行ちゅうに受けた六カ所の刀傷があり、脇腹と太ももの傷にはやはり蘭方医の手による縫合あとがある。傷も医師の技量も自分の躰で知っているから、清次が命をとりとめることには確信をもつ。

怪我をした清次が戸板で運ばれてきたとき、大和医《やまと》ではなく蘭方医を呼んだことも、そして傷の処置に関する医師の技量が確かだったことも、非常な幸運だった。太刀筋も袈裟懸《けさが》けに斬りつけたところを清次に躱《かわ》され、うしろ向きに逃げた清次の背を二の太刀で払ったものだろう。傷の鋭さに相当の修行は見えるとはいえ、佐伯道場の上級者なら清次の胴も二つに分かれていた。もっとも最初から相手に、命までとるつもりはなかったという可能性も、なくはないだろうが。

医師が治療道具を風呂敷包みに始末し、坊主頭ににじんだ汗を手拭いでふく。火鉢が二つもあって大量の炭が熾《お》きているせいだが、この暖かさも清次の傷に対する配慮だろう。

「明朝《みようちよう》にはまた加減をみにまいるが、容体《ようだい》に変わったことがあったら夜中でもよい、人をよこしなされ」

お峰が先に立って提灯《ちようちん》に灯を入れ、医師も小上がりの板の間から三和土の下駄へ、ゆっくりと足をおろす。

「誰ぞ宅まで供をしてくれんかの。熱冷ましと化膿《かのう》どめの薬を処方しますでな」

喜作がお峰に顎をしゃくり、お峰がうなずいて、医師を表戸のほうへみちびく。

「お医師殿、薬料などは明日、堀江町のたき川より届けさせますゆえ、よしなに」

「堀江町の……お、では、お手前が」

坊主頭が拳骨《げんこつ》を食らったように息を呑んだが、言葉は出さず、米造と喜作に目礼をして戸障子をあけていく。提灯をもったお峰があとにつづき、戸障子が閉められて、二人の下駄音が馬道方向へ消えていく。医師と並んだときのお峰は頭二つほど医師より背が高く、そのお峰と門前の勘助が並んでいく絵が目に浮かんで、米造は状況もわきまえず、こみあげる笑いをかみ殺す。

「喜作さん、助っ人に出した清次が逆にお世話になり、このとおり、お礼を云います」

「滅相もねえ。大事な清次さんにこんな大怪我をさせちまって、わっしのほうこそ、面目ねえ」

「命に別状のなかったことが不幸ちゅうの幸い。で、清次はどこで、どのように」

「へえ、それなんでございますが……」

喜作が首に巻いた手拭いで鼻の下をこすり、干し柿のような顔を干瓢《かんぴょう》のように白くする。

「清次さんが船十へ顔を見せたんが、ありゃそろそろ五ツも近かろうって時分でしたか。おっつけそこの若え衆とあと二人、清次さんが使ってる下っ引きも顔をそろえまして、まあ、八百善の件について二代目にお話ししたような次第を、ひととおり」

「お手数をかけました」

「いえ、いえ、わっしのほうこそ。で、それでもって清次さんが、本式の探索は明日からになろうが、まずはお美代を乗せてきた駕籠を探し出すのが初手だろうと。町駕籠の大所《おおどころ》といやあ芝《しば》の駕籠吉《かごきち》、日本橋の梅屋《うめや》と駕籠藤《かごふじ》、それに深川の大坂屋《おおさかや》と、そんな程度。ほかにも小所帯が五つ六つはございましょうが、駕籠かきなんぞは酒手《さかて》で籠絡《おと》すしか始末がつくめえってんで、若い衆に資金《もとで》を配りまして……」

「ねえねえ親分、それから先は、この余五郎《よごろう》が話しますよう」

音吉が畏《かしこ》まっている若い男の肩をつき、炭火がよほど暑いのか、前襟をおし広げてぐるっと金壺眼をまわす。向こうの小上がりにいるのは音吉と船十の若い船頭、それに音吉に肩をこづかれた余五郎という男。余五郎は網代《あじろ》模様の綿入れに薄茶の帯を弛《ゆる》めに巻き、腰に印伝《いんでん》の煙草入れをさげて髷も細身につくっている。

「この余五郎はね、親分、神田の小柳町《こやなぎちょう》にある三島屋《みしま》って青物問屋の、三男坊なんだけどね。そりゃもう小博打《こばくち》をうつわ素人《しろうと》女にちょっかいを出すわ、とんでもねえ半端もんで」

「音兄い、そんな人聞きの悪い」

「てやんでえ。てめえなんざお上の御用を助《す》けてなきゃあ、とっくに小伝馬町《こでんまちょう》行きだあ」

「やめてくれよ、兄い。二代目の親分が本気にしちまうよう」

「親分にゃあ世間の真実を包み隠さず申しあげるんが、おいらの性分だい」

「音、清次が寝てるんだ。お前のバカが聞こえて笑い出したら傷に障《さわ》る」

「こいつは、申し訳ねえ」

「まあいい。で、余五郎、清次に探索の資金をわたされて、みなはどうした?」

「へえ、益蔵《ますぞう》と卯之助《うのすけ》は……」

余五郎が板の間に両拳をついて膝を五寸ほどすすめ、耳のうしろをぽりぽりと掻《か》く。

「益蔵は下駄の歯入れ、卯之助は焼接《やきつ》ぎ屋。二人とも神田辺《へん》の長屋に住む下っ引きですが、今夜のうちに少しでも捗《はか》をいかそうってんで、益蔵は芝、卯之助は深川へ」

「清次は日本橋へ、か」

「それが親分、清次兄いは、八百善てえのがどんな店か、ちょいと覗《のぞ》いておこうと」

「なるほど」

「それでもって、おいらについてこいって云うもんだから、二人して日本堤を酔い冷《ざ》ましふうに。おいらも話にゃ聞いてたが見るのは初めてで、小橋をわたって新鳥越町の二丁目へ入ってみるてえと、そのまあ塀内の広えのなんの。知らなきゃあお寺社のお庭かと間違えるような按配《あんばい》で、塀外から眺めただけじゃあ商売も、やってるんだか休んでるんだか。でね、清次兄いは、これだけの造作ならさぞかしの大所帯。女中も下働きも相当の頭数で、人間の数が多けりゃ口の数も多いのが理屈。なかには咽から手を出して銭を欲しがる女中もいようし、脛《すね》に傷をもつ草履番もいよう。こりゃ裏口から攻めるが近道だろうってんで、そこで兄いとおいらは右と左へ」

「やい、余五郎、てめえの話はまどろっこしくていけねえぞ。とんとんとんと、こう、煙草《ちんこ》切りのまな板みてえに、いい音《ね》で唄いやがれ」

「それだって音兄い、ものには順番ってやつがあるんだから」

「四の五の云うない。てめえそれでも、神田の生まれかあ」

「音吉、半畳入れずに余五郎の話を聞け」

「こんな野郎に喋《しゃべ》らせてたら、親分、夜が明けちまうよう」

「どうした。咽が渇いて、酒でも飲みたくなったか」

「あれあれ、あのね、そんなんじゃねんだけど」

「おっと、こいつあどうも、気の利かねえことをしちまって」

喜作が船頭の惣太に顎をしゃくり、大柄な惣太がうっそりと賄い口へ入っていく。余五郎が畏まったまま腰から印伝の煙草入れを抜き、キセルに煙草をつめながら、火鉢のほうへ身をかがめる。喜作も動く左手で煙草盆をひきよせ、その左手だけを使って器用に煙草の支度をする。清次が命をとりとめたと分かったせいか、場の空気にもいくらか安堵《あんど》感が広がり、米造の肩からも緊張が抜けていく。

惣太が戻ってきて、盆の筒茶碗をまず米造にさし出し、同じような筒茶碗を喜作、音吉、余五郎の前にくばっていく。茶碗の中身はもちろん冷酒で、火鉢の炭がこれだけ熾《お》きていれば燗より冷のほうがいい。

余五郎が使ったキセルをこんと火鉢の縁《ふち》に打ち、筒茶碗をとりあげて居住まいを正す。

「ええと、親分、どこまで申しあげましたっけ」

「清次とお前が、右と左へ」

「おっと、そうそう。でね、おいらは表の堀沿いにずっと右側へ、清次兄いは日本堤側から左まわりに。船十の親分はご存じでしょうが、この塀ってのがまた大したもんで、行っても行ってもなかなか裏へまわらねえ。そうはいっても小塚《こづか》っ原《ぱら》までつづいてるわけでもねえし、そのうち横へ出て裏へ出て、おや、明かりが見えたなと思った所がどうやら裏口。おいらがこう、尻をはしょって粋に決めかけたところで、野郎、なにをしやがる、と」

「清次の声か」

「へえ。見るてえと明かりのずっと向こうに、駆けていく人影が二つ。こりゃいけねえってんで、おいらも駆け出したところが、どうやら清次兄いは日本堤まで追いつめられちまったようで、星明りにも刀の銀色が、いやもう、ぎらりともの凄く」

「余五郎、てめえは講釈の聞きすぎだあ」

「だけどまあ、とにかくそんな按配で。なんだか知らねえけど、おいらの足も竦《すく》んじまって」

「てめえは清次兄いを、助けに行かなかったのか」

「そんなこと云ったたって、おいら、刀《だんびら》とは相性が悪いもの」

「この不人情野郎。てめえなんざ百敲《たた》きの上、お江戸から所払いだあ」

「音吉、少し黙っていろ」

「だって親分」

「お前が半畳を入れると、それこそ夜が明けてしまう。それで余五郎、清次は？」

「へえ、ひと声叫んだかと思うと、そのまま山谷堀へ、どぶんと」

「うむ、それで助かったのかも知れぬな」

「ご明察。ダンビラ野郎もちょいと堀内をのぞいただけで、あとはふり向きもせず、貞岸寺《ていがん》の裏のほうへ」

「相手はどんな男だ」

「侍で」

「そんなことは分かっている。浪人か主人もちか、羽織か着流しか、若いか壮年か」

「さあ、それが、いくら星が出てたといっても、あのあたりには常夜灯もねえし」

「てめえ、腰を抜かしたついでに、目までつぶりやがったな」

「さすが音兄い、ご見識で」

「この野郎、おちょくりやがって、もう許さねえ」

音吉が片膝立ちになって余五郎の頭をぽかりと殴り、余五郎が横鬢《よこびん》あたりをおさえながら、逃げるように、米造のほうへ腰を浮かす。

「音もいい加減にしろ。余五郎が出しゃばっていたら、今ごろは胴と首が離れていた」

「そりゃあ、まあ、ねえ」

「なにはともあれ、余五郎のお陰で清次の命が救われたことになる。礼のひとつも云うのが筋だろう」

「親分がそう仰有《おつしや》るんなら」

「相手の人相など、清次の気が戻れば知れること。で、余五郎、そのダンビラ野郎が去るのを待って、お前が清次を堀から助けあげた」

「へえ。放っときゃあ大川のほうへ流されちまいそうな按配で、そこへちょうど、吉原帰りの大工が二人ばかし。でもってそいつらの手を借りて清次兄いをひきあげ、腰掛茶屋の板戸をひっぺがして、船十へ、と」

「それから先は喜作さんが医者を手配し、お峰にたき川へ猪牙をこがせたと、そういうことだな」

「大方そんな段取りで。ねえ、船十の親分」

喜作がうなずきながら茶碗の酒をなめ、目に脂《やに》でもたまったのか、煮しめたような色の手拭いでしつこく目蓋をこする。米造も筒茶碗の冷酒を口に含み、清次の背中に巻かれている晒に目をやりながら、しばらく黙考する。清次が八百善の探索にとりかかっていたのは事実らしいが、それでも下っ引き連中に声をかけて、二人を芝と深川へ走らせたばかり。探索を始めたことを知っている人間も、ほんの数人のはず。新しく定町廻り入りした神坂平之助以外は、みな素性も気心も知れている。

頭に浮かんだ神坂のその、妙に肩をつっ張らせた眉の濃い顔を注視しながら、それでも米造はふと、小首をかしげる。

「喜作さん」

「へえ」

「山谷堀の、このあたりの治安はどんなものです」

「治安、と仰有いますと」

「掏《す》りにかっ払いに、追剝に辻斬りなど」

「はあ、まあ、そういうことですと」

喜作が歯の抜けた口でちびりと酒をなめ、筒茶碗を下において、のびた月代《さかやき》に皺手を這わせる。

「ご承知のとおり、このちょいと先は吉原でございます。ああいう場所は酒と女と金が組んずほぐれつ、惚れたの刺したの逃げたのと、そりゃまあ賑やかなようで。ですが吉原内の揉めごとはみんな吉原内で始末いたしますし、御番所からもお掛かりが出張ってございます。また廓外が物騒では客足も遠くなると、町役人配下の若い者が往還にも目を配っている按配で」

「なるほど」

「また日本堤向こうは一帯が新町《しんちょう》。あすこはあすこで、弾左衛門《だんざえもん》の支配地。そんな具合ですので、わっしのところへもち込まれる揉めごとなんぞも、夫婦喧嘩の尻か酔っ払いの喧嘩程度と、存外に安気《あんき》な土地柄でございます」

「となると、清次を襲った相手も辻斬り追剝とは考えにくい」

「さようでしょうなあ」

「しかし、八百善に関係した者、という推量も俄《にわ》かには立てにくい。八百善が目明かしの探索を嫌って清次を斬ったとしても、それでは却《かえ》って藪蛇《やぶへび》。そうはいってもまた、清次が襲われた場所を考えると八百善にまったくの縁無し、とも思われぬ」

「へえ、どうも、面妖《めんよう》な話で」

「余五郎」

「へ、へい」

「お前の家は青物問屋だったな」

「さすが親分、覚えが早え」

「八百善、というぐらいだから、元は八百屋だったものだろう」

「さーて、云われてみりゃそんな理屈でしょうが、おいらさっぱり、不案内で」

「喜作さん、八百善はいつごろから、あの場所で商売《あきない》を」

「わっしが船十へ婿入りした時分には、もう今の場所に店を出しておりました。そのころは座敷がひとつ二つあるだけの、ほんの小店でしたっけが」

「うむ、それが？」

「あれは安永《あんえい》のころでございますから、ちょうど田沼様がご老中にご出世なされた前後のことで。代がかわったの後盾《うしろだて》ができたのって噂があって、それから、あれよあれよという間に」

「いずれにしてもあれだけの大店《おおみせ》になってからは、十年というところか」

「まずは、そんな見当で」

「偶然ではあろうが、田沼の栄達と八百善の繁盛は軌《き》を一《いっ》にしている。面白いといえば面白いし、いやな気がするといえば、いやな気もする」

酒を飲みほし、筒茶碗の糸尻をこつんと板の間に打ちつけて、米造は深く腕を組む。清次を襲った相手は物盗《ものと》り辻斬りのたぐいではなさそうだが、そうかといって、すぐに八百善と結びつけるには無理がある。まず相手は、清次を米造の配下と知っていたのか。清次がお美代という娘の死に関する探索を始めたことを、知っていたのか否か。かりに何者かが注進したとして、清次に害をくわえれば自身のうしろ暗さを、八百善みずからが表に曝《さら》すことになる。かといって清次の災難が八百善と無関係とは思われず、また清次が誰かに、個人的な恨みを買っていた結果、とも考えにくい。ひとつだけ明瞭な事実は、今回の探索を清次に任せず、米造本人がのり出していれば清次もここまでの危難にはあわなかった、ということだ。

「喜作さん、清次がとった、まずお美代を運んできた町駕籠を探し出す、という段取りについては、いかが思われる」

「へえ、わっしが考えても、真当《まっとう》な判断かと」

「俺もそう思う。いずれ八百善へのり込むにしても、まだこちらの持駒が少なすぎる。まずは駕籠屋、駕籠屋からお美代のいた場所、それが分かればお美代の身になにが起こったのか、自然に行きつく」

腕組みをとき、板の間から腰をあげて、米造は三和土の雪駄に足をおろす。

「音吉、その駕籠屋を探し出すまで、当分は寝られぬものと覚悟をしろ」

「が、が、がってんだあ」

音吉が屁こき虫のような格好で腰をあげ、着物の裾を粋にたぐって、團十郎ばりの見得を切る。駕籠かきや棒手振《ぼてふ》りでさえ股引をつけるこの季節、音吉は夏同様のカラッ脛《つね》で、芳松に云わせると、尻をはしょったときにちらりとのぞかせる緋縮緬の褌が自慢なのだという。

「喜作さん、ひとつ納得《きい》てもらいたいことがあるのだが」

「へえ、それはまた？」

「船十と門前のいきさつは義父殿から聞いている。しかし事がここに至った今、門前へ助っ人を頼むことを得心してもらえまいか」

「なにを仰有います。本来ならわっしと門前とで片したはずの悶着《もんちゃく》、清次さんにこんな災難《め》を見しちまった今、いやもおうもございませんよ」

「ではそのように。門前に声をかければこの刻限でも、五人や十人の下っ引きは手配できよう。音吉、余五郎、たき川ではどれほどの手を集められる」

「二十人でも三十人でも、任せてくださいよう。眠いだの寒《さみ》いだのぬかす野郎がいやがったら、おいらが横っ面を張り倒してくれらあ」

「親分、音兄いの云うとおりで」

「よし。下っ引きの差配は音吉に任せる。お美代を運んだ駕籠屋を見つけ出すまで、みな家へは帰れぬと思え」

「が、が、が」

「親分、がってんです」

「この野郎、おいらのお株を、奪うんじゃねえ」

音吉がまた余五郎の頭をぽかりと殴り、それでも二人そろって三和土へ足をおろす。

「音、清次のこいできた猪牙は」

「そこの舟寄せにもやってあるよう」

「俺はその猪牙を使う。門前に寄ってから堀江町へ帰っているから、なにか聞き込んだら報せにこい」

音吉がまた褌をちらつかせて見得を切り、戸口へ走りかけたそのうしろ腰に手をかけてひき戻す。

「まあ待て。下っ引き連中も節分の夜、お前に横っ面を張られたのでは間尺《ましゃく》にあうまい」

米造は懐から革細工の財布をとり出し、やはり懐から鼻紙を抜き出して、財布の中身を鼻紙の上に空ける。こぼれ出た金は一分金に南鐐二朱銀《なんりょうにしゅぎん》に一朱銀に四文波銭《なみせん》に一文銭。それらが二両ぶんほどとり混じっていて、米造自身はほとんど使うことはないがお葉が毎朝用意する。

鼻紙に包んだ金を音吉にわたし、その尻をぽんと叩いて、米造が音吉と余五郎を表の戸口へ向かわせる。

「資金《もとで》が足りなかったらたき川へ駆け込んでこい。町駕籠だけではなく、辻駕籠に聞き込むことも忘れるな」

「親分もくどいねえ。この音吉、万事がってんだあ」

音吉と余五郎が草履を派手に鳴らして駆け出していき、戸障子が閉まって足音が遠ざかると、船十の店内《みせうち》が嘘のように静かになる。火鉢の炭がはねて土瓶が小さく音を立て、その音に清次の咽を詰めたような唸り声が、かすかに重なる。

「喜作さん。あれやこれや気忙《きぜわ》しい思いをさせて、済まなかった」

「滅相もねえ。なにからなにまで二代目におっかぶせちまって、心底、面目ございません」

「たかが料理屋の悶着と、俺も少し気を抜いていたかも知れぬ」

「そうは仰有っても、ねえ、こんな騒ぎになるとまでは、誰だって思いますめえよ」

喜作が半白の月代をなでてから手拭いで鼻水をふき、また左手だけで煙草をつめて、キセルに火をとる。米造は鼻紙入れと財布を懐に戻し、立ったまましばらく清次の寝顔を見守る。たき川から女中でも看病によこそうか、とも考えたが、船十にはお峰もいることだし、そこまでの手配は僭越《せんえつ》か。

三和土を二、三歩戸口のほうへ歩き、ふと足をとめて、喜作をふり返る。

「そういえば、医者のことを忘れていた」

「へえ。ですが医者は、さっき……」

「清次の医者ではなく、お美代の医者だ」

「と、仰有いますと」

「お美代に、癪熱による死、と見立てを出した医者に心当たりは」

「さーて、そこまで気が、まわりませんでしたが」

「八百善のことだ。どうせ町内の医者ではあるまい。旗本か札差の腰にまとわりついている幇間《たいこ》医者と思うが、その医者をつきとめておけばあとで吟味ができる」

「さようでしたなあ。わっしとしたことが、すっかり焼きがまわっちまって」

喜作が灰吹きにぽんとキセルを打ち、米造、清次、惣太の順に、皺深い目を鋭くめぐらせる。清次が斬られて米造がみずからのり出し、音吉と余五郎が探索にとび出していった動きを見て、老いしぼんでいた喜作の目明かし根性にも火がついたのか。

「惣太、二代目の仰有ったことを、聞いていやがったろう。呑気に茶なんぞ飲んでねえで、町内を走ってこい。大家でも町役人でも、寝ていたら叩き起こしてかまわねえ。八百善に出入りしている医者について、なんでもいいから聞き込んできやがれ」

惣太が肉厚な顔に表情もつくらず、それでも板の間からのっそりと腰をあげて、米造に頭をさげながら三和土を表戸へ歩いていく。まさか口がきけないわけでもないだろうに、そういえば昼間来たときも米造は惣太の声を聞いていなかった。

「死んだ女房の遠縁で、仕方なく、あずかっちゃあおりますが」

惣太が出ていったあと、閉まった戸障子にうんざりと目をやりながら、喜作がごほっと小さく咳き込む。

「まったくねえ、お峰が男でさえあってくれりゃあ、わっしも今ごろは、楽に隠居してる頃合いでございましょうに」

「そのことは今回の件に片がついたら義父殿に相談してみよう」

三和土を戸障子の前まですすみ、引栈に手をかけて、また喜作をふり返る。

「お峰さんが帰ってきたら、済まぬが、隅田村へ遣いにやってくれぬか」

「おっと、騒ぎにまぎれて、うっかりしておりました」

「清次の命に別状のなかったことを話して、余計な心配をかけぬようにな」

「承知してございます」

「では清次のこと、くれぐれも、頼みます」

戸障子をあけ、喜作に目礼をして、そのまま米造は船十の店を出る。店内《みせうち》が暑かったせいで堀端の夜気が頬に心地よく、ふりそそぐ星の光にも真冬の冷たさが増してくる。すでに吉原の大門も木戸を閉めたのか、往還に人影は見られない。江戸は師走に入ってから晴天がつづいているが、奥州辺《へん》はこの夏に浅間の山が焼けたせいで、いまだに日月《にちげつ》の光が遮《さえぎ》られているという。考えまいとは思いながら、この満天の星を見ると白河で一人暮らす母親の身の上が、やはり案じられてくる。

日本堤の往還をよこぎり、舳先の鼻板にたき川の焼印が打ってある猪牙を見つけて、堀の舟寄せに足をおろす。

そこで腰を沈め、棒杭からもやいをはずそうとした米造の横顔を、突如悪寒《おかん》に似た殺気がひしと刺す。

「む……」

米造は腰を沈めたまま一気に五感を賦活《ふかつ》させ、心眼を掘割の対岸へ向ける。星明りのなかに柳の枯れ枝が影をさし、その幹わきに黒っぽい着流しの人影が立っている。この殺気を打ってくるのは、明らかにその人影。遠目にも浪人ふうの身づくりで、かなりの長身痩軀《そうく》か。これだけの殺気を打てる武芸者ならその殺気をおさえる術《すべ》も会得しているはずで、相手は米造をめがけて意図的な殺気を放っている。剣術修行で諸国を経巡《へめぐ》ったあいだでさえ、この恐怖を感じるほどの殺気には、まず出合わなかった。

そのときふと殺気が消え、堀向こうの浪人がこちらに背を向けて、星影の暗処《くらみ》に歩きはじめる。米造は舟寄せ板の割れ目から五寸ほど木片をはぎとり、歩いていく男の背中に、その木片をひょうと打つ。木片は小柄のように飛んで浪人者の背に当たり、一瞬その背にとどまったあと、音もなく地に落ちる。浪人者は足もとめず、ふり向きもせず、蒼《あお》い星影に区切られた暗処へ姿を消す。

米造は浪人者が消えた闇をしばらく凝視し、それからもやい綱をといて、やっと背をのばす。今の男は掘割をよぎってくる飛来物が、小柄ではなく木片であることを、その音と空気の震えで読みとっていたのだ。距離とその速度で、木片が着物の生地《きじ》をつき抜けないことも見切っていた。いかに世間が広いとはいえ、この江戸にあれだけの技量をもつ剣術使いが、まだいたものなのか。

米造は浪人者が消えた闇に向かって、ひとつ大きく息を吐き、額に浮いているいやな汗を手の甲でぬぐう。あれほどの殺気を放てる人間とは、どんな剣を使うのか。お互いに刀をとって立合ったとしたら、どんな結果が出るのか。相手はこちらがたき川の米造であることを、当然ながら知っていた。知っていてわざと殺気を打ち、その殺気を消してこちらの出方をうかがった。一連の動きからみて今夜のところは、たんに米造の技量を測っただけなのだろう。

しかし清次を斬った相手が、はたして今の浪人者なのか、どうか。

米造は猪牙の舳先を大川方向へ向けながら、満天の星を見上げて思わず身震いをする。

三

本石町《ほんこくちょう》で打つ明八ツの鐘が冷気にのって、掘割側の戸障子越しに深々と響いてくる。米造は居間の床柱《とこばしら》に背をあずけて腕を組み、店じまいの片づけをする女中たちの気配を、うとうとと聞いている。本来ならこのあとで女中船頭が一堂に会し、酒肴を並べて節分を祝うのがたき川の慣わしだという。しかし船頭たちは駕籠屋の探索で出払い、清次の災難を知って女中たちも、祝宴は遠慮したい、と申し出た。その気持ちも分かるが、それはそれ、女中たちだけでも労をねぎらってやるように、と女中頭のお種には云いつけてある。

船宿たき川の世帯は米造お葉夫婦を含めて、総勢が十五人。そのうち番頭の利助と料理人の弥吉は田所町《たどころちょう》と小網町《こあみちょう》の裏長屋に、それぞれ所帯をもっている。住込みの奉公人はお種と三人の若い女中、船頭は清次、音吉、芳松、正太《しょうた》、亀二郎《かめじろう》の五人。それに調理場見習いの小僧と飯炊きの権助が大部屋や小部屋で寝泊まりをしている。若い船頭や女中がひとつ屋根の下で暮らしているわけで、惚れたの腫れたの納戸にひき込まれたの、とかいう話もあるらしいが、そのへんの目配りは利助とお種に任せている。もともと米造の主人は名目だけで、店に顔を出すこともないし、客の対応をすることもない。そうはいってもこれだけの奉公人を抱える身になってみると、今回清次にふりかかった災難も含めて、それぞれの身の上に相応の責任が感じられる。

店側の長暖簾が割れ、お葉が顔を見せて、そのまま長火鉢の横まで膳を運んでくる。いつの間にか家内《いえうち》の物音がなくなり、庭向こうの掘割からも艪《ろ》音が消えている。これであと一刻もすれば朝の早い荷船が蔵河岸に入り込み、船頭や河岸人足が威勢のいい声を発してくる。寺社地や武家地はともかく、この日本橋近辺は冬も夏も昼も夜も、一年中眠らない。

「お前さん、お疲れのようだねえ。奥でちょいと横になればいいのに」

お葉が膳を米造のわきへおいて、自分も斜向《はすむ》かいに腰をおろし、おくれ毛をかきあげながらわずかに膝をくずす。

「店の始末は済んだのか」

「ええ、たった今」

「お種は女中たちを労《ねぎら》っているだろうな」

「あたしからもちゃんと云いましたよ。せっかく弥吉さんのこさえた重だもの、食《あが》ってやらなけりゃ里芋《おいも》さんも牛蒡《ごぼう》さんも、ベソをかくってね」

「うむ、思いがけず慌ただしい具合になって、みなにも済まないことをした」

米造は腕組みをといて床柱から背を離し、膳から杯をとりあげてお葉の手にわたす。

「あれ、お前さんは？」

「昼間から義父殿のところで振舞われていたからな。少し飲みすぎた」

「いやですよう、一升《しょう》も二升も飲んだわけじゃあるまいし」

「たき川へ婿に入ってから躰が贅沢を覚えてしまった。今夜のようなことがあると、自戒をせねばな」

「まったくお前さんてお人は、いつまでもお武家の癖が抜けないねえ」

「不器用ですまぬ」

「いえね、べつにさ、お前さんのそういうところが、嫌いってわけじゃあ、ないんだけどさ」

お葉が肩をすくめて切れ長の目尻をふるわせ、手のなかの杯をもじもじと動かす。

米造はその杯に酒をついでやり、自分では膳に並んでいる小鉢の大根に箸をのばす。

この夏までは深川の裏長屋で貧乏暮らし、真冬でも火鉢に炭を入れることなどほとんどなく、酒の肴もせいぜい金山寺《きんざんじ》味噌かヒネ沢庵《たくわん》。それが今はふんだんの炭火に贅沢な料理と酒で、おまけにとなりからは伽羅《きやら》の香りが流れてくる。これで気を弛めるな、というのも無理な注文だが、清次の危難や山谷堀の不可解な浪人者、白河松平家のいやな動きなどを思い合わせると、あらためて自戒の念が強くなる。

お葉が杯をほし、ほっと息をついで、膝を大きくくずしながら二杯目を手酌する。

「それだけどさ、清次さんの命が無事だと分かって、心底、ほっとしたねえ。お峰さんが報せにきたときには、どうなることかと思ったけど」

「すべてに運がよかった。清次の躰が丈夫だったこともあるし、医者の技量《うで》がよかったこともある。あの縫合あとを見るかぎり、傷が癒《い》えたあとで身の動きが不自由になることもあるまい」

「船頭が艪を握れなくなったら、終《しま》いだものねえ」

「明日、利助かお種に、医者のところへ療治代を届けさせてくれ。名前は聞きそびれたが、馬道でオランダ医者と尋《たず》ねれば所も名前も知れよう」

「あたしが自分で出向きますよ。清次さんの加減も見舞わなくてはならないし」

「それもそうか」

「それよか、ねえお前さん、お福《ふく》かお清《きよ》か、だれか女中を看病につけなくて、いいのかねえ」

「あまり手配をしすぎても船十の顔がつぶれる。ただ明日の様子を見て、手が足りないように思ったらお前が思案してくれ」

「任せてくださいな。慣れないお前さんに目明かしの束ねなんかさせちまって、あたしだって内心、すまなく思ってるんですから」

お葉がしゅっと酒をすすってから杯を米造にわたし、にじり寄るように膝をすすめてきて、杯に酒をみたす。江戸じゅうに散っている下っ引きが探索の結果を報せてこないともかぎらず、酒は控えておこうと思ったが、お葉に杯をまわされては受けるより仕方ない。

米造が酒を口に含み、お葉が牛蒡の炊物をこりっと噛《か》んで、残った半分を米造の口前にさし出す。米造は酒を飲みほしてから牛蒡も口に入れ、杯をまた、お葉へ返す。

「だけどさあ、御用のことだから仕方はないけど、お正月さままであと四日。こんないやな騒動に、年は越させたくないねえ」

「かならず片をつける。清次まで傷つけられたとあっては、腹の虫がおさまらぬ」

「なんだか怖いような気も」

「案ずるな。たとえ相手が魑魅魍魎《ちみもうりょう》だったとしても、お前に手は出させない」

「そういうことじゃなくて、あたしが怖いのは……」

　お葉が杯に酒をついでかるく口に含み、米造の膝に手をおいて、下からちらっと、切れ長の流し目を向ける。

「さっきお前さん、床柱へ寄りかかって、腕組みをなすってたでしょう」

「ついうとうとと、な」

「それだけなら、いいんだけど」

「なにが云いたい」

「その、あのときのお前さんのお顔が、なんだか、怖かったような。お前さんがまたお武家に戻って、ぷいと白河へ帰っちまうような気がして、それがさ、なんだか心配で」

「バカなことを云うな。清次の騒動で、お前の気が立っているだけだろう」

「本当にそれだけかえ」

「お前も意外に、気病みの性《しょう》だな」

「あたしは、だって」

「俺も自分の意外さに驚いてはいるが」

「お前さんの意外さって」

「もし俺の顔が怖く見えたのならそのせいだ。自分の内にこれほどの怒りが潜んでいるとは、今日まで、思ってもいなかった」

お葉が杯に酒をみたしてそれを米造にさし出し、米造はお葉の手に杯をもたせたま ま、酒を口に入れる。

「知ってのとおり、父が身罷《みまか》られて以降の俺は天涯孤独。白河にお袋様は息災と聞くが、それはもう無縁と決めている。俺はおのれの剣を磨くこと、おのれ一人が生きて死ぬことが生涯と思っていた。世間がどうあろうと、他人《ひと》がどうあろうと、自分の心は動かぬはずと。それが清次の災難を目の当たりに見て、なぜか、気が動転した」

「それは……」

「気が動転して、怒りが心頭に発し、清次を傷つけた者は地獄までで も追いつめてみせると、そんな気になった。こんな心持ちは、生まれて初めてのことだ」

「お前さん、そんなことのどこが意外なのさ」

「意外だから、意外だ」

「変わったお人だねえ。子が傷《いた》められて親が怒るのは、世間の人情でござんしょう」

「清次は俺の子ではないし、俺も親ではない」

「寝ぼけたことをお云いなすって。清次さんはお前さんの子、ほかの船頭衆も女中たちも、それに歳は逆でも利助さんやお種さんや弥吉さんも、お前さんがたき川の主人に直られたときから、みんなお前さんの子になったんじゃないですか」

「奇妙な理屈だな」

「奇妙なもんですか。世間ではそれが普通なんですよ。お前さんが清次さんのことで気持ちを怒らせるのは、だから親として、真当な理屈なんです」

「これが真当なのか」

「いやだよう。お前さん、本気でそんなことを？」

「考えていた」

「まったく、お前さんてお人がバカなのか利口《りこう》なのか、心配になってきちまうねえ」

お葉が口に指の背をあてててくすっと笑い、膝を寄せながら顔をあげて、正面からじっと米造の顔を見つめる。

「うん？　どうした」

「どうしたのか。お前さんが妙なことを云うもんで、なんだかあたしのほうも、妙な気分になっちまって」

「疲れているなら先に寝ればいい」

「そういうところが、まったくお前さんは、野暮《やぼ》なんだから」

見開かれていたお葉の目が、徐々に閉じはじめ、両手が米造の膝にのって、顎先が米造の口に近づく。お葉の襟奥から甘酸《あまず》っぱく汗が匂い、唇にさされた紅が米造の目のなかで、ぎこちなくにじむ。

お葉が半眼のまま、なおも口を近づけ、そのお葉の口を米造が吸う。お葉が小さく鼻を鳴らし、鼻を鳴らしながら今度は、自分のほうから米造の口を吸ってくる。

米造がお葉の肩に手をかけようとしたとき、庭の裏木戸で物音がして、お葉がはっと身を離す。

「野暮は俺一人でもなかったらしい」

お葉がぷくっと鼻の穴をふくらませ、それでも留袖の袖内から襦袢の袖をたぐり出して、その袖先に唾をつけてからすばやく米造の唇をぬぐう。

木戸の物音が庭への足音にかわって、すぐに縁側へ、どさりと、米俵が投げ出されたような音がひびく。

お葉が着物の裾をさばいて戸障子前へすすみ、障子を横へひきあける。縁側に上半身を這いつくばらせているのは髷も襟もでたらめに乱した若い男で、肩で息をして咳をして、それでも必死に米造のほうへ口を動かして見せる。どうやら相当の距離を走ってきたらしく、この寒空に頭から胸へ水をかぶったような汗を流している。

　米造は長火鉢の前から縁側へ場所を移し、男の帯うしろに手をかけて縁側へひきあげる。

「あ、あ、あ」

「うむ？」

「あっしは、し、し……」

「たき川の下っ引きか」

「へい、う、卯之助ってんで」

「焼接ぎ屋の卯之助だな。音吉と余五郎から名前は聞いている。それでその卯之助が、どうした」

「か、か、かご……」

「駕籠屋が見つかったか」

「見つかった、見つかった、見つかったあ」

　卯之助がばったりと縁側へ倒れ込み、大きく白目をむいて口から泡をふく。

「お葉、水……いや、酒がいい。どんぶりに一杯もってきてやれ」

　お葉が膝立ちからそのまま店のほうへ駆けていき、米造は卯之助の背をうしろから抱えあげて、両肘《ひじ》を真横、上、真横、上へと、深く大きく五、六回も上下させる。そうやって卯之助の呼吸が静まったころ、お葉がどんぶりに酒をみたして戻ってくる。

「卯之助さんとやら。ほら、ぐっとお飲みなね」

お葉からどんぶりを受けとり、卯之助が馬のようにひと息に飲みほして、寝てる子も起きるかと思うほど、盛大なゲップを吐く。

「へい、二代目の親分に女将さん、お初にお目にかかりやす。おいらは神田の小泉《こいずみ》町《ちょう》で焼接ぎ屋を生業《なりわい》にしております……」

「挨拶はあとでゆっくり聞く。まず駕籠屋のことを話してくれ」

「へい、見つかったのは辻駕籠で」

「町駕籠ではなかったのか」

「町駕籠は町駕籠なんでやすが、おいらが見つけたのは辻駕籠でして。この野郎、最初《はな》はすっとぼけやがって、そいでもっておいらが頭をぽかぽかと二つ三つ……」

どうもこの卯之助という男も話がくどいようだが、息せき切って報せに来たぐらいだから駕籠屋の件に間違いはないだろう。刻限もすでに八ツすぎ、卯之助の息も落ちついてきたし、ここで一拍二拍刻をかけたところで問題はない。

「とにかくその駕籠屋がどうとかいうのを、順序立てて話してみろ」

卯之助が懐から草履と手拭いをたぐり出し、草履を庭に放って、手拭いで顔の汗と足の汚れをぬぐう。

「いえね、清次兄いに声をかけられて、おいらと余五郎と益蔵って野郎が、山谷堀の船十へ出向いたと思いなせえ」

「うむ」

「で、船十の親分からこうこうこうと八百善の話を聞き、清次兄いにあれだこれだと指図されて、おいらは深川まで走って冬木町《ふゆきちょう》の町駕籠、大坂屋の近辺で探索をかけてたんでやすが……」

　そのとき暗処《くらみ》向こうの木戸にまた物音がして、闇の色と同じぐらい色黒の門前の勘助がひょっこり、卯之助の人定を透かすような腰つきで顔を出す。

「なーんだ、てめえか。そこの往還をコメツキバッタみたように駆けてく野郎がいたと思ったら、おめえはたしか、焼接ぎ屋の……」

「へい。門前の親分、ご無沙汰で」

「勘助さん、いいところへ来た。この卯之助がどうやら、お美代を運んだ駕籠について情報《はなし》をもってきたらしい」

「おっと、そいつは」

勘助が米造とお葉に頭をさげて縁先に腰をのせ、綿入れ羽織の袖に両手を入れながら米造のほうへ目を細める。その様子を見てお葉がすっと、座敷からさがっていく。

「あっしもね、この付近に散ってる下っ引きのところをまわっちゃみたんですが、どうも、これって話を聞かねえもんで」

「卯之助、大坂屋近辺で探索をかけていた、というあたりから、つづきを話してみろ」

「へい。まあ門前の親分も、聞いてくんねえ。なにせ冬木町の大坂屋っていやあ、駕籠が十何挺《ちょう》あろうかって大店で、駕籠かきの頭数もそれなりに。そいつらが出たり入ったり入ったり出たり。おいらは斜向《はすむ》かいの軒下に陣取って、適当な野郎を見つけちゃあ、路地にひき込んだりしてね。ちょいと脅《おど》したり酒手をわたしたりと、大坂屋が看板を消すまで粘っちゃあみたんでやすが」

お葉が店のほうから戻ってきて米造の横に膝をつき、大振りの筒茶碗にみたした酒を勘助と卯之助の前に置く。

「こりゃこりゃ、どうも。重ねがさねかたじけねえ」

卯之助が筒茶碗をおしいただいてぐびりと酒を飲み、肩と胸でふーっと、生き返ったような息をつく。

「でね、そんなこんなで刻限もまわっちまって、とりあえず今夜んところは切り上げべえかと思ったところへ、竹治《たけじ》兄いが」

「おう、うちの竹治か」

竹治というのは門前の身内でも兄貴株の下っ引きで、この夏に起きたお葉の拉致《かどわかし》の一件以来、米造も何度か顔を合わせている。

「その竹治兄いが顔を見せて、どんな按配だって聞くから、これこれこうと。で兄いが、ところで卯之助、おめえ清次兄いが山谷堀で斬られたことは知ってるかなんて。おいらそんな話は初耳で、え、え、え、だって清次兄いはちょいと前までぴんぴんしてて、おいらたちに探索の指図を、と。しかしまあ、詳しいことは知らねえが、命に別状はなかったようで、とかなんとか」

そこでまた卯之助はぐびりと酒を飲み、酒の味に感心したような顔で、ほっと息をつく。米造の思ったとおり、やはり相当に話のくどい男で、勘助でさえ筒茶碗を口に運びながら、呆れたように目の端を笑わせる。音吉がこの場にいたら卯之助の頭にも二つ三つ、すでに拳骨が落ちている。

「まあまあ、そうですかい。命が助かったとはいえ、そいつはとんだ災難だ。おいらも今夜のところは切り上げべえと思ってたが、清次兄いが斬られたと聞いちゃ、もう勘弁できねえ。南本所の石原町《いしわらちょう》に駕籠勝《かごかつ》って小店があるから、竹治兄い、そっちまで足をのばしてみねえかい、と云ったら、竹治兄いも、そりゃいい思案だ。店はもう閉めちゃいるだろうが、構うことはねえ、雨戸のひとつも蹴破ってくれりゃあ、びっくりして駕籠勝がなにか話すかも知れねえと」

「バカ野郎。それじゃまるで、押し込み強盗じゃねえか」

「門前の親分、雨戸のひとつもどうとかってえのは、もののたとえで」

「おめえや竹治のことだ。放っておきゃあ真正、人様の家へ土足で踏み込みやがる」

「まさか、そこまでは」

「まあいいや。で、どうした、駕籠勝へはのり込んだのか」

「それが門前の親分、そうするまでもなく、おいらと竹治兄いが南本所近くまで歩いていくてえと、向こうからいい機嫌に酔っ払った野郎が、河東節《かとうぶし》なんぞを唸りながらやって来やがる。半纏の様子や手拭いのかぶり方が、どうも駕籠かき臭え。荒井町《あらいちょう》あたりで安女郎でも買ってきた帰り、ってな感じで、で、おいらと竹治兄いでその野郎を呼びとめて、これこれこんな話を、おめえどこかで聞いてねえか、と礼儀正しく問うたところ、その野郎がこんちくしょう、生意気に唾なんぞ吐きやがって。さあそうなったらおいらも竹治兄いも、もう頭に血がのぼっちまうよ。だもんで、まあまあ兄さん、待ってくんねえ。こちとらこう、大人しくものを訊《たず》ねてるんじゃねえかと」

「てめえら二人して、その駕籠かきを半殺しにしやがったな」

「とんでもねえ。せいぜい、四分《し》の一殺しで」

「仕様《しよう》もねえ野郎どもだ。いくら御用の筋だからって、ちったあ限度をわきまえろい」

「そりゃあおいらだって普段なら借りてきた猫みたように、頭を低くして聞き込みをするんですよ。ただ清次兄いが斬られたって聞いたばっかしで、それに寒《さみ》いわ草臥《くたび》れてるわで、つい手がのびちまった」

「そういうおめえらみてえなバカがいるから、目明かしの評判が悪くなる。ちったあ二代目の立場も考えやがれ」

と、口ではそう云ったものの勘助の目は笑っていて、筒茶碗を胸前に構えながら米造のほうへ顔をしかめて見せる。もともとヤクザ者や盗人を相手にする機会の多い商売で、下っ引き連中の気も荒くなる。まして同業の清次が斬られたとあっては、卯之助でなくとも仲間意識は強くなるだろう。

米造は掘割からの夜風に着物の襟を直し、すっかり汗のひいた卯之助の貧相な顔を可笑しく眺める。目も鼻も口も輪郭がすべて曖昧で、明日どこかの往還で見かけてもしていたものか。

思い出さないような顔立ち。生業が焼接ぎ屋だというから、以前は今戸《いまど》焼の職人でも

「それで卯之助、お前たちが礼儀正しく相手をして、その駕籠かきはなにを話した」

「そうそう、目当てはそのこと。門前の親分が話の腰を折るから、どうもおいらの話が長くなる」

「この野郎、ゴタクを並べてねえで、さっさと先を申しあげろい」

「へい。ええと、でね、その駕籠かきは市助《いちすけ》って名前だったんですが、その市助の云うにゃあ、つい一昨日《おとつい》、駕籠勝の駕籠かきで次郎太《じろうた》っていうのと、煮売り屋でばったりいき会ったと」

「うむ、やっと本筋に入ったか」

「本筋も本筋、まあ聞いておくんなさい。市助と次郎太は以前からの顔見知り。先《せん》は次郎太も両国近辺で辻駕籠を担いでたんでやすが、それが駕籠勝に雇われて、まあ楽になったとかなんとか。寒空に辻へ立って鼻水をすることもねえし、半纏も股引も手拭いも藁地も、みんな店で面倒を見てくれる。辻駕籠みたように荒稼ぎはできねえが、そのかわり客の酒手が一朱二朱なんてこともある。つい先日《こないだ》なんぞ、一両も酒手が出たと。次郎太、そいつは豪気《ごうき》だなあ。まったくおめえが羨《うらや》ましい。駕籠勝へおい

らも口をきいてくれねえか、とかなんとか、二人して差しつ差されつ。いい加減酔っちゃあいたんだろうが、そのとき次郎太がふと、だけど市助、実入りもいいにゃいいが、首が危ねえことだって、なくはねえんだぜ、と。そりゃまたどんな、と市助が聞くと、そんなことを喋ったら正真正銘、首が飛んじまわあ。いいじゃねえか、おいらとおめえの仲なんだし。いいやこれだけは喋れねえ。またまた、おめえはそんな水臭え野郎だったのか。だけど市助、これぱっかしは……」

そのとき勘助の手がのびて、ぴしゃりと卯之助の額を叩き、米造のとなりでお葉も我慢できなくなったのか、口をおさえてくつくつと笑い出す。

「勘助さん、まあ勘弁してやれ。話の筋からいうとこれからが本題らしい」

「さすが二代目の親分、先の見通しが早えや」

卯之助が悪びれたふうもなく酒を飲みほし、縁側に膝を折り直して、ぐいと肩をつき出す。

「とどのつまりは、こういう訳合いで。いやね、次郎太の野郎は、船十の親分が見なすったとおりの日にちと刻限に、荒井町の〈松葉屋《まつば》〉から八百善へ、若い娘を運んだと」

「なんだと、荒井町の松葉屋?」

勘助ががつんと筒茶碗をおいて、尻ごと卯之助のほうへ身をのり出し、首のうしろをさすりながら卯之助と米造の顔を見くらべる。

「勘助さん、お美代ののった駕籠はそれに間違いないようだが、荒井町の松葉屋というのは？」

「へえ、それなんでやすが」

縁側においた筒茶碗をまたとりあげ、なかに虫でも入っているような顔で、勘助がちっと舌を鳴らす。

「二代目はご存じあるめえと思いますが、北本所の荒井町近辺てなあ、ちっとばっか面倒な界隈《かいわい》でして」

「化け物でも出るのか」

「化け物なんざ松葉屋の兵六《へいろく》って野郎にくらべりゃあ、可愛《かわい》いもんで。なにせあの界隈は貧乏旗本だの御家人だのの小屋敷、それに妙源《みようげん》寺だの泉竜《せんりゆう》寺だのの小寺に町人地があっちこっち、ああでもねえこうでもねえって入り組んでおりやして、御番所の目もなかなか届かねえ。それをいいことに兵六って野郎、小寺を博打場にするわ人様の女房をかっ攫《さら》うわ、阿漕《あこぎ》のし放題だとか」

「門前の親分が仰有るとおりで。次郎太もね、八百善じゃ一両の酒手をはずまれたが、兵六からは、このことを一言でも喋ったら、てめえ首のねえ肩で駕籠を担ぐことになるぞと、えらく凄まれたそうで」

「八百善の娘ともあろうものが、なんの理由でその松葉屋に」

「さーて、松葉屋も表向きは、料理屋でござんすが」

「お美代が松葉屋で悪いものでも食って、食中《しょくあた》りを起こしたか」

「そんなことでこれだけの大騒ぎってのも怪風《けぶ》でござんしょう」

「騒ぎにすまいと大騒ぎをしているところが怪風だな。しかし理由がなんであれ、松葉屋へ行って聞けば分かることだ」

勘助と卯之助が同時に顔をあげ、一瞬米造の表情をうかがってから、勘助がぽんと膝を打ち、卯之助のほうはぴょんと、縁側からとびおりる。

「卯之助、竹治はどこにいる」

「北本所と南本所の境あたりに八幡《はちまん》様がありやして、そこで連絡《つなぎ》を待ってる手筈《てはず》に」

「分かった。お前はご苦労だが、仕舞《しま》う前に日本橋界隈を走ってくれ。二、三人の下っ引きに声をかければ、それがまた散ってほかの連中にも話が伝わる」

「承知の助で」

「みんなには、この米造がご苦労だった、とな。それに今夜のところはひきあげて、ゆっくり休むようにと」

「てえと、二代目は、お一人で松葉屋へ」

「バカ野郎。この門前の勘助が、しっかりお供すらあ」

「あ、なーるほど」

「感心してねえで、その汚え褌が弛むまで走って、連中に連絡をつけてまわりやがれ」

卯之助が草履に足を入れて小腰をかがめ、米造、お葉、勘助と順繰りに頭をさげてから、闇向こうの裏木戸へ駆け出していく。

その卯之助の背中を見送ってから、勘助がうしろ首をさすって米造に目を向ける。

「で、いかがなさいます。あと一刻もすりゃあ、空も白みやすが」

「ひと寝入りする気にもならん。松葉屋の件はこのまま片をつけてしまおう」

「そういうことなら、さっそく」

「荒井町の近くに猪牙をつけられる場所は？」

「さーて、堀は北割下水《きたわりげすい》が通っちゃいますが、それだてえと竪川《たて》から横川《よこ》へと、だいぶ遠回りで。いっそのこと大川の普賢寺《ふげん》前あたりに猪牙をつけりゃあ、あとはひと跨《また》ぎでござんしょう」

「分かった。左手のくぐりを抜ければ外の舟寄せに出られる。すぐ支度をするから待っていてくれ」

勘助が腰をあげて庭の暗処に草履を鳴らしていき、お葉が縁側から二つの筒茶碗を座敷内へ始末して、障子を閉める。米造は仏壇前に歩いて鉄扇を腰に、手拭い、鼻紙入れ、革財布をそれぞれ懐へおさめる。船十で空にした財布にはお葉が気働きで、すでにいつもの金子《きんす》が用意されている。

お葉が寄ってきて米造の襟合わせをととのえ、片目尻をあげて、ちょっと怒ったように口を尖らせる。

「そりゃあね、お前さんのことだから、心配なんぞしませんけどさ。でも無駄に危ない真似はいやですよ」

そのまますっと離れ、今度は口を寄せず、米造をうながすように店への長暖簾を割っていく。米造もお葉のあとにつづき、帳場側の板の間から三和土《たたき》の雪駄に足をおろす。賄い口の奥のほうから女中たちの秘めた笑い声が聞こえ、閉め切った表戸の向こうでは近所の野良犬たちが鳴きかける。

お葉が昼間と同じように、米造の肩に紙合羽を着せかけ、提灯に灯を入れて掘割口のくぐり戸へ向かう。米造は合羽の合わせめを紐で結び、お葉があけて待っているくぐり戸から、外に出る。庇の下にはまだ軒行灯がともっていて、舟寄せの前には懐《ふところ》手《で》をした勘助が寒そうに身をかがめている。

「勘助さん、済まないけど、この提灯を猪牙の舳先に挿《さ》しておくれ」

お葉が勘助に提灯を手わたし、勘助が猪牙に乗り移って、提灯の柄《え》を舳先の柄止《えどめ》に挿す。米造も桟橋から猪牙の艫に身を移し、舟底から棹をとりあげる。

「朝の早い荷船なんぞ、乱暴な船頭もいますから、お前さん、気をつけておくれよ」

「うむ。音吉や芳松が帰ってきたら、酒でも飲ませて寝かせてやれ」

「助っ人は無用だと」

「連中に横から無駄口をはさまれたら気が散る」

「へっへ、二代目、そいつは違えねえ」

お葉が呆れ顔でもやいを解き、解いた綱をぽいと、舟内へ放る。米造は棹尻で舟寄せの石垣を突き、猪牙を掘割の中央へ向ける。お葉が背伸びをするような格好で切り火を打つ真似をし、そのお葉にうなずいて舳先を大川方向へ向ける。掘割にはまだ荷船も茶船もなく、洲崎の空にも夜の明ける気配は見られない。星も降るほどに賑やかで、それでも早い餌捕りに向かうのか、丹頂鶴《たんちょうづる》の群れが遠く品川の空へ飛んでいく。

棹を艪に持ちかえた米造の脳裏を、山谷堀で遭遇《そうぐう》した浪人者の影が、ふとかすめる。荒井町の松葉屋とかいう料理屋であの浪人者が用心棒でもしていたら、ことはどう運ぶのか。隅田村で美水隠居から話を聞いてから、まだたったの半日。ずいぶん面倒な仕儀《しぎ》になったものだと、艪を大きくこぎ出しながら奥歯を嚙みしめる。

＊

夏場ならそろそろ暇な年寄りが糸をたれる刻限なのに、正月を間近にひかえたこの季節ではさすがに、釣り人の姿はない。大川の対岸は浅草諏訪町《すわちょう》、そのちょっと上手《かみて》には駒形堂があって、由紀江と会った奥村もすぐ近くにある。

米造は提灯の明かりで釣り人用の仮桟橋を探し、棹をあやつって猪牙を普賢寺前の本所岸につける。勘助がすぐ岸にあがり、もやい綱を棒杭にくくる。米造も舳先から提灯を抜いて岸へ移り、提灯を勘助にわたして暗い往還を荒井町へ向かう。道の左右は北本所と南本所の町人地が入り組み、そこに松林寺《しょうりんじ》だの感応寺《かんのうじ》だのという小寺が散在して、米造一人だったら昼間でもまず、八幡宮は見つからない。しかし勘助はさすが年季の入った古目明かし、縄張り外の暗くて込み入った町人地を迷いもせず、ずいと奥へすすんでいく。

寝静まった町屋の路地を五つ六つ曲がり、少し開けた道に出て半町ほどすすんだとき、黒い人影がひょっこりとあらわれる。提灯の明かりに竹治の顔と背後の鳥居が浮かびあがり、勘助が提灯をさし向ける。提灯にはたき川の屋号が入っているから、竹治には最初からこちらの素性が分かっている。

竹治がそっと近寄り、米造の顔を確認して、ぺこりと頭をさげる。

「こいつあ、二代目が直々に」

「寒空に鼻水をすすらせて済まなかった」

「滅相もねえ。清次兄いがひでえ災難《め》にあったと聞いちゃあ、ちんたら寝てもいられやせん」

「おい、竹治。てめえ卯之助と二人で、駕籠かきを半殺しにしたそうだな」

「親分、勘弁してくんねえ。気が立ってたもんで、つい」

「まあいいや。それで松葉屋は今、どんな按配だ」

「それなんでやすが……」

竹治が勘助から提灯を受けとって米造に目配せをし、小腰をかがめて鳥居の向こうへ顔を向ける。

「この八幡様の向こうっ方《かた》に、ちょいとした往還がありやしてね。その往還向こうが北本所荒井町、松葉屋ってのはそこに店を出しておりやして……まあお二人とも、あらましは向かいながら」

　竹治が米造と勘助をうながして八幡宮の境内《けいだい》奥へ歩きはじめ、竹治のもつ提灯をはさむように二人も境内をすすみはじめる。竹治も付近の地理に詳しい様子だから、境内から裏へ抜ける道を知っているのだろう。

「いえね、こんな刻限でちょいと乱暴かとも思いやしたが、四の五の云ってる場合じゃあねえんで、荒井町の大家を叩き起こして」

「また手荒な真似を」

「そりゃあ心配ねえ。これこれこうと、理を分けて得心させたんだから」

「あまり信用もできねえが、それでどうした」

「それがね、松葉屋の兵六ってのはここ四、五年で急に伸《の》してきた博打うちで、根城《ねじろ》は往還に面した料理屋。料理屋ったって、酌女に躰を売らせる曖昧宿なんですが、土地柄のせいもあってけっこうな繁盛《はんじょう》なんだとか。それより面白えのは、松葉屋の裏手に啓安寺《けいあん》って小寺がありやして、その本堂の裏が松葉屋の離室《はなれ》につながってるんじゃねえかと」

「曖昧宿に離室とはまた、豪勢だなあ」

「大家も噂を聞いただけだから、確かとは云えねえらしいんですが、とにかくそんな噂だと」

「寺の本堂と離室をつなげてお決まりの博打場か」

「それが親分、どうもそういうことでも、ねえようで」

「二代目が出張ってなさるんだ。もうちっと器用に舌をまわしやがれ」

「へえ、いえね、その離室に出入りしてるのは、どうやらお武家のご新造や娘ごじゃあねえかと」

「おっと、そいつはまた」

ふと勘助が足をとめ、一度米造の顔をうかがってから、肩をすくめてまた足をすすめる。

「なるほどなあ、土地柄とはいえ、そういう仕組みか。寺参りのふうを装って、本堂裏から松葉屋の離室へと」

「ねえ、上手《うめ》えことを考えやがった」

「勘助さん、俺にはお前さんたちの話が見えないのだが」

「だって二代目、この北割下水から南割下水にかけちゃあ、貧乏御家人の巣窟《そうくつ》でござんすよ」

「貧乏御家人の妻女でも、信心はするし飯も食うだろう」

「そりゃまあ、そうですがね。さすがに二代目もそっちの問題《はなし》にかけちゃあ、世間が狭えようで」

勘助がひっそりと笑い、竹治もため息をつくように笑って、提灯の明かりを前方へさし向ける。場所はすでに八幡宮の境内を抜けて仕舞屋《しもたや》が広がり、往還には寂《さび》れた町屋が闇に息をひそめている。その暗い往還を年寄りと子供が、提灯もつけずに大川方向へ歩いていく。子供は頭からすっぽりとボロどてらを被って、これから浅蜊《あさり》でもとりにいくのか、年寄りのほうは天秤棒《てんびんぼう》に空の大笊《おおざる》をかけている。

「勘助さん、俺の世間が狭い、というのは」

「そりゃあ二代目、バカと貧乏につける薬はござんすまい」

「と、云うと」

「御家人のご新造や娘は、松葉屋の離室で客をとっておりましょう」

「まさか……」

「二代目が知らねえのも、まあ、無理はねえんだけどね。世間なんてなあそんなもんですよ」

「御家人の妻女や、娘までもが、か」

「あっしも実際は知らねえが、竹治の話から推量すりゃあ、どうせそんなところで。客は大店の主か蔵前の札差、売値は吉原の高級女郎並《ちゅうさん》み。玄人《くろうと》の売女《ばいた》とはまた味がかわって、けっこう乙《おつ》なもんだとか」

「貧乏につける薬はないか」

「それをご政道のせいだとは、云いませんがね」

「しかし、それにしてもだ。八百善の娘ともあろうものが、金のために躰を売る必要はなかったろう」

「二代目、こいつもあっしの当て推量だが、お美代って娘は売るほうじゃなくて、買うほうだったのかと」

「買うほう？」

「まだ前髪もとれてねえ水も滴《したた》るような、貧乏旗本の若様かなんかをね」

「役者を買うかわりにか」

「まあ、あくまでも、当て推量で」

「だがお美代という娘、歳はまだ十五、六だったはず」

「十五、六で役者買いをする商人の娘なんぞ、いくらでもおりましょう。金の余ってるところにゃあ、腐るほど余ってやがる」

「誰のせいとは云わぬが、いやな世の中だな」

　この江戸では大商人札差の懐に金が余り、その余った金が使い途《みち》のないまま、腐臭を発して暴れまわる。一方奥州辺では米を買う金がなくて、すでに餓死者《がし》まで出ているという。それらすべてをご政道のせいとは云わないが、こんな暗いうちから冷たい水につかって浅蜊を浚《さら》う年寄り子供もいれば、八百善あたりで一杯の茶漬けに、一両二両の小判を捨てる金持ちもいる。糊口《ここう》をしのぐために躰を売らされる御家人の娘や旗本の息子、それを買いあさる札差や大商人、そしてその双方から上前《うわまえ》をはねる松葉屋のような稼業。勘助の云うとおり、世間とはそんなもの、とは思いながら、そんなものであることに米造は腹が立つ。

「勘助さん」

「へい」

「松葉屋の兵六という男、許せんな」

「へえ」

「場合によっては斬って捨てよう」

「へ、へえ」

「場合によっては老中の田沼も斬って捨てる」

「真木の旦那……いえ、二代目の元締め。お前さん、大人しい顔をしてなさるくせに、いざとなると気が短くていけねえ」

「気など短くても長くても、せねばならぬことはせねばならぬ」

「そりゃ理屈はそうでも、まったく、二代目とつき合ってるとこっちの肝が冷えちまうよ」

勘助がうしろ首をさすりながら足をとめ、それからふと前方を透かし見て、二歩ほど前にすすむ。竹治も提灯をかかげながら勘助に並びかけ、二人そろって米造のほうへ会釈を送ってくる。往還の五間ほど先には間口の狭い商売店《あきないだな》があり、看板は出ていないが、どうやらそれが松葉屋らしい。店並びや相向かいには星明りに薪炭屋《しんたんや》、味噌屋、八百屋、蕎麦《そば》屋などの小商売屋の看板が見え、あっちに二匹、こっちに三匹と、それぞれに痩せた近所犬がたむろする。

米造は勘助たちの前に出て紙合羽をうしろへ払いあげ、星明りと提灯の灯で松葉屋の造作を推《お》しはかる。間口二間に雨戸の戸袋幅が三尺、それでも江戸の町家らしく奥は深いようで、離室とやらはそのまた奥から裏の小寺につづいているのだろう。往還に面して二階もつくってあり、屋根は板葺《いたぶ》き。板葺きの屋根は周囲の商売屋も同様で、名目はともかく町のつくりはまだ、江戸になりきっていない。

「勘助さん、松葉屋を起こしてくれ」

「へえ、ですが」

「町内の大家を叩き起こして博打うちを叩き起こしては悪い、という法もあるまい」

「そりゃまあ、二代目が仰有るんなら。おい竹治、こうなったら構わねえ、祭りの前触れよろしく、その雨戸を太鼓《たいこ》みたように叩いてみやがれ」

竹治が提灯を勘助にあずけて、ひょいと前へすすみ、一度米造と勘助をふり返ってから、親の敵《かたき》でも討つような顔で雨戸板を叩きはじめる。まず驚いたのはたむろしていた犬たち、一散に逃げ出す犬もいれば腰を抜かしたようにうずくまる犬もいて、夜明け前の町屋にとっては気の毒なほどの騒動になる。

竹治は息をととのえととのえ、戸板が破れるかと思うほど雨戸を叩きつづけ、そのうち内側に気配を感じたのか、雨戸前を離れて米造たちのほうへ戻ってくる。米造は懐手をしたまま戸口の前に立ち、横からは勘助が提灯の明かりをさしつける。

心張り棒が外れる音が聞こえ、障子戸が開く音が聞こえて、すぐに雨戸が払われる。とび出してきたのは大小二人の男、大柄なほうは褌《ふんどし》裸《はだか》に綿入れの夜着をひっかけ、小男のほうはなぜか、ちゃんと着物を着て箱枕を抱えている。

「やいやいやい、なんだてめえら。火事場の半鐘じゃあるめえし、なにを騒ぎやがる」

その小男を無視し、年嵩《としかさ》らしい大男の前へ、ずいと、米造がすすむ。

「お前さんが松葉屋の兵六か」

「なんだと、この野郎、親分を兵六呼ばわりするたあ、太え野郎だ」

「そうか、お前が兵六では、ないのか」

「気安く兵六兵六とつづけやがって、この野郎、許さねえぞ」

怒鳴ったのは大男だが、箱枕をふりあげてつっかかってきたのは小男のほうで、米造はその小男の眉間《みけん》に、ひしと拳を打つ。小男が雨戸まですっ飛び、ぐずっと崩れて、すぐに白目をむく。

「こ、この野郎、てめえら、殴り込みに来やがったか」

大男が夜着を脱ぎすてて腰を低く構え、髭面《ひげづら》の大顔で、ぎろりと目をむき出す。

「なあ勘助さん、この寒気に褌裸とは、うちの音吉も顔負けだな」

「まったくで。博打うちの子分なんざあ、こんなバカばっかし」

「ごちゃごちゃ、なにを分からねえこと云ってやがる。てめえらなんぞは四つにたたんで……」

怒鳴るや否や、大男がのびあがって両腕をふりあげ、米造の首をめがけてがばりと摑みかかる。米造は体《たい》を躱して男にたたらを踏ませ、その首根に、ぽんと手刀を打つ。男は膝をつく間もなく裏大の字に倒れ、唸りもせず、そのまま動かなくなる。向かい家の雨戸がかすかに動き、しかし人は顔をのぞかせず、うずくまっていた犬がおっとりと逃げていく。

勘助が倒れている大男と小男に、一度ずつ提灯を向け、それから呆れたような顔であいている戸口へ向かいかける。米造は勘助の肩に手をかけてひきとめ、自分が戸口へ寄って、しばらく内の気配をうかがう。五感を集中させてみたが、山谷堀で受けた殺気は神経に届かず、気分のうちで、ほっと息をつく。

「二代目、どうしなすった」

「念のために様子を見たまでだ。兵六という男はよほど寝起きが悪いらしい。しかしそうはいっても、目を覚ましてくれるまで待ってはおれぬ」

米造が先に戸口をくぐり、つづいて勘助、竹治が入ってきて、提灯をもった勘助が米造の前にまわり込む。三和土の右手側は板の間の入れ込み、そこに衝立《ついたて》や座卓《やつあし》が散らばっていて、座卓の上には前夜に片づけ残したらしい皿小鉢が、料理の匂いと一緒に残っている。提灯の明かりが届くと板の間の奥に二階への階段が浮かびあがり、その横の長暖簾から鬢《びん》をほつれさせた年増《としま》女が幽鬼のように顔を出す。

女が崩れるように膝を折り、どてらの襟を片手でおさえながら、米造に無表情な流し目を向ける。

「なんだか騒々しいねえ。今、何刻だい」

「七ツも近いだろう」

「ずいぶんお早いお越しで。もっともあたしらはちょいと前に、寝たとこだけど」

「松葉屋の兵六というのは女だったのか」

「ご冗談を。うちの人は奥で寝てますけど、そちらさんは？」

「たき川の米造という」

「たき川の、ねえ。米造、ねえ。どこかで聞いたような気は」

「この女《あま》、寝とぼけるんじゃねえ」

勘助がぐっと顎をしゃくり、女の人相を確かめるように、提灯の明かりをつきつける。

「こちらは堀江町の元締め、米造親分だ」

「堀江町の元締め、あれ、それじゃあ、うちの人とご同業で」

「バカかおめえは。博打うちの元締めと目明かしの元締めを、一緒にしてどうする」

「目明かしの、堀江町の……」

そのとき階段の裏暗処に気配が動き、黒い影が文楽《ぶんらく》の人形遣いのように、まっすぐ米造へ突きかかる。提灯の明かりに匕首《あいくち》の刃が光り、とっさに米造は鉄扇を抜いて、匕首を握った男の小手をぴしと打つ。匕首が落ちて板の間に刃を立て、男のほうは踏んづけられた犬のような叫び声をあげて、三和土へ転げ落ちる。三和土に落ちても男は喚《わめ》きつづけ、自分の手首をおさえたまま、激しくのたうちまわる。

「女将、この男が兵六か」

「まさか。そいつはただの三下《さんした》ですよ」

「運のいい男だ。俺が二刀を差していたときなら手首が離れていた」

「どうでもよござんすけど、いったいうちの人に、なんの用なのさ」

「ちと聞きたいことがあってな」

「聞きたいこと？」

「寝ているところを済まないが、あがらせてもらうぞ」

米造は雪駄を脱いで板の間の小上がりに足をかけ、その途中で勘助と竹治をふり返る。

「勘助さん、この三和土が裏までつづいているらしい。念のために離室《はなれ》とやらを検《あらた》めてくれ」

「おっと、そういうことならこっちは、二代目にお任せして」

　勘助が竹治をうながして三和土を奥へすすみ、米造は板の間にあがって長暖簾へ向かう。女は気だるく息をついただけでとめ立てもせず、暖簾を割る米造に無表情な視線を送ってくる。歳は三十にまだ間があり、どてらの下は襦袢一枚らしく、崩した膝から白い脛《はぎ》がのぞく。自堕落《じだらく》な表情ではあるが顔立ちは怖いほど凄艶《せいえん》で、米造は意味もなく由紀江を思い出す。

「女将、表にも二人倒れている。放っておくと風邪をひくぞ」

「構やしませんよ。あんな連中にひかれたら、風邪のほうが気の毒なぐらいさね」

「博打うちの女房というのは薄情なものだな」

「あたしもうちの人も連中も、どうせ虫けらでござんす。野垂れ死ぬことぐらい、最初《はな》から覚悟しておりますのさ」

　返す言葉はなく、言葉を返す気にもならず、米造は長暖簾から店の奥へ向かう。船宿でも曖昧宿でも、造作の理屈は同じこと。暖簾の内には神棚と仏壇をすえた主人の居室があり、となりには唐紙《からかみ》で仕切られた寝屋がある。今はその唐紙が開かれ、寝屋の行灯に灯が入って、延《の》べた布団の上に男が身を起こしている。男の肩には縮緬地の綿入れ夜着、布団のそばには酒肴の箱膳がおかれているから、寝る前まで酒を飲んでいたらしい。

行灯の明かりをななめうしろから受けていた男が、片膝を立てて米造のほうへ頭をさげる。

「話は聞こえておりました。手前が松葉屋の主、兵六でござんす」

顔をあげてにやりと笑い、立てた膝に片肘をかけて、兵六が下から米造の顔をのぞきながら耳のうしろを掻く。色は浅黒くて頰が削《そ》げたようにこけ、眉間から右の鼻わきにかけて短い刃物傷がある。歳もせいぜい三十といったところで、赤ら顔の悪太りした四十男を思っていた米造の目には、兵六のその痩軀が意外に見える。

「ですが、たき川の元締め、いくら悪党の棲家《すみか》とはいえ、ものを訊ねてお越しになる刻限としては、ちっとばっか不似合いでござんしょう」

「いや、六日前もこの刻限だった」

「六日前、と？」

「お前さんが八百善の娘を駕籠に乗せて、この家から送り出した刻限だ」

「八百善の娘を、さーて、なんのことだか」

「とぼけるのは構わんが、俺は顔に似合わず気が短い、という評判でな。機嫌が悪いとその気が、もっと短くなる」

店のほうから女がそろりと入ってきて、米造のうしろをまわり、箱膳の向こう側まで行って膝を崩す。店で燗冷ましでも調達してきたのか、指先には銅製のチロリをひっかけている。米造も裾を払って敷居際に腰をおろし、衣桁《いこう》にかかった女物の着物や倒れた箱枕をうんざりと眺める。寝乱れた布団も女の仕種もすべてが退廃的で、空気にも酒と脂粉の匂いが濃く混じっている。

兵六が膳の杯をとりあげ、女がその兵六に肩を寄せて、杯にチロリの酒をつぐ。兵六の酒の受け方、肘を張って杯を口に運ぶ腕の形、その瞬間にのばした背筋の姿に、米造は兵六の出自をかいま見る。

「兵六、お前さん、元は武士か」

「こりゃあこりゃあ、どこでお分かりで」

「たとえ足軽の家といえども、武士は子供のころから箸のあげさげを躾《しつ》けられる。それにお前さんの目の配りは、多少なりとも剣術の修行をつんだものだろう」

「さすがは佐伯道場の青鬼とうたわれた元締め、ご眼力でござんす」

「言葉づかいからすると、江戸者か」

「敵いませんなあ。先代の元締めも相当の強面《こわもて》と聞いておりましたが、二代目にかかっちゃあ、こちとらまな板の上の鯉《こい》だ」

削げた頬をうっすらと笑わせ、また女から酒を受けて、兵六が口にはこぶ。その仕種に動揺もけれん味もなく、米造との邂逅《かいこう》を楽しんでいるような不遜《ふそん》さが見える。

女が兵六の手から杯をひったくり、自分で酌をして、くいと酒を飲みほす。

「お八重《やえ》、堀江町の元締めが目の前にいなさるんだ。ちったあ乙《おつ》に澄《す》ましやがれ」

兵六に云われてもお八重という女は表情をかえず、崩した膝も直さずに、米造に凄艶な流し目を送りながら顎で兵六の肩に寄りかかる。

「堀江町の元締め、こう見えてもこのお八重って女、元は旗本の、お姫様でござんしてね」

「うん？」

「旗本といっても、たかが八十石の貧乏旗本。親父ってのが借金で気をふれさせて札差へ斬り込み、家はあっさりと改易《かいえき》。お八重も吉原へ売られて引かされて離縁されて、あとは品川から千住《せんじゅ》、深川と、岡場所を流れていたんでございますよ。あっしとは家が近かったもんで、まあ、幼馴染みといった按配でね」

「というと、お前さんの家も」

「あっしん家《ち》は四十俵二人扶持の御家人でさあ。親父が御家人株を日本橋の味噌問屋へ売っちまって、あっしはいりびたってた博打場でそのまま、用心棒に」

「それが高じて自分が貸元に、か」

「芸は身を助けるってね。過ぎてみりゃあ、これがまあ、天職だったのかも知れねえが」

そのとき店のほうから勘助が顔を出し、米造のうしろまで来て耳元に小腰をかがめる。

「二代目、床の間から次の間までついてる、洒落た離室がありましたよ」

「誰かが慌てて逃げ出した気配もあったろう」

「布団にぬくもりが……ですが、なぜご存じで？」

「見当はつく」

「庭の生垣が寺のほうへつづいてますから、追いかけりゃあまだ、とっ捕まえられるかと」

「放っておけ。女を捕まえたところでまた貧乏な御家人が一人、泣きを見るだけのことだ」

兵六とお八重が一瞬顔を見合わせ、そしてお八重が口元にうすく、凄艶な笑いを浮かべる。お八重が女を逃がすために刻を稼いでいたことは分かっていたし、米造にしても御家人の女房娘が客をとっていたのなら、姿を消すことに不都合はない。

「それより勘助さん、そろそろ朝の早い商人などが起きだしてこよう。往還に不細工なゴミが転がっていたら傍《はた》の迷惑になる」

「そいつは今、竹治が始末を」

「連中が目を覚ましたら、三和土の仲間を骨接《ほねつ》ぎ医者へ運ぶようにと。うまく骨がつながればまた、賽《さい》ころぐらいは振れるだろう」

勘助がちらっと兵六とお八重に視線を送り、しかし口は開かず、米造にだけ会釈をしてまた寝屋からさがっていく。その間に兵六はキセルを吸いつけていて、立膝のまま、ぷかりと米造のほうへ煙を吹いてみせる。

「しかし、なあ、松葉屋」

居住まいをただし、うそぶいた顔で煙草を吹かしている兵六へ、米造が鋭く気を放つ。

「お前さんも女将も泥水の味は知っているはず。それなのになぜ、直参《じきさん》の妻女娘に同じ泥水を飲ませる？」

「いや、あっしらは、べつに……」

「人が博打を好む性《さが》に善悪は云わぬ。男が女を抱きたがるのもまた善悪の外。しかしそれはあくまでも、許される範囲でのことだろう。旗本御家人の妻女娘を食い物にするお前らの仕儀は、まったくの没義道《もぎどう》」

「元締め、あっしらだって自分のやってることは、そりゃ外道《げどう》だと承知しておりますよ」

兵六がキセルの雁首を灰吹きに打ち、立てていた膝を尻の下に折って、すっくと背をのばす。そうやって端座した姿はやはり元武士、うそぶいていた目つきにもきらりと、真摯な光がさす。

「ですが、ねえ、いくら貧乏な旗本御家人だって、人でありゃあ飯を食う。子供がいりゃあ飴玉のひとつも、しゃぶらせにゃならねえ。だけどそんな金は、この割下水のどこにございやす。直参にくだされる切り米の金は、翌年のぶんも翌々年のぶんも、いつだってみんな札差の蔵に納まっちまう」

「されど……」

「旗本御家人に商売は許されてねえ。できることといやあ楊枝削《ようじけず》りか、袋貼りの内職ぐれえだ。そんなことで四人五人の家族が、食っていけるはずがねえ」

「されど、それが、御家人に生まれた者の宿命《さだめ》」

「宿命で飯が食えりゃあ世話はござんせんよ。この本所界隈で毎年何人の御家人が首をくってるか、元締め、ご存じですかい」

「いや」

「幕府《おかみ》は体面で公表はしねえが、おそらく五人十人じゃききますめえ。娘も女郎に売って御家人株も売って、それでも借金は何百両と残っちまう。あとは乞食《こじき》しか、行きつく場所もねえ。乞食になってまで命をつなげるか、女房や娘に躰を売らせて食いつなぐか、どっちが地獄かはあっしにも分かりませんがね」

兵六が煙草盆をひき寄せて、またキセルを吸いつけ、お八重のほうへ首をめぐらせてから、短く煙を吹く。

「あっしらはどうせ虫けら。云い訳なんぞする気は最初《はな》からねえが、それだって客の札差からは十両二十両の金をふんだくってる。それだけの金がありゃあ、貧乏な御家人の一家が一年は暮らせましょう」

「自分らの仕儀を、人助けだと？」

「そうは云わねえ。悪党は悪党らしく、ちゃんと上前をちょうだいしてまさあ。ただ札差連中を博打にひき込んで女を世話して、いくらかでも奴らの懐を痛めてやるのが、あっしら虫けらにできる、せめてもの意趣返しってやつで」

お八重という女が短く息をつき、米造の顔を上目づかいに見やって杯をさし出す。米造が杯を受けとり、お八重がその杯にチロリの燗冷ましをつぐ。米造は味のないその冷たい酒を、怒りと諦《あきら》めと空《むな》しさと一緒に、苦く飲みくだす。本音を云うなら、博打も女衒《ぜげん》の真似も勝手にしろ、と告げて座を立ちたいところだが、それでは清次の身に起こった災難に決着《おとしまえ》がつけられない。

勘助が戻ってきて米造の斜《はす》うしろに膝を折り、そのときちょうど大川の向こうから浅草寺の鐘が、七ツの刻を告げはじめる。

「二代目、こいつらなにか、吐きましたかい」

「俺の聞き方が悪いのか、口を割ってもらえぬ」

「やいやい、てめえら。こちとら暇つぶしに茶を飲みに来たんじゃあねえんだ。二代目に余計な手間をかけさせやがると、この門前の勘助が許さねえぞ」

「おう、これは門前の親分。手前が松葉屋の兵六、お初にお目にかかりやす」

「場違いな挨拶をするんじゃねえ。悪くごねやがると、てめえら、このお江戸から所払いだ」

さすがは年季の入った門前の勘助、声にも目つきにも凄みがきいていて、そのへんの小悪党ならこの一喝で恐れ入る。兵六も一瞬頬をひきしめたが、しかしお八重のほうは相変わらずの知らん顔で、米造の杯にチロリの酒をつぐ。

「松葉屋、それに女将。お前さんたちの云い分に理があるとは思わんし、得心もせぬ。しかし今日はそれを問いに来たのではない。八百善の娘と松葉屋との関わり、たき川の身内を襲った者とお前さんたちの関わり。このことに不知《しら》を切るということなら……」

「待った。元締め、ちょっと待っておくんなせい。今、たき川のお身内が、襲われたと？」

「昨夜、八百善の探索を始めたとたん、何者かに斬りかかられた。幸いに命はとりとめたが、当分は身動きできぬほどの深傷《ふかで》だ」

「そいつはまた、とんでもねえことに」

兵六がキセルを煙草盆に放って肩でひとつ息をつき、お八重もそろりと、兵六のほうへ身を寄せていく。米造はつがれている燗冷ましをぐびりと咽に流し、空いた杯をお八重の手に返す。

「どうだ松葉屋、お前さんにも界隈の顔役として、意地はあろう。だが不知を切られて、はいそうですか、とひきさがったのではこの米造も顔が立たぬ」

「ごもっともで。いえね、堀江町の元締めと力くらべをしたところで、勝目のねえことは最初《はな》から承知。お身内さんの身に起こったこと、この兵六、熊野権現《くまのごんげん》の護符に誓って、金輪際《こんりんざい》、身に覚えはござんせん」

「そうだよお前さん、八百善にだってべつに、義理はないんだしさあ。口止め料もたかだか五十両だったもの」

そのお八重の言葉に、つと勘助が膝を立てかけたが、米造は勘助を制してこみあげる笑いをこらえる。

「女将、八百善から、五十両もふんだくったのか」

「あちらさんが勝手に。ねえお前さん」

「お八重、俺たちは金のことまで聞かれちゃいねえんだぞ」

「いいじゃないか。千両箱のひとつもぽんと積まなかった、八百善のほうが悪いんだから」

「そうは云っても……」

「松葉屋、いずれにせよ、金の件は事実だろう」

「へえ、まあ、つまりは、そんな見当で」

「博打うちも目明かしも、女房殿には敵わぬなあ」

「まったくで。ですが元締め、半金の二十五両《きりもち》はしっかりと、山科の野郎が」

「山科？」

「北町奉行所《おきた》の内与力、山科大三郎でさあ」

勘助が胡坐のまま米造のとなりまで膝をすすめ、兵六、お八重、米造の順に、口をあけて顔を見くらべる。

「だが松葉屋、北町の山科が、なぜ半金を」

「そりゃ八百善から、あっしに口止め料を出したことを聞いたんでやしょう」

「山科と八百善、それに松葉屋とは、どんな関わりがある」

「この裏手の離室、あれを出合い茶屋みたように使おうってのは、もともとが山科の思いつきで」

「なんと」

「山科の生まれってのは貧乏御家人の倅でしてね。昔からあっしなんかとも顔馴染み。それが何歳《いくつ》んときだか、お旗本の用人家へ養子に出やして、そうしたらそのお旗本が、お奉行に。あいつが内与力様になって顔を見せたときにゃあ、正直、笑っちまった」

「山科大三郎は、本性が、御家人の倅だったか」

「こっちも町奉行所に紐をつけておいて、損はねえ。お陰で賭場《とば》に役人が踏み込むこともねえし、女たちも安心して稼ぎに励《はげ》める。こっちからは月々挨拶料をわたし、山科のほうは札差だの大店の番頭だの、上客をまわしてよこす。云ってみりゃあ、持ち

「しかしお美代の件、山科は松葉屋からではなく、八百善から聞いた、というのは」

「だって元締め、八百善の娘を裏の離室へ手引きしたのは、山科でござんすよ」

勘助がうーんと唸って胡坐を組みなおし、羽織の裏から銀鍍金《ぎんながし》の十手を抜き出して、がつんと畳を打つ。たき川で神坂平之助から山科の評判は聞いていたが、ここまでの金まみれは限度を超えている。

「ねえ二代目、兵六の話を鵜呑《うの》みにするわけじゃねえが、悪の根はどうやら、山科って内与力にあるようで」

「御番所からもこの世からも消えてもらいたい男らしいが……松葉屋、山科はどれほどの剣を遣う?」

「そんなの、あっしと同じようなもんで」

「と、いうことは」

「せいぜい刀の裏表が見分けられる程度でやしょう」

「それならお前さんたちの知る範囲に、腕の立つ浪人者はいないか」

「腕の立つ、と仰有いますと」

「佐伯道場の師範か、あるいはそれよりも上」

「まさか、いくらなんでも……そりゃあうちの賭場でも浪人者を遊ばせちゃおりますが、せいぜい大根を四つに斬れるぐれえで。〈富士屋《ふじ》〉の用心棒にもそこまでの凄腕はおりますめえ」

「富士屋とは」

「だからその富士屋でやしょう」

「え、それを、ご存じなくて……」

兵六とお八重が呆れたように顔を見合わせ、それを見て米造と勘助も、ちらっと顔を見合わせる。これまで名前の出ている屋号は八百善に松葉屋、船十の喜作からも他のだれからも、富士屋などという名前は聞いていない。

「なーんだ、どうやらあっしらは元締めに、嵌《は》められちまったらしいや」

「そんなつもりはないが」

「だって、ねえ、とうにご承知で、のり込みなすったのかと」

「よくは分からぬが、その富士屋とは、何者だ」

「あの日八百善の娘と離室にしけ込んでいた、相方に決まってやしょう」

「お美代の相手は前髪立ちの、水も滴る若様ではなかったのか」

「なんの話です？」

「いや、勝手に、思い込んでいただけだ。世間の広い先達《せんだつ》にもたまには間違いがある」

勘助がうしろ首をさすりながら、十手の先で畳の目をこねくりまわし、しばらく天井を仰いでから、ふと角ばった顎をひきしめる。

「兵六、今おめえの云った富士屋てえのは、札差の富士屋武五郎《たけごろう》か」

「門前の親分は富士屋をご存じで」

「ご存じってことのほどでもねえが、俺の家は浄念寺の門前町、蔵前も縄張り内だからな」

「勘助さん、その富士屋武五郎というのは」

「へえ、世間じゃあ富士武《ふじたけ》とか云われてやして、札差の所帯としちゃあ中程度。そうはいってもご多分《たぶん》にもれず、金は腐るほどありやがる。その金にあかせて女道楽のひでえのなんの。玄人女《くろうとおんな》には飽きたんだかなんだか、もっぱら素人の、それも未通娘《おぼこむすめ》を食い荒らすのが生き甲斐みてえだと、もっぱらの評判で」

「歳は」

「まだ四十そこそこかと」

「松葉屋、富士屋の手引きをしたのもやはり山科か」

「さようで」

「未通食いの札差と若いお美代、手引きは内与力の山科。符節が合うといえば合うし、合わぬといえば、合わぬ気もするが」

「それで兵六、あの日はいったい、どんな按配だった」

「按配もなにも、夜中もだいぶすぎてから富士屋が、床仕事の最中に娘の様子が不審《おか》しくなったと。で、あっしと女房で離室へ行ってみるてえと、もう布団のなかでぐったり」

「死んでいたか」

「へえ」

「傷や絞めあとは」

「ござんせん。そりゃあの最中でやすから、振袖を着て帯をしめてたってこともねえが、襦袢にも乱れはなかったし、いわゆるポックリってやつかと」

「床仕事の最中にポックリなあ」

「あちこちの岡場所で、たまにゃあることでしてね。ただまあ、ふつうのポックリは客の爺様のほうでやすが」

「富士武の野郎がねちねち、しつこく攻めすぎたんじゃねえのかい」

「そのへんの具合は知れねえが、どっちにしても医者を呼ぶわけにもいかねえし、町役人に届けるわけにも。で、とにかく若え者を八百善へ走らせて、それから娘に身《み》繕《づくろ》いをさせたり駕籠の手当てをしたりと。あっしのやったことは真実それだけで、嘘《うそ》偽《いつわ》りなく、娘の死に様に関係はござんせん」

兵六のほうへ腰を浮かせていた勘助が、すとんと尻を落とし、眉根を寄せながら米造の顔を見あげる。勘助の腹の内はどうせ、「なーんだ、くだらねえ」というもの。その思いは米造も同様だが、しかしそのくだらない顚末《てんまつ》と清次の災難がどうつながる。また未通娘を好む富士屋武五郎の行状は分かるにしても、お美代は今をときめく八百善の娘。娘の仕儀を親が知らなかったはずはなく、八百善が金のために娘を富士屋へ売った、とも考えにくい。八百善は富士屋に、娘を所望されて断れない弱味でも握られていたのか。それとも派手な評判とは裏腹に、富士屋に対して借金でもあったのか。しかしそれにしても、内与力の山科大三郎は八百善や富士屋から、ただ金をせびりとるだけの存在なのか。

「二代目、どうしたものですかねえ。兵六の云い草、まんざら嘘とも思えねえが」

「もし嘘だったら首はなくなる。なあ、松葉屋」

「金輪際、嘘偽りなく、熊野権現の護符にかけて、今の話でぜんぶでござんす」

「この始末をどうつけるか。勘助さん、あとはこちらの裁量だな」

「そういうことになりましょうかねえ」

「空も白みはじめた。今日のところはひと寝入りして、思案はそれからにしよう」

勘助に会釈を送り、兵六、お八重にも目礼をして、すっくと米造は腰をあげる。勘助がそれにつづき、兵六とお八重が膝を立てかける。

「見送らなくて結構。二人とも寝《やす》んでいたところを、邪魔したな」

兵六が布団の上に居住まいをただし、お八重もなよっとしなをつくって、畳に指をそえる。

「子分衆にも、痛い目にあわせて済まなかった、と伝えてくれ」

「あのねえ、堀江町の旦那……」

「うむ」

「あたしの気のせい、とは思うんですけどさあ。ちょっと……」

「俺の顔になにかついているか」

「いえ、そういうんじゃなくて」

お八重が肩をすくめて兵六の顔をのぞき、それからまた米造のほうへ眉をあげて、ふて腐れたように息をつく。

「八百善の娘、あのとき、着物の始末やなんかをしたのは、あたしなんですけどさ」

「うむ、で？」

「たぶん気のせいだとは思うんですけど、なんだか、骨が……」

「骨？」

「骨が、なんだか、あの年頃の娘にしちゃあ、ちょいとばかし太いような。だからってべつに、どうということはないんですけどさ」

四

掘割の両河岸には乾物問屋、海苔《のり》問屋、茶問屋の蔵が並んでいるせいか、初荷の支度をする荷船が艪音大きく行き来する。陽射しは今日も穏やかで風に冷たさもなく、盆栽仕立ての木瓜《ぼけ》も蕾《つぼみ》を赤くする。木瓜に梅に五葉松に欅《けやき》の林作り、この四鉢は米造が父の倩右衛門から受けついだもので、北森下の長屋から移してきた。その盆栽が今は掘割側の塀前に並び、今年になって初めて花を開いた紅梅が縁側まで香を送ってくる。

部屋の店側に気配がゆれ、お葉が衣擦《きぬず》れの音を縁側の前まではこんでくる。

「お前さん、行ってきましたよ」

「ご苦労だったな。で、清次の加減は？」

「まだ気は戻りませんけど、息はずいぶん楽な様子だとか。昨夜《ゆんべ》はお峰さんが寝ずに看病してくれたようで、明日あたり、目も覚めるんじゃないかと」

「医者へも寄ってくれたか」

「帰りしなにね。長谷川《はせがわ》順庵《じゅんあん》さんてお名前で、お宅は南馬道のちょいと奥。腕もお人柄もよくて、界隈じゃあ評判なんですとさ」

お葉が座敷の茶支度に目をやりながら膝を折り、縁側の陽だまりに腰掛けている米造の顔と茶支度を、ちらっと見くらべる。

「だれか、お客さんでも？」

「さっきまで勘助さんと、同心の神坂が来ていた」

「そうですか。八百善に文句を云うわけじゃござんせんけど、この暮にきて、人騒がせったらありゃしない。あんな店のこと、放っとくわけにゃいかないのかえ」

「八百善の商売《あきない》や娘のことだけなら構う気にもならん。しかし清次のことがあっては、放ってもおけぬ。探索の手配は済ませたから、暮内には始末もつくだろう」

米造は縁側から筒茶碗をとりあげ、もう温《ぬる》くなっている狭山《さやま》の茶を、しゅっとすする。お葉が戻る少し前まで、門前の勘助に同心の神坂平之助、それにたき川の船頭たちを集めて探索の手筈をととのえていた。下っ引きも二十人ほど駆り出したから、事件《こと》の構図だけなら今日、明日にでも明らかになる。問題はその構図のなかに北町奉行所の内与力や蔵前の札差が絡んでいることで、さてこの始末を、どうしたものか。富士屋武五郎だってお美代を自分の手にかけたのならともかく、兵六お八重夫婦の言葉を信じるかぎり、その死は発作《ほっさ》的な病死。たとえ八百善が富士武になんらかの弱味を握られていた結果としても、親が承知していては富士武のお美代に対する強姦《てごめ》の罪は問えない。また内与力の山科大三郎にしてもただお美代と富士武の仲をとりもっただけなら、たんなる金乞食。収賄《しゅうわい》に強請《ゆす》りたかりは幕府役人の正業のようなもので、老中の田沼意次でさえ賄賂を奨励しているご時世では、腹を切れとも迫れない。そうはいっても事態をここまで大きくした八百善、富士武、山科大三郎の所業は、蚯蚓御用の意地として許せない。

奥の長暖簾が割れて女中頭のお種が顔を見せ、盆に湯呑茶碗をのせて小腰をかがめてくる。

「女将さん、お帰りなさいまし。清次さんの按配はどんなふうで？」

「思ってたより安気だったね。なにしろあのお峰さんがずっと枕元について、寝ずの看病をしてくれたらしいから」

「それはよござんした。いえね、あたしもほかの女中たちも気になっちまって、もうそこのお稲荷《いなり》さんへ行ったり来たり。お福もお清も昨夜から、お茶断ちをしてるんですよ」

「あたしも船十の帰りに浅草寺さんへ寄って、お賽銭《さいせん》を一朱《しゆ》もはずんじまった。これでご利益《りやく》がなかったらお稲荷さんも浅草寺さんも、とんだ罰《ばち》当たりだよ」

「お嬢さんたら、そんな大きい声で。お稲荷さんに聞こえたらそれこそこっちが、罰を当てられちまいます」

お種が笑いながら米造の茶を新しくし、お葉の前にも湯呑をおいて、使ってある茶支度を盆に片づける。お葉とお種が軽口を交わすのは気が落ち着いた証拠で、清次の身にもしものことがあったらたき川に正月は来なかったろう。

「そういえば、忘れていたが」

新しくはいった熱い茶をすすり、縁側からお葉とお種の顔を見くらべて、米造はひとつ息をつく。

「清次の身内に、今度のこと、知らせねばなるまい」

「いえ、それが、旦那様」

　お種がお葉に目配せをして肩をすくめ、抜いた櫛で横鬢《よこびん》をなでつけてから、その櫛をまた髪にさす。

「清次さんのお父っつぁんて人は、渡り中間《ちゅうげん》みたようなことをしてた半端もんで、とうに行き方知れずなんですよ。おっ母さんも子供のときに死んじまって、それで清次さんは悪い仲間に。ずいぶんな悪戯をしてたところをご隠居様がひきとったような事情でしてね。芝のどっかに叔母《おば》さんて人がいるらしいんですけど、清次さんも、縁は切れてると云ってましたから」

「それならその叔母さんとやらを探し出して、知らせるまでもないか」

　お種とお葉が顔を見合わせて、うんうんとうなずき、お葉のほうは少し膝をくずして湯呑を口にはこぶ。

「あ、そういやお種さん、あたしのほうはお餅《もち》のことを、忘れちまってたけど」

「そりゃ利助さんが、手配できると云ってましたよ」

「でもお菓子屋の賃餅《ちんもち》じゃあ、なんだか味気ないねえ」

「いえね、利助さんが今朝方、店へ来る途中に鳶頭《かしら》んとこの若い衆に声をかけて、これこれこうと。そしたらほかでもないたき川のことだから、どうにでも都合してくれるって」

「あら、よかった。鳶頭んとこのひきずり餅なら、うちで搗くのと同じだもの」

「そうですよ。旦那様がたき川へ入りなすったお正月に、まさか賃餅じゃあ、縁起だって悪いし」

女二人の相談は、正月を迎えるために用意する餅のこと。清次の件がなければ今日か明日、船頭や女中の総掛かりで内餅を搗く予定だった。それができなくなっては菓子屋の売り餅を買うしかなかったところを、町内の鳶《とび》が搗き方を都合するという。去年までの米造は長屋でのひとり正月、餅など買ったことも供《そな》えたこともなかったが、たき川ほどの大所帯になればそれなりの支度も必要になる。

「お餅のこともそうだけど、ねえお種さん、今度のことで船十さんは、お正月どころじゃないだろうねえ」

「そうでしたね。お餅は船十さんのぶんも、用意しましょうね」

「それにほら、お三宝《さんぼう》やら笊やら柄杓《ひしゃく》やら。どっかの歳の市で、お種さんが見繕っておくれね」

「承知しました。お餅ができたらお正月用の道具をひと揃え、あたしが船十さんへお届けいたします」

お種がお葉と米造に軽く頭をさげ、湯呑をのせた盆をもって座敷をさがっていく。歳は四十にまだ間があり、昔は深川で羽織芸者をしていた、というぐらいだから、身ごなしにはどこか粋な気配が残っている。

「あれ、お前さん……」

お葉が少し米造のほうへ膝を寄せ、視線を庭の遠くへ向けて、茶をすする。

「盆栽の梅、いつの間にか、咲いたんですねえ」

「俺もさっき知った。咲きはじめがいくらか早いのは、北森下の長屋より日当たりがいいせいかな」

「本当にねえ、なにやかや慌ただしくって、植木を見てる暇も……そういえばお前さん、あれはどうしなすった？」

「あれとは」

「あれですよう。ほら、お盆の時分にあたしがお前さんの長屋を訪ねたとき、彼岸花《かじつぱな》みたように咲いてた変化《かわり》朝顔」

「種をとって行李《こうり》に入れてきた」

「よかった。だってあのときお前さんが」

湯呑を膝におろしてお葉が肩を寄せ、肘で米造の二の腕を突きながら、くつくつと笑い出す。

「うむ？　どうした」

「だって、あのときお前さん、来年芽が出たら、あたしのところへ届けるなんて」

「そのことのなにが可笑しい？」

「可笑しいじゃないかさあ」

「だから、なにが」

「それだってお前さん、まさか朝顔と一緒にお前さんまで家《うち》へ来ちまうなんて、あのときは、あたし、思ってもいなかったもの」

そんなことのなにが可笑しいのか、お葉のくつくつ笑いはおさまらず、その奥襟が伽羅の香を匂わせながら、米造の胸にしなだれかかる。

そのとき舟寄せ側のくぐり戸に音がし、お葉がはっと、米造から離れる。同時にくぐりの板戸が開いて権助が顔を出し、爺端折《じんじんばしょ》りの股引姿で小腰をかがめてくる。

「あれま、女将さんもお帰りで。今日は日和《ひより》がよくて暖かで、いい按配だんべえ」

そのまま二、三歩縁側へ近寄り、小腰をかがめたまま、権助がくぐり戸のほうへひょいひょいと、手招きをする。その招きに応じてすぐに頬被りの男が顔をのぞかせ、天秤棒を低くして荷の平台を庭へはこび入れる。巣鴨《すがも》か染井《そめい》あたりから棒手振りに来たのだろう、台にのっているのは前後十鉢ほどの福寿草《ふくじゅそう》。その浅鉢に開いたり蕾のままのだったりの花が慎《つつ》ましく、黄色く肩を並べている。

「余計なこんだんべと思ったけんど、ちょうど苗屋が通ったもで、呼んできたがね。ここん家《ち》の庭もずいぶんとまあ、殺風景だからよう」

「権助さんもいいところにお気づきだね。いえさ、お父っつぁんてお人が不粋《ぶいき》だったもんで、庭なんざまったくの不始末。云われてみりゃたしかに、寂しいものねえ」

「鉢で咲きおわったら地べたへおろしゃあ、また来年も咲くだんべえからに」

「そうだね。それじゃ苗屋さん、三つも置いていきなね。値《あたい》の具合は？」

「へえ、ひと鉢が三十六文でごぜますから、三つで、ちょうどひと刺しに」

「そうかい、済まないねえ。権助さん、花はお前さんが、適当に選んでおくれ」

お葉が腰をあげて仏壇へ向かい、抽斗から麻紐に刺しとおした百枚の一文銭をとり出して、縁側の先に出る。百姓体の男が寄ってきてお葉から銭を受けとり、軽くおしいただいてから、懐へおろす。権助のほうはもう荷の前にしゃがみ込んでいて、鉢を手にとったり戻したり、花の吟味を始めている。

「それじゃお前さん、あたしはちょいと店を見てきますから、あとのことは、いいようにね」

ちょっと米造の肩に手をかけ、お葉がきびすを返して、細い腰を店側の暖簾へはこんでいく。お葉にしてみれば、気のきかない権助さんだねえ、ぐらいのことを思っているのだろうが、これだけの大所帯では人の出入りも仕方ない。考えてみれば米造が婿に入って以来、お葉と二人だけになれるのは店を閉めたあとの、寝屋ぐらいのことなのだ。

権助が三つの鉢を選んで縁側の端に並べ、両手をうしろへまわして、大きく腰をのばす。

「なあ旦那様、今度手が空《す》いたら、鉢置きの棚でも作《こさ》えてくれべえかね」

「うむ、頼む」

「白河のお屋敷で女中がひとり死んだことは、たしからしゅうございますが」

「うむ？　いや、そうか」

百姓体の男がすっと権助の背後へ寄り、頬被りのまま、米造に向かって頭をさげる。その風体はどこから見ても近隣の百姓、しかしこの状況を考えれば、すでに江戸へ潜入している権助の配下にちがいない。

「女中の名前はお澄《すみ》。神田の鍛冶町《かじちょう》に常陸屋《ひたち》という金物問屋がございますが、お澄はそこの末娘。行儀見習いを兼ねて白河様へ奉公にあがっておりましたが、つい十日ほど前、お屋敷内で急病《きゅうやまい》を起こしたとか」

「急病を、な」

「心の臓を冒されたとかで、そのまま他界。身柄は親元へさげられ、葬式も常陸屋から出された由《よし》」

「死人《しびと》が出たというのは事実だったか」

「されど、旦那様。旦那様からわたされた薬包みを検《あらた》めましたところ、あれはたんなる、蛤《はまぐり》の粉」

「蛤の粉？」

「蛤の殻を石臼《いしうす》にて、粉にしたものにございました」

「砒石《ひせき》ではなかったのか」

「医者によっては脚気《かっけ》の療治などに用いることもあるようですが、まずは、毒にも薬にもならぬものかと」

話しているのは権助だが、そのうしろで百姓体の男がうなずいているから、調べはこの配下がつけたものだろう。その探索に遺漏《いろう》があったはずはなく、しかしそれならなぜ由紀江は貝の粉を、砒石だなどと謀《たばか》ったのか。あれが砒石でなければ「定信の暗殺計画」という言葉そのものが疑わしく、天野善次郎が一報すらしてこないことにも、納得がいく。

「本来なれば白河様のお屋敷に手下《てか》を潜入させるべきところを、ここまで暮がおし詰まりましては、算段もつかず。足袋《たび》の上から足を掻くような探索で、申し訳ございません」

「いや、よく調べてくれた。越中守様のお身に何事もなければ、それでよし。ただ、なにかが、まだ釈然としない。ひきつづき女中の死について、探索をすすめてくれぬか」

「承知しました。年でも明ければ中間か下働きに、手下も押し込めますゆえ」

「白河の家中には、どうも田沼に通じている者がいる気がしてならぬ。加えてなにやら怖いほど剣技《うで》の立つ浪人者が、たき川のまわりに出没しはじめた。そのあたりはくれぐれも、用心《こころ》してくれ」

　権助が目の表情で了解の意思を示し、また腰に両手を当てて、百姓親爺よろしく大げさに背伸びをする。苗屋をよそおった男も荷の始末をして天秤棒を肩にかけ、どう見ても飯炊きと近隣の百姓としか思えない風体で二人、つづけてくぐり戸を抜けていく。縁側には三鉢の福寿草が残って午後の陽射しを受け、塀の向こうを荷舟の艪音が行きすぎる。

さて、それにしても由紀江はなんの思惑があって、自分をあの奥村へ呼び出したのか。それを子供時代と同様の、たんなる由紀江のたわむれ癖、と打ち捨てることは簡単だが、しかし実際に定信の生命が狙われていて、由紀江自身もあの薬包みを砒毒と信じていたとすれば、話は変わってくる。

＊

たき川へ婿入って以来猪牙の扱いを覚えたが、もともと米造は健脚。好みも町の風《ふ》情《ぜい》を見歩くことに楽しみを覚える性質《たち》だから、外出《そとで》には徒歩《かち》が多くなる。たき川を出て親父橋をわたるとそこは照《て》り降《ふ》り町《ちょう》。往還の両側に下駄屋と傘屋が並んでいる関係でこの俗名があるが、本姓は芳町《よしちょう》という。付近には中村座と市村座公許二座のほかに人形《からくり》芝居や浄瑠璃《じょうるり》語りの小屋もあり、人も芝居者が多く住む。陰間に町芸者に幇間《ほうかん》に芝居茶屋の女中たち、派手好みを売りにした小間物屋に浮世絵などを商う地本問屋《じほんどいや》と、風情自体がどことなく色っぽい。

その道から人形 町《にんぎょうちょう》通りに入って北へ向かい、本石町からの往還を小伝馬町側へ折れる。町が日本橋から神田へ移るあたりで、商家の構えも規模が小さくなる。それでも表通りに面した店先からは餅つきの杵音《きねおと》が聞こえ、松飾りを据える鳶や職人の印半纏があちこちに出入りする。往還には餅つきを見物する近所の子供たち、初売りの荷をおさめまわる大八や掛取りの商人たちが行きかって、その土埃《つちぼこり》を西日が気楽に染めあげる。正月が近いせいか番太郎体の年寄りがここに一人、向こうに一人と、古籠《ふるかご》をもって往還の犬糞《けんぷん》を集めている。

小伝馬町の賑わいを横目に浅草方向へ向かい、浜町《はまちょう》堀にかかる土橋をわたって馬《ば》喰町《くろちょう》へ入る。ここから浅草御門までは道の両側に百軒ちかい宿屋が並び、普段は江戸へのぼってきた百姓たちのお故郷《くに》言葉がやかましい。宿屋はそれぞれに奥州屋、播《はり》磨《ま》屋などの屋号をあげ、百姓たちもみな自分の故郷宿に投宿する。その多くは江戸見物が目的だが、なかには勘定奉行所へ訴訟のために出府してくる百姓もいて、各宿はそれら訴訟事の手配師も兼ねている。そうはいっても今日は師走の二十七日で、百姓たちもほとんどは故郷へ帰っているから、道を往くのは江戸者の商人や職人ばかり。ひっそりとした宿屋の戸口には若松の正月飾りが並び、その軒下を手拭い被りの暦売りが「大小柱暦、綴暦《とじごよみ》」と節をつけて売り歩く。

米造はそれら正月の支度を眺めながら浅草橋をわたり、外神田へ出て福井町へ向かう。七ツの鐘が鳴ったのはその少し前、向かいから佐伯道場の門弟が二人三人と歩いてきて、みな米造に頭をさげていく。なかには商家ふうに直った米造の衣装《なり》に戸惑った顔を見せる若侍もいて、内心米造は、笑いをかみ殺す。

「おう、これは真木殿、あやうくお見逸《みそ》れするところでした」

寄ってきて足をとめたのは菅谷仙次郎《すがやせんじろう》。御先手組の与力で古参の門弟だが、四十を過ぎても目録にまでは届かない。それでも根っからの剣術好きで人柄も温厚、若い七之助が師範におさまった今では、まずこの菅谷あたりが師範代格だろう。

「菅谷さん、ご無沙汰をしております」

「それはこちらもご同様。とんと道場へお見えになりませなんだが、いや、それにしても、かわられましたなあ」

「いくらか船宿の亭主に見えますか」

「はあ、まあ、なんと申しますか、船宿のご亭主というより……いや、そんなことより、ちょっと」

菅谷が少し身を寄せて顔をしかめ、ちらっと佐伯道場の方向へ目をやってから、その視線を米造の顔に戻す。

「その、いいところでお目にかかった。実は……」

「道場でなにか?」

「なにかというより、その、例の、七之助先生の荒稽古ですがなあ。ちと加減するようにと、真木殿から、ご進言願えまいか」

「七之助の荒稽古、改まりませんか」

「ご師範に直られての当初はいくらか。ですがここへきて、また」

「困りましたな。大先生も安房へお発ちになる前に、行徳河岸でこんこんと説諭《せつゆ》なされたが」

「七之助先生にも悪気はないのですが、なにせ天性のご気性。若い弟子には肝を縮めて、稽古に顔を出さぬ輩《やから》も多くなったように」

「分かりました。門弟が少なくなっては私としても、大先生に顔向けができません。七之助にはきつく釘《くぎ》を刺しましょう」

「いやあ、真木殿にそう云っていただけると、心強い。なにせ拙者《せっしゃ》などが苦言を呈《てい》しても、お聞き入れくださらんもので」

しかめていた顔を人のよさそうな笑顔にかえ、菅谷が背筋をのばして、静かに目礼する。

「では、真木殿、またの折りにでも」

菅谷がそのまま浅草橋の方向へ歩をすすめていき、ちょっとそのうしろ姿を見送ってから、米造は福井町の往還を道場への新道へ入る。考えてみれば明二十八日は道場の稽古納め、稽古は午前で終了し、門弟一同に仕出しの料理と酒が振舞われる。昨年までは旧師の谷九郎が師範席につき、米造と七之助の小野派一刀流組太刀の型稽古で一年をしめくくった。二百余の門弟が道場に集《つど》い、新参者などは廊下にまであふれたものだが、はたして今年以降は、どうなるものか。

すでに門松の立っている道場の門をくぐり、母屋への玄関へ向かう。以前ならそのまま式台へあがったものだが、立場がかわったこともあって、一応は奥へ声をかける。すぐに下男の佐吉《さきち》が顔を出し、商家ふうに直った米造の衣装《なり》に目をほそめる。

「あれ、真木先生、お久しぶりで。ご遠慮なさらずに、おあがりくだされればよろしいものを」

「うむ。昨夜も顔を出したのだが、他出でもしていたのか」

「へい。ちょいと目黒《めぐろ》の親戚へ」

「そうか。ところで、七之助にとり次いでもらえぬか」

「奥でお休みでございますから、どうぞ」

「つまらぬ所用が多くて、そうもしておれぬ。ここで待つから呼んできてくれ」

佐吉が頭をさげて奥へさがっていき、米造は羽織の裾をさばいて式台に腰をのせる。

廊下の奥から足音が聞こえ、まだ稽古袴に横鬢を乱した七之助が首に手拭いをかけて、うっそりとあらわれる。

「おう、どうした。いちいちとり次ぎなんぞ入れず、あがってくりゃいいじゃねえか」

「そうもいかんさ。いずれにせよ昨夜は慌ただしくて、済まなんだ」

「それそれ、俺も気にはなってたんだが」

佐伯七之助がどっかりと胡坐をかき、まだ流れる首筋の汗に手拭いを使いながら、米造のほうへ目を見開く。

「清次のことで心配をかけたが、幸いに命はとりとめた。ただ相当の深傷《ふかで》で、しばらくは床もあがらんだろう」

「不幸中の幸いってやつだな。しかしあの清次にそこまでの深傷を負わせるたあ、どんな野郎だ」

「まだ分からぬ。清次の気が戻れば見当もつくだろうが……で、七之助、最近、剣客の噂を聞かぬか」

「剣客の噂？」

「相当の遣《つか》い手だ。暗くて顔は見えなかったが、長身痩軀、たぶん浪人者だろう」

「その浪人者が清次を？」

「それも分からぬ。ただ昨夜、山谷の堀向こうから俺に向かって、凄いような殺気を打ってきた。久しぶりにこちらの背中が、寒くなったほどだ」

七之助の手拭いが首のうしろでとまり、髭の剃りあとが青く浮いた頰が、ぴくっとひきつる。

「倩一郎、そいつあ本当の話かえ」

「うむ。相手は俺をたき川の婿と知っていたはずだ。知っていてわざと殺気を打ち、その殺気をはずして闇の向こうへ消えていった」

「しかし俺やお主と五分《ごぶ》に立合える剣術使いとなりゃあ、江戸ではまず中西《なかにし》派一刀流の寺田《てらだ》、不二浅間《ふじせんげん》流の鈴木《すずき》、神道無念《しんとうむねん》流の戸崎《とさき》の三人。この三人ならお主も見知っていようし、それに三人とも、もうだいぶの歳だろう」

「あのお三方《さんかた》ではない。歳もせいぜい三十前後、最近になって他国から江戸入りした者かも知れぬ。あれだけの剣技《うで》をもつ者ならどこぞ、町道場に寄宿しているやも」

「そんな野郎が江戸へ入ってりゃあ、俺の耳に聞こえるはずだぜ」

「聞こえておらぬか」

「この暮で慌ただしいこともあるが、そういう噂は聞かねえ。あるいは剣術好きの旗本あたりが他国から呼び寄せたか、いずれにせよ年始の挨拶まわりの折り、気は配っておく」

「そうしてくれるか。あの浪人者とはいずれ、立合わねばならぬ気がする。せめて姓名出自、使う剣の流儀程度は知っておきたい」

「立合うといったって……」

　七之助が顔をしかめて息をつき、太くて濃い眉の向こうから、呆れたような視線を向ける。

「お主、その丸腰で、どうやって立合う？」

「そのときはそのときさ。まさかこの衣装《なり》で二本を差して歩くわけにもいかん」

「せめて道中刀《ざし》ぐれえ、身につけたらどうだ。奉行所だってお主が帯刀することに、横車は押すまい」

「そんなことをしたらお葉や店のものが要らぬ心配をする。女房殿に愚痴や泣き言を云われると、身がすくむからな」

　七之助が声を出して笑い、その気楽な顔を見ながら、米造は式台から腰をあげる。

「おいおい、もらい物の羊羹《ようかん》があるんだ。茶でも飲んでいかねえか」

「目明かし稼業も楽ではなくてな。八百善の件も年内《としうち》には、片をつけねばならぬ」

「八百善？」

「云ってなかったか。清次の災難もことの発端《ほったん》は八百善。八百善の娘が荒井町の逢引き宿で頓死《とんし》して、そこに北町の内与力だの蔵前の富士屋などが絡んできた。金の亡者《もうじゃ》など、本来なら勝手に騒がせておけばいいのだが、目明かしの面目もあり、清次の災難もありで、放ってはおけぬ仕儀だ」

「佐伯の青鬼ともいわれた男が、ご苦労なことだぜ。八百善なんざ、まあ、俺が叩き切っても構わねえが」

「八百善を知っているのか」

「さる大名の留守居役に誘われて、一度行ったことがある。吸い物や蓋物にいちいち講釈を並べやがって、そのくせ客を客とも思わねえ。うしろに田沼がついてるとかで、客のほうも賄い場の菜くずみてえな料理に、ぺこぺこと何十両もの代《だい》を払いやがる」

「田沼……」

あげていた腰をゆっくりとまた式台に戻し、米造は七之助の顔をうかがう。

「八百善のうしろに田沼がついているというのは、どういうことだ」

「詳しくは知らねえが、そのお留守居ってのが、そんなようなことを」

「田沼というのは老中の主殿頭《とのものかみ》か、それとも倅の山城守か」

「どっちにしろあの二人は親子の狸。賄賂《まいない》の相談にその受け渡し、札差だの各藩の留守居役なんぞが頭を寄せ集めて、ああでもねえこうでもねえと、田沼にとり入る算段でもしてるんだろうよ。だが主殿頭がお忍びで八百善へ足を運んでるって話は、事実らしいぜ」

「お忍びで老中がわざわざ、山谷堀あたりの料理屋へ、な」

「それほどの料理でもねえのになあ。俺に云わせりゃあたき川の……待てよ、倩一郎。お主さっき、蔵前の富士屋とか云わなかったか」

「うむ」

「蔵前の富士屋といやあ、札差の富士武じゃねえのか」

「富士武を知っていると？」

「俺は知らねえが、阿漕《あこぎ》な評判は聞いてるぜ。親戚筋に百石そこそこの貧乏旗本がいやがって二、三年前に、ちょいとした悶着を起こした」

「その悶着とは」

「ご他聞でもねえ金のいざこざさ。旗本たって百石じゃあ領地もねえ切米取り。勝手をすっかり富士武に握られちまって、金を出すの出さねえの死ぬの生きるの。その尻が俺の家へも飛んできたが、さーて、あの始末、どうついたんだか。なにせ俺はそういう七面倒くせえ話は、苦手でなあ」

「その親戚に見目のよい娘は？」

「なんの話だ」

「富士武は見目のいい未通娘《おぼこ》に、殊更《ことさら》の執心《しゅうしん》をいだくらしい」

「そりゃ男なら、いや、だが、あの家に娘はいなかったぞ。子供は前髪立ちの倅が一人だけだった」

「元服《げんぷく》前の倅が一人か。してその倅殿、今は？」

「あれ以降ぷっつりと音沙汰もねえが、倩一郎、どうもお主、奥歯にものが挟まっていねえか」

「金と色に常軌《じょうき》を逸《いっ》した札差、菜くず料理に大金を払う大名に旗本に田沼までからんで、八百善でなにやらやっているらしい。探索の手は打ってあるから、今日明日にでも埒はあこう。年でも明けたら……」

あらためて腰をあげ、胡坐を組んだまま顎鬚をさすっている七之助を見おろして、米造は軽く頭をさげる。

「年が明けたら、たき川へ、足をはこんでくれ」

「おう、そりゃ云われるまでもねえが」

「膝詰めでお主に苦言を呈さねばならんのでな」

「なんだと？」

「七之助の荒稽古、すでに俺の耳へも届いている」

「うん？　いや、そんな」

七之助がうっそりと腰をあげ、手拭いを肩にかけて、身をかがめながら腕をこまねく。

「おいおい、道場の誰かが、お主のところへ注進でもしたのか」

「この江戸には三百の目明かし配下。お主ら夫婦の寝屋言まで、すべてお見通しだ」

「ま、まさか、おい、そいつは本当かえ」

「それは冗談だが、稽古の様子などは注進されずとも、ちゃんと耳に入る」

「ほーう、そんなもんか」

「呑気に構えるな。大先生からも門弟の扱いについて、念を押されたではないか」

「そうはいうが、くねくねと腰をふる生白《なまっちれ》え陰間顔を見ると、つい頭に血がのぼる」

「そこを堪《こら》えるのが師範の仕事。師範代と師範とでは、立場がちがう」

「そんなことは、分かっちゃあいるが」

「とにかく、正月は、ゆっくり飲もうではないか。門弟が減るようなことにでもなれば綾乃殿の着物、櫛、簪《かんざし》とて不自由をきたす。師範の剣術とはさように、女房殿の顔色までうかがわねばならぬもの。なあ、七之助」

豆を打たれた赤鬼のような顔で七之助がなにか云いかけ、その七之助に背中を向けて、米造は苦笑とともに歩き出す。身《み》の丈《たけ》六尺以上の佐伯七之助に剣をとらせたら、もう怖いものなし。まともに意見をしても聞き入れる性格《たち》でないことは、長年のつき合いで分かっている。綾乃の名前を出すのも姑息《こそく》ではあるが、唯一《ゆいいつ》七之助の弱味が女房なのだから、仕方ない。剣術の師範も目明かしの元締めも、女房をもってしまうと男の思考は単純になる。

しかしそれにしても、老中の田沼意次までわざわざ足を運ぶ八百善の魅力《あじ》とは、どんなものなのか。

福井町の佐伯道場をあとにして、米造はまず柳橋へ向かう。茅町《かやちょう》や平右衛門町《へいえもんちょう》の俗称である柳橋は、福井町から目と鼻の先。大川や神田川ぞいには大小の料理屋が櫛比《しっぴ》し、そのうちにはこの盂蘭盆《うらぼん》に松平定信から招かれた〈喜久本《きくもと》〉がある。

暮色のおりはじめた柳橋の道を大川端まで歩き、すでに若松と注連縄《しめなわ》の飾ってある喜久本の戸口をくぐって、帳場の番頭に声をかける。

「ご免。たき川の米造と申す。女将のお吟《ぎん》殿がおられたら、とり次ぎを願いたい」

初老の番頭が二、三呼吸ほどの間米造の顔を見つめ、その名前に思い当たることでもあったのか、ふと座を立って、腰を低めたまま奥の暖簾へ姿を消す。暖簾の上には正月用の恵方棚《えほうだな》が飾られ、鏡餅や橙《だいだい》や干し柿など、もう正月を迎えるばかりになっている。たき川でも明日は町内の鳶に餅をつかせ、ついでに門松や恵方棚の支度をするという。

待つまでもなく暖簾から三十すぎの大年増が顔を出し、色気の匂う笑顔で框の向こうに三つ指をそえる。武家の出自で吉原の高級女郎《ちゅうさん》を張り、年季の明けた今は京都にある糸問屋の世話を受けて柳橋に店を出している。越中守定信とどこまでの関係かは知らないが、天野善次郎に云わせると、定信は「他人の褌で相撲《すもう》をとっている」のだという。

「これはこれは、真木様。お久しぶりにございます。お祝いが遅れましたが、この度はたき川の跡目をお継ぎになられたとか。まことに、おめでとう存じます」

「こちらこそ、ご挨拶にもうかがわず、ご無礼をした」

「いえいえ。お話は白河様から、ちゃんとうかがっております。さ、おあがりくださいまし。ちょうどただ今、佐野《さの》様と根岸《ねぎし》様がお見えでございますから」

「あのご両名が」

「最前よりお二人で、仲およろしく」

「ですが私は女将に頼みがあって、寄っただけのこと」

「さあ、それは？」

「ご承知のとおり、私が白河のお家を訪ねることには、ちと憚りがある。で、天野善次郎に伝言《つなぎ》を願えまいかと」

「そのようなこと、造作もございません」

「無理を云って済まぬが、天野に折りよきとき、たき川へ足をはこんでもらいたい、とお伝え願いたい」

「承知いたしました。白河様のお屋敷などそこから猪牙を出せば、行って帰るのも四半刻。店の若い衆を使いに出しますので、ささ、おあがりになって、佐野様、根岸様と、膳をご一緒くださいまし」

「うむ……」

もちろん米造のつもりはこれから蔵前と山谷堀へ出向き、探索の結果を勘案して八百善の騒動に始末をつけること。しかし今、喜久本の座敷にいるという幕府勘定吟味役根岸鎮衛《やすもり》は世情話に通じた苦労人で、米造はふと、その見聞《けんぶん》に期待してみたくなる。

「女将、ご両名に迷惑でなければ、ご挨拶だけ、させていただこう」

「そのような水臭い。お二人とも真木様……いえ、米造親分さんのお顔を見られれば、大喜びでございますよ。ご遠慮なく、どうぞ、おあがりくださいまし」

女将のお吟が妖艶《ようえん》な笑顔で米造を誘い、米造は雪駄を脱いで上がり口に足をのせる。番頭が戻ってきて帳場の結界におさまり、お吟がその番頭に会釈を送って、米造を二階へみちびく。まだ暮れきる前の刻限でほかに客もないらしく、店内《みせうち》に人声も聞こえない。

階段から二階廊下、廁前《かわや》から奥へすすみ、お吟が座敷の唐紙前に膝を折る。小さく声をかけてからその唐紙をあけ、米造を座敷内へうながす。

「佐野様、根岸様。珍しいお客様がお見えになりましたので、お通しいたしました」

中年の根岸鎮衛と若い佐野善左衛門《ぜんざえもん》が同時に首をのばし、米造の顔を認めて、やはり同時に、ほーうと声をもらす。この真冬にも大川に面した障子戸はあいていて、二人の向こうに本所側の岸がうすぼんやりと、藍《あい》色に浮かんでいる。

「ご両者とも、ご無沙汰をしておりました」

「や、や、なるほど。これはお珍しい。真木殿……いや、滝川殿でしたな。ささ、お入りなされ。今も佐野様と下情の噂話などして、過ぐる夏のことなど、思い出していたところでしてなあ」

米造に座をすすめた根岸は四十も四つ五つ過ぎた苦労人。この夏は浅間の山焼けを視察に出かけ、その現況を松平定信へ報告する席に米造も招かれた。町奉行所と同様に勘定奉行所も奉行は飾り物で、実務はすべて根岸鎮衛など、吟味役がとり仕切る。家格の低い直参がのぼれる実質的な最高役職だから、その温和な物腰とは裏腹に、実際は相当の能吏《のうり》なのだろう。

お吟が唐紙をしめて廊下をさがっていき、座敷に腰を落ち着けた米造に、まず根岸が自分の杯をさし出す。

杯を受けとり、根岸からの酒を受けて、米造がひと息に飲む。

「されど根岸様、佐野様、手前などが顔を出して、お邪魔だったのでは」

「なーに、ご案じめさるな。この暮にきて正月の支度があれやこれや。女房殿に、お前さまなどお邪魔ですから、どこぞそのへんで暇をつぶしてきなされ、と家を追い出されましてなあ。それで佐野様をお誘いして、ご覧のとおり、暇をつぶしておるわけですよ」

空いた米造の杯に、今度は左手側から佐野善左衛門が銚子をさし出し、米造はその酒を受けて、やはりひと息に飲む。佐野は根岸よりずっと家格の高い幕府新番士、歳も米造と同年輩で、佐野と根岸が酒肴の膳を並べることなど、本来はありえない。その理屈は米造も同じだが、これらはすべて松平定信との縁になる。

「されど滝川殿」

根岸が手炙りに片手をかざして首をめぐらし、日灼《ひや》けした丸顔の目尻に、人のよさそうな小皺を浮かべる。

「まさかご貴殿までご新造に、家を追い出されたわけではござるまい」

「白河の天野善次郎に、ちと用が」

「で、この店《や》から使いを？」

「手前が足を向けることは憚られますゆえ」

「さようでしたな。越中守様もいよいよご家督をお継ぎなされて、幕閣の中枢《ちゆうすう》に座られる日も遠くはございますまい。お家内《いえうち》に無用な波風を立たせまいという滝川殿のご配慮、しごく、ごもっとも」

「白河のお家に、波風の気配でも？」

「いやいや、さようなことは、聞いておりませぬ。されど田沼様におかれては、越中守様は目の上のこぶ。どのような些事《さじ》とて、足元の用心は、肝要ですからなあ」

廊下に足音がして唐紙が開き、お吟が膝行《しっこう》してきて、つづけて女中が酒肴の膳、若い衆が米造用の手炙りをはこび入れる。

女中と若い衆がさがってから、お吟がまず米造、それから佐野、根岸の順に新しい銚子で酌をする。大川をのぼっていく猪牙もすでに舳先《へさき》へ提灯を挿し、本所側の町屋にも小さく灯が入りはじめている。

根岸が煙草盆をひき寄せてキセルを吸いつけ、暮れていく大川の夕景に、ふっと煙を吹く。雁首の小さい銀ギセルの吸い口には牡丹《ぼたん》模様の金象嵌《きんぞうがん》があり、煙草入れも洒落た金唐革《きんからかわ》。着物も路考茶《ろこうちゃ》の綿入れで羽織の丈も長く、苦労人風ではありながら、身なりには贅《ぜい》がある。

「実は滝川殿、ご貴殿が見える前、佐野様に奥州辺の凶作について、お話ししておりましてな。勘定奉行所に勤めておりますと、いやでもその話が耳に入ります」

「手前も噂だけは耳にしますが」

「江戸雀の噂などより、実情はどうも、惨憺《さんたん》たるもののようでござるよ」

「やはり浅間の、山焼けが？」

「間違いなく、その影響と思われますな。特にひどいのが津軽《つがる》、秋田のあたり。すでに米などは払底《ふってい》しておるようで、餓死《がし》者なども出ているとか」

「そこまで」

「されど真木……いや、滝川殿。本物の危難はこれから。飢饉《ききん》とは凶作の年よりも、その翌年に強く出るものでしてな」

「それは、また？」

「今はまだ蓄《たくわ》えておる稗《ひえ》、粟《あわ》などの雑穀《ざっこく》もございましょうが、今年米がとれなかったゆえ、それも早晩には食いつぶす。加えて来年用の種籾《たねもみ》にまで手をつけるとなれば、春に田植えもならず。雑穀とて来秋までは収穫はござらんから、牛、馬、犬、猫まで食わねばなりません。食うもののある百姓はまだしも、町住まいの工商など、まっ先に飢えて死にましょう」

「幕府《おかみ》はどのような手立てを？」

「さあ、さればとて、奥州辺は雄藩《ゆうはん》も多くあれど、みな外様《とざま》。幕閣の方々も、見て見ぬふりだとか」

「越中守様が西国《さいごく》より、回米のご手配をされておられるのでは」

「これがなかなか、ひと筋縄には参らぬようで。越中守様も伊達《だて》様、佐竹《さたけ》様、上杉《うえすぎ》様などに来年の飢饉に備えるよう、城中においてご進言なされておるようですが、いかんせん気位のお高いご太守連。西国のお大名方に頭をおさげになることが、おできにならぬらしく」

「愚にもつかぬことを」

「さようさよう。ご藩主の体面や気位のために民の生命《いのち》を粗略にすることなど、もってのほか。されど越中守様におかれても他藩のことではあり、それ以上のお働きは、ご無理なご様子」

「して、白河の、米は？」

「これに関してはさすが越中守様、すでに田沼様より、回米をとりつけたように」

「ほーう、田沼から」

膳に杯の音がひびき、それまで黙っていた佐野が肩を怒らせて、小太りの頬をひきつらせる。

「田沼と取引きするなど、越中守様らしからぬ仕儀。いかに緊急のときとはいえ、非道に非道を重ねては、必ずや、後日の憂《うれ》いになる」

「いやあ、佐野様はお若いゆえ、得心なされんのも無理はございませぬが、越中守様におかれても苦渋《くじゅう》の選択。ここで一万石の米を手配いたせば、こと白河一領《いっこく》のみならず、近しい小藩までも救えるとの、深遠なるお考え」

「根岸殿はそう申されるが、山城守の若年寄就任を黙許《もっきょ》するかわりの米など、汚らわしいかぎり」

「ですがなあ、米のひと粒ひと粒に、田沼と名前が書かれておるわけでもなし。それで民の生命がつなげれば、また次の方策もつきましょうほどに」

根岸が苦労人らしく目尻をゆがめて笑い、お吟が佐野、根岸、米造と銚子の酒をすすめる。もともと佐野善左衛門は神経質そうな顔立ちで融通のきかない気質らしく、この夏も田沼の専横《せんおう》に義憤をもらしていた。その佐野の気持ちも理解はできるが、少なくとも白河には母の千枝が存命で、その領内だけでも飢饉を免《まぬが》れそうな成りゆきに、とりあえず米造は安堵する。松平定信の「暗殺云々」に関しても、根岸や佐野がこれまで口に出さないところをみると、まずは杞憂《きゆう》だろう。問題は由紀江の思惑だが、それは権助たち赤城忍軍の探索を待つ以外に手段はない。

風の冷たさを感じたのか、お吟が腰をのばして大川ぞいの障子をしめ、また一同に酒の酌をする。

「それはそれとして、これは滝川殿にも関わりのあることゆえ、お聞き願いたいが」

根岸が杯をおいて鯛《たい》の酢味噌和えに箸をつけ、うん、とひとつうなずいてから、また杯を手にとる。

「先ほど身共が、飢饉は不作の翌年にこそ強く出る、と申しあげましたな」

「はい」

「さればこそ来《きた》る年、早ければ春、遅くとも夏以降には奥州よりの棄民《きみん》が、職と食を求めて相当の数、この御府内に流れ込むものかと」

「相当の数とは」

「見当もつき申さぬ。東国のお大名方がこのまま、しかるべき手当てをなさらねば、五万になるか十万になるか。この江戸にても米、味噌、醬油などの値は高騰《こうとう》いたしましょうし、そこへもってきて大量の流民《るみん》となれば、未曾有《みぞう》の混乱を見るは必定。追剝に盗みに喧嘩に人殺しと、御府内の治安が、今から懸念されます」

「浅間の山焼けが、めぐりめぐって、そこまでに」

「越中守様などはすでに、江戸におけるお救い所の設置などを提言されておられますが、幕閣が、なかなか、動かぬようで」

「だからこそ田沼を……」

佐野が頰を紅潮《こうちょう》させて酒をあおり、お吟からの酌を待ち切れぬように、語気を荒らげて手酌をする。

「田沼を幕閣から放逐《ほうちく》せぬかぎり、この徳川幕府は瓦解《がかい》する。越中守様も、ご親藩方も御三家ご譜代《ふだい》方も、あまりにも、生ぬるい」

「これこれ、佐野様。そう短兵急《たんぺいきゅう》にものを申されては、身も蓋もありますまい。皆様方それぞれにお考えはございましょうし、方策もおもちのはず。今はまず来るべき危難に備えることこそ、肝要にございます」

「根岸殿のように呑気に構えておっては、早晩、幕府は田沼にのっとられる」

「お心をお鎮《しず》めなされ。今でこそ声をお出しになりませんが、心中田沼様のご政道に非を感じられるお歴々も、少なくはないはず。機会《とき》を待てば必ずや、ご政道も本来の正しき道に、戻りましょうほどになあ」

根岸が苦笑をこらえるような顔でまたキセルを吸いつけ、米造はその根岸の顔と佐野を見くらべてから、膳の昆布《こぶ》巻きに箸をつける。年明けの春、遅くとも夏には奥州から五万十万の棄民が押し寄せることなど、にわかには想像もしがたい。そうはいっても世間知に長けている根岸の言葉を無視するわけにもいかず、さて、その方策は、どうしたものか。奈良屋や樽屋《たるや》などの町年寄り、日本橋や神田の名主《なぬし》連中に布施《ふせ》米の支度もさせねばなるまいが、それだけで物価の高騰と治安の混乱に、対処できるものなのか。南町奉行の牧野大隅守《まきのおおすみのかみ》、北町奉行の曲淵甲斐守は予想される飢饉と棄民に、どんな対応を考えているのか。ご政道などには無縁、と決めてはいるが、田沼を筆頭とする現幕閣の無策と無責任さに、さすがの米造もじわりと、耳朶《じだ》が熱くなる。

「根岸様、佐野様。このたき川の米造、蚯蚓《みみず》御用の元締めとして来る飢饉と流民の手当て、いずれは南北の町奉行、ならびに町年寄り名主連と談合をせねばと思いますが、ただ今はちと、下世話な悶着をかかえております」

根岸、佐野、お吟がそれぞれ箸や銚子を使う手をとめ、興を示す表情で米造の顔を見る。

「ご両者のお邪魔もかえりみず、この座敷にあがりましたのは、根岸様の見聞におすがりできるやも、と」

「ほほう、それはまた」

「端的に申しあげて、老中田沼意次に衆道《しゅうどう》の癖《へき》など、ございましょうや」

根岸が一瞬、目をぱちくりやって息を呑み、佐野とお吟も唖然とした顔で、軽く息をつく。

「滝川殿、なんともまた、珍妙なおたずねではござるが、されど先に云われた、下世話な悶着とは？」

「八百善の娘が頓死してございます」

「八百善と申すと、山谷堀の」

「六日前、八百善のお美代という娘がさる場所にて、急病《きゅうやまい》により。死に様そのものは病ゆえ、目明かしなどが出張る用もありませなんだが、関わった者どもの動きが、あまりにも奇妙。加えて探索を始めるやいなや、手前の配下が何者かに襲われる始末。しばらくは床もあがらぬほどの深傷《ふかで》を負わされたとあっては、看過《かんか》もできかねます」

「蚯蚓御用というのもご苦労なお仕事ですなあ。してそのことに、田沼様が？」

「田沼は忍びにて、八百善へ通っておるとか」

「ほほう、ご老中まで」

「今をときめく八百善。十八大通やら各藩留守居役程度が通うならまだしも、老中まで忍びで通うとは、大いに不可解。その目当てが料理にあるのか、あるいは、別のところにあるのか」

「そこで衆道と」

「手証はございません。ただ今調べをすすめておるところですが、どうも、そのような気配が。だからといってそれで今回の悶着に、始末がつくとは思えませんが」

根岸が小さく唸って天井を見あげ、しばらく口をもごもごやってから、ふと米造に顔を向ける。

「市井の悶着ごとと田沼様の関わり、身共などには見当もつきませんが、あるといえば、ございますなあ」

「つまり」

「噂でござるよ」

「それは？」

「田沼主殿頭様には衆道の癖あり。されどこれはあくまでも噂、ことは将軍家のご威光にも関わることゆえ、佐野様もお吟殿も、断じて他言は無用でございますぞ」

佐野とお吟が眉根を寄せて顔を見合わせ、根岸が居住まいをただして、こほっとひとつ、空咳をする。米造は根岸にうなずいてから杯を口へ運び、酒を咽にとおして、根岸の気配に耳を澄ます。

「その噂とは、田沼様は家重《じゅんしんいん》様の色子であった、というもの」

息を呑む音が誰の口からともなくもれ、しかし誰も言葉は出さず、お吟が根岸と米造の杯に、無言で酌をする。

「たとえお城坊主といえども、そのような噂をひとたび言葉にすれば、即打ち首。されど人の口に戸は立てられぬとは世の習い。誰やらの口から口へと伝わり、しまいには身共のような者の耳にまで」

佐野が腕をのばしてお吟の酌を求め、注がれた酒を、鼻を鳴らしながら、くっと飲みほす。

「つまり、田沼の栄達は、惇信院様の色子であったことが、すべてか」

「いえいえ、佐野様。三百石取りの旗本からお大名、ご老中にまでのぼられた田沼様には、むろんそれなりのご器量があったはず。されどこのご栄達、異例といえばあまりにも異例。諸侯大奥への画策や賄賂《まいない》の金子《きんす》だけでは、なかなか、達しえぬものかと」

米造の杯にお吟が銚子をのばし、その酒を受けて、米造はひっそりと、ため息をかみ殺す。武家における衆道など、もともと戦国の世からの遺風。今の世にも男色はそれほどの禁忌《きんき》とはされず、芝居子は芸を身につけるまで陰間として客をとるし、芝や上野周辺には坊主相手の子供宿が多くある。田沼が男を好もうと女を好もうと男女ともに好もうと、そんなことは田沼の勝手。しかしこと政道や民の生命《いのち》が男色によって左右されるとなれば、話はちがう。

「いかがかな、滝川殿。身共が耳にした根も葉もなき噂話、蚯蚓御用のお役に立ちましたかな」

「大いに」

「されど、困ったものですなあ。本来幕府の執政職《しっせい》など、その任に相応《ふさわ》しき有徳子がつくべきもの。年来の不作も浅間の山焼けも、これ、あるいは、天の罰かも知れませんなあ」

佐野が大きく吐息《といき》を聞かせて舌打ちをし、根岸が気楽そうに笑って、お吟が手の甲で口元を隠す。この座に松平定信が臨席《りんせき》していたら、それこそ青筋を立てて杯でも投げつけたろうが、定信や佐野善左衛門の義憤が形となって功を奏するのは、いつのことか。

そのとき廊下に足音がし、唐紙があいて、女中が銚子をのせた盆をさし入れる。お吟が座敷の銚子を新しくし、それを機に米造は根岸と佐野に暇乞《いとまご》いの挨拶をする。

「滝川殿、まだよろしいではないか」

「いや、山谷堀へ向かう途中、思いついて足をとめただけのこと。佐野様、根岸様、世間を広くしていただいて、かたじけのう存じました」

根岸も佐野もそれ以上はひきとめず、米造は礼をして、座を立つ。お吟も座を立って先に廊下へさがり、階下へ向かう米造のあとにつづく。階段にはすでに掛け行灯がともり、下の帳場にも灯が入って、印半纏の若い者がすぐ三和土《たたき》に米造の雪駄をそろえる。

米造は框《かまち》から土間へおりて雪駄に足を入れ、上がり口に膝を折っているお吟に、深く目礼をする。お吟が着物の袖で口元を隠して、米造の顔をななめ上に見あげながら、くすっと笑う。

「米造親分も、不器用なお人ですこと」

「はあ？」

「お顔もお言葉も、お武家のときのまんまで」

「女房にも小言を云われる」

「そりゃご新造でなくたって小言のひとつぐらい、云いたくなるかも」

「面目ない」

「天野様へのお言伝《ことづて》は、たしかに」

「よしなに」

「ねえ親分、言伝だけじゃあなく、たまにはゆっくり、お越しくださいましな。親分がおひとりで見えたって、誰も口外なんぞいたしませんから」

お吟が顔をあげて軽く息をつき、目尻にさした紅を、妖艶にふるわせる。その目つきになにか含みがあるのか、ただ近眼《ちかめ》のせいなのか。

「米造親分、お昼寝だけでもようございますから、近いうちに、ぜひ」

「いや、その、佐野様と根岸様に、邪魔をして済まなんだと、よろしく伝えてくれ」

＊

日は落ちきったが師走の往還は賑わいをかえず、掛取りに歩く番頭も掛取りに追われる小店《こだな》の主人も、みな提灯に灯を入れて急ぎいく。蔵前といっても札差だけが店を構えているわけではなく、森田町《もりたちょう》、蔵前片町《かたまち》、天王町《てんのうちょう》などの片側町には八百屋も小間物屋も店を出している。どの店もまだ大戸をおろさず、寒い往還に店内からの明かりをあふれさす。借金を抱えた商人や職人も逃げ切るまであと三日、除夜の鐘さえ聞いてしまえばまた夏の清算日まで掛売りのやりくりで、なんとか暮らしも維持できる。庶民はそうやって汲々《きゅうきゅう》と日を送るのに、札差連中は吉原でばかな小判を撒き散らす。

米造が〈大川屋《おおかわ》〉と暖簾の出た蕎麦屋の前で足をとめると、待っていたように門前の勘助が顔を出す。米造はうなずいて暖簾をくぐり、勘助にみちびかれて小上がりに足をのせる。客は職人や人足が四、五人。その入れ込みの奥には腰高の屏風《びょうぶ》がおかれていて、目つきの鋭い小太りの年寄りが胡坐をかいている。

年寄りが米造の顔を認め、膝を直していねいに頭をさげる。

「おう、これは音羽の」

「へい。二代目の元締め、ご無沙汰をしております」

「それはこちらも同様。で、義三《ぎぞう》さんが？」

「いえね、うちの下っ引きが勘助んとこの竹治とばったりいき会ったとかで、これこれこうと。そうかい、それじゃまあ義理を欠くわけにもいかねえし、勘助を助《す》けてやろうじゃねえかってんで、若えやつらを連れてお節介をね」

「気をつかわせて済まぬな」

「滅相もねえ。船十のとっつぁんならあっしだって、知らねえ仲じゃねえ。その喜作さんが虚仮《こけ》にされたと聞いちゃあ、黙ってもいられませんや」

　米造に杯をさし出した年寄りは音羽の義三。名のとおり音羽の門前町界隈を縄張りにしている古目明かしで、自身は女房に猪肉《やまクジラ》の店をやらせている。音羽一帯も護国《ごこく》寺の門前町だから女郎屋《おかばしょ》が多く、義三の店でも何人かの酌女を置いているらしい。音吉あたりは足しげく音羽にも通うというが、目的がやまクジラなのか酌女なのか、米造には分からない。

　店の女がチロリと小鰭《こはだ》の酢じめを運んできて、米造と義三が一度ずつ杯を応酬する。

「それで、どうだな勘助さん。富士屋は動きそうか」

「まだご本尊の神輿《みこし》はあがってませんが、泡は食ってましょう。番頭だの手代だのが顔を出しちゃあ、往還をきょろきょろと。このまま締めつけてやりゃあ、そのうち夜逃げでもするんじゃねえですかね」

勘助と義三が表情だけで笑い、米造は小鰭に箸をつけて、探索の方向を想像する。昨夜までは隠密《おんみつ》裏に八百善の周辺を調べようと思っていたが、八百善、富士屋、内与力の山科、松葉屋などの関係が判明した今となってはその意味はない。逆に八百善と富士屋に正面から聞き込みをかけ、お美代の死に関して江戸三百の目明かしが正式に探索を開始した、という事実を見せつける。富士屋の奉公人から出入りする八百屋、魚屋、貸本屋、髪結いなどすべての人間に圧力をかけ、どんな些事《さじ》であってもとにかく富士武の非道を暴《あば》き出す。その聞き込みに義三の子分まで加わったとなれば、数は四、五十。また勘助には四半刻ごとに富士屋の店前を行き来させ、わざと店内をのぞかせる。なにしろこの盆過ぎには江戸の目明かしが大挙田沼意次の中屋敷に押しかけ、倅の山城守に談判を迫ったのだ。そのときはとりあえずの手打で決着したが、結果は江戸雀の口にのぼり、老中の田沼が目明かしの前に膝を屈した、と評判になった。読売にこそ書かれなかったが、富士武だってどうせ、その事実は知っている。

「ですがねえ、二代目。聞けば聞くほど……」

勘助がちびりと杯をなめて舌打ちをし、うしろ首をさすりながら眉根を寄せる。

「富士武の野郎、とんでもねえ没義道《もぎどう》をしやがるようで。こいつはさっき子分が聞きこんできたんでやすが、ついひと月ばかし前にも、長屋住まいの若え娘を地獄へ落としたんだとか」

義三もその話は聞いているらしく、前歯の抜けた口に煮蒟蒻《こんにやく》を放り込んで深くうなずく。

「まあお聞きなせえ。鍋町《なべちよう》だかどっかの長屋に十五の娘っこがおりやして、その娘が来春には惚れた男と祝言を。ただそのおっ母さんてのが癪《しやく》もちかなんかで、あっちへ一両こっちへ二両と、合わせて十両ほどの借金があったんですと。これを富士武の野郎、どこで嗅《か》ぎつけたんだか、その借金証文を買い集めて……」

「耳をそろえて返済しろ、と」

「そんなとこで。急に迫られたって娘の家《うち》も男の家も、まとめて十両なんて金ができるはずもねえ。泣いて喚いて土下座して、だけどそんなことで富士武が聞き分けるはずもなく、金がなけりゃあ娘を妾《めかけ》に出せと、まあ、そんな無理難題」

「初手《しょて》からその狙いだろう」

「そうでやしょうね。ただね、富士武が心底娘に惚れて、本気で妾にする気だったんなら、まだ許せなくもねえ。ところがあの野郎、娘を幾日《いくんち》かもてあそんだあと、まるで犬猫みてえに板橋《いたばし》宿の飯盛りに」

「売りとばしたか」

「へえ。娘の両親《ふたおや》も相手の男も、今はもうまるで腑抜《ふぬ》けみてえだと、調べてきた子分が云っておりましたよ」

「飯盛りに売られた娘も、両親も相手の男も、たしかに地獄だな」

「散ってる連中がほかにも、似たような話を三つ四つほど」

「たんなる没義道ではなく、富士屋の武五郎という男、心が病んでいるらしい。しかしそういう男が蔵前に店を張り、湯水のように金を使うとなればこれからも数え切れぬほどの貧乏人が地獄を見る」

手酌でチロリから酒をつぎ、その酒をゆっくりと胃の腑に落としてから、米造は天井の広範囲行灯《はちけん》を見あげてため息をつく。人の性質《たち》は生まれと育ちといわれるが、その生まれ育ちには関係なく、本性の髄が残忍にできている人間もいる。富士武の場合も他人《はた》を不幸におとしいれ、その不幸を見物することで快感を得る性質なのだろう。

そういう人間に対しては説教も躾も矯正《きょうせい》も無力、粛々《しゅくしゅく》とこの世から排除する以外に方法はない。

「勘助さん、富士武の身内は？」

「まあそんな野郎ですからね。女房ってのは、とっくの昔に死んじまったようで。娘は旗本の奥様におさまっちゃいるが、これだって金の力。倅はまだ十三で、だけどこいつも親父に似たんだか、もうどっかの子守っ娘《こ》を孕《はら》ましたとか」

「人の数だけ人はいるものだな」

　勘助がへっと笑ってうしろ首を叩き、義三も吸いつけていたキセルの雁首を、とんと灰吹きに打つ。そのとき暖簾が割れて若い男が顔をのぞかせ、屏風のこちらへ首をのばしながら入れ込みにあがってくる。

「あれまっ、二代目の親分、お久しぶりで」

「昨夜も会ったろう」

「さすが二代目、もの覚えが神がかり」

「余五郎だったか」

「だったか、なんてもんじゃござんせんよ。正真正銘、三島屋の余五郎でござんす。だけど嬉しいねえ。ねえ門前の親分に音羽の親分、たった一度お目をかすめたおいらなんかのことを、二代目の親分が、おう、お前はたしか青物問屋の色男、三島屋の余五郎か、なんてね」

昨夜も船十で会った余五郎が屏風の前に膝を折り、米造、義三、勘助と首をめぐらして、呑気そうに目を見開く。それでも赤くなった鼻に鼻水がにじんでいるから、この寒空に探索のため、外を歩きまわっていたのだろう。

勘助が余五郎に杯をわたし、チロリの酒をついでやってから、その余五郎の膝を、ぽんと叩く。

「で、どうした。おめえは益蔵とつるんで、富士屋の裏口を見張ってたんじゃねえのか」

「それなんですがねえ、門前の親分。まあ聞いておくんなせい」

くいっと杯をほして咽を鳴らし、空いた杯を手のなかでいじくりながら、余五郎が困ったように首をひねる。

「いえね、親分に受けた指図どおり、おいらと益蔵で富士屋の裏口に陣取って、女中に小僧に出入りの商人に、どうだおめえたち、八百善の娘に関してこれこれこうと、片っ端から脅しをかけたと思いなせえ。誰かがぽろりと漏らしゃあこっちのもの。たとえ口をつぐんでようと、注進された富士武が肝を冷やすことは間違いねえ。そんなこんなしてるうち、もう一刻半ばかし前になりやすが、裏口に紙くず屋の伍助《ごすけ》って野郎が通りかかりやして、この伍助と益蔵が顔見知り」

余五郎の杯に勘助が酒をつぎたし、余五郎がまたひと口にあおって、ういっと息をつぐ。

「でね、聞いてみるてえとこの伍助、反古紙《ふるがみ》の買取りやなんぞで、富士屋にも出入りしていると。そうかい、そりゃ都合がいい、ところでおめえ、これこれこういう話があるんだが、なにか知らねえか。いや、八百善のことは聞いてねえが、そういや十日ばっかし前、伝通院《でんづういん》そばの陸尺町《ろくしやくまち》で富士武が、ちょいとした騒ぎを起こしたらしいと。ほーう、その騒ぎってのは、どんな。まあ詳しいことは知らねえが、陸尺町で筆師をやってる男の倅を、富士武が痛めつけたとか」

「痛めつけたってのは、どういうことだ」

「それがね、親分も知ってのとおり、あの近辺はこまけえ寺の多い土地柄。たまたま墓参りに行ったどっかの隠居の耳に、本堂の裏手から子供の泣く声が。でもって隠居がそっちへ行ってみるてえと、身形《みなり》のいい商人ふうの男と小せえ子供が、なんだかごそごそ、そわそわ。おいおい、お前さん、こんなところでなにを、と隠居が問うてえと、その商人が子供から身を離し、いや、なに、この子供が自分の懐に手をのばしたので、折檻《せっかん》をしていたまでのこと。知り合いの墓参りに来たところで懐を狙われたので、つい頭に血がのぼった。しかし考えてみれば金を盗られたわけでもなし、子供相手に大人げのないことをした、とかなんとか。だが隠居が見るてえと子供は口を切らして血を流し、着物の前なんぞもはだけて、ひいひいめそめそ。そりゃまあ人様の懐に手をかけたのは悪いが、相手は子供だ。お前さん、いくらなんでもやりすぎじゃあないか。なるほど、気がつかなかったが口から血まで流して、ちょいと折檻が過ぎたかも知れない。ここはまあ寺内のことでもあるし、穏便《おんびん》に事をおさめようってんで、南鐐《なんりょう》をひと粒、子供の手に」

「それで商人は？」

「そのまんま境内を出ていきやして、隠居は泣きやまねえ子供をつれて、親のもとへ。ただ歩きながら思い出してみるてえと、さて、さっきの商人は、どこかで見たような」

「それが富士屋武五郎か」

「たしかじゃあねえが、隠居ってのは先《せん》にそこの、諏訪町に住んでたことがあってね。それでどうも、そうじゃねえかと」

「話は分かった。それでおめえは、どこまで裏をとってきやがった」

「伍助に話を聞いたあと、一応は陸尺町の筆師のところへね。大筋《あらまし》は聞いたとおりで、餓鬼《がき》のほうはもうぴんぴん。ただ親に云わせるとてめえん家《ち》の子供に、人様のものに手をかけるような躾は、金輪際してねえと。まあ親なんてのは、どこでもそんなもんだろうけどねえ」

勘助がまた余五郎の杯に酒をつぎ、そのチロリを宙に浮かせたまま、ちらっと米造と義三の顔を見くらべる。

「そうかい。まあ、寒空にご苦労じゃああったが、富士武の野郎ならそれぐれえのことはやりかねねえ。子供に小遣いもくれてるんなら、ひっくくるわけにもいくめえなあ」

「いや、勘助さん。意外にそうとも云いきれぬぞ」

勘助、義三、余五郎がそろって米造に首をめぐらし、米造は手酌した杯の酒を、静かに口へはこぶ。

「余五郎、筆師の家の子供はどんな様子だ」

「どんなったって、七つ八つの、鶴吉《つるきち》ってふつうの子供でやしたが」

「色の小白い、優《やさ》っとした感じではなかったか」

「やだねえ二代目、まるで千里眼みたようだ。たしかに仰有るとおり、長屋の小倅にしちゃあ洟《はな》もたらしてねえし、妙に華奢な感じで」

「富士武の懐に手をかけた、という話に関しては？」

「聞いてみやしたがね。もう部屋のすみに縮こまって、首を横にふるばっかし」

「子供をつれ帰った隠居のほうはどうだ。身元は知れているのか」

「名前は知れてねえが、筆師の親父も何度か顔を見たことがあるってえから、大方伝通院の近辺に」

「義三さん、あのあたりを縄張りにしている目明かしは？」

「あっしですよ」

「うむ？」

「伝通院の近辺は町屋の少ねえ界隈ですから、普段はこれといった揉めごともねえところ。たまにうちの子分が流して歩く程度で」

「話に出ている隠居というのを探し出せるか」

「造作もござんせんやね」

「そういうことならこれは、一番富かも知れんな。余五郎、でかしたぞ」

三人が息を呑んだように口をあけ、その三人ににんまりと笑いかけてから、米造は杯をほす。

「二代目、一番富と仰有いますと」

「大当たりという意味だ」

「そりゃ分かっちゃおりやすが」

「勘助さん、松葉屋の女将が云ったことを覚えているか」

「さーて、なんでしたっけ」

「帰りしなに、お美代の骨が、若い娘にしては太い気がしたと」

「云われてみれば、そんなような」

「女将の云ったことがずっと心にかかっていてな。もしやと思っていたのだが、たぶん、間違いないだろう」

「二代目、端的に云っておくんなせい」

「八百善のお美代は、男だ」

「へーえ、そりゃまた、え？　え？　だって、いくらなんでも」

勘助がきょろきょろと左右を見まわし、色の黒い下駄顔を長くして、ぽかんと口をあける。ほかの二人も似たような顔で目を見ひらき、余五郎なんか流れ出た鼻水を、ぽたりと膝に落とす。

「お美代が男だろうと女だろうと、そんなことはお美代の勝手。しかしお美代の死に様をこうまで隠したがる八百善の仕儀は、どうにも怪風《けぶ》。当初はたんに世間を憚ったもの、と思ったが、それならそれで町役人や船十の喜作さんに、しかるべき礼をとおせば済んだはず。八百善が憚ったのは世間ではなく、田沼ではなかったのか」

「田沼……」

「老中の田沼主殿頭。さる仁《じん》の言《げん》によると、田沼には衆道の癖があるという」

「衆道ってえと、いわゆる」

「いわゆる男色だな。その田沼が忍びで八百善に通い、八百善はなぜか、倅を娘とたばかっている。そのことが清次の災難にどう関わっているのか、富士武の首に縄をかけてみれば自然に判明しよう」

三人が啞然とした顔のままお互いの顔を見くらべ、杯をもてあそんだりキセルを吸いつけたり、しばらく居心地悪そうに、尻をもぞもぞさせる。店では客が入れかわり、あけ放った大戸から深々と冷気が流れ込む。

「いえね、その、二代目……」

勘助が杯をなめながら眉をひそめ、うしろ首を二、三度さすって、胡坐の足を組みかえる。

「するてえと、つまり、あれですかい。富士武は筆師の鶴吉を、折檻じゃあなくて」

「強姦《てごめ》にしていたぶったのだろう」

「けっ、なんて野郎だ」

「子供には気の毒だったが、これで富士武の首根を押さえられる。勘助さん、強姦の罪はどれほどだ」

「よくて江戸所払い。悪くすりゃあ遠島なんてことも」

「土地家屋《かおく》は闕所《けっしょ》だろう」

「まずは、ねえ」

「富士武の没義道は目に余る。しかしこれまではみな借金の証文や売渡し証文、内済の証文などを握っていた。いくら没義道非道でも、奉行所の白洲にはひき出せぬ。だが今回は子供に南鐐をわたしただけで、親も納得しておらぬし、証文もない」

「なーるほど」

「義三さんに勘助さん、ご苦労だがこれから、陸尺町に出向いてくれぬか」

「云われるまでもねえ。ねえ音羽の親分」

「当然よ。若《あたぼう》えやつらを散らしゃあ、その隠居なんてな、かんたんに見つかる」

「見つかったら隠居を駕籠にでも乗せて、富士屋へ送り込んでやれ」

「構わねえですかい」

「構わんさ。正面からのり込んで、寺で見た商人は間違いなく富士武だったと、供述《くちがき》をとれ」

「承知いたしやした」

「勘助さんは、いや、お前さんではまずいな」

「なにがです？」

「お前さんの顔で凄まれたら子供が泣いてしまう」

「二代目、そりゃあんまりだ」

「冗談ではない。相手は七つ八つの子供、富士武にいたぶられて恥ずかしい思いもしていよう。寺でどんなことがあったか、たぶん親にも告げてはいまい」

「まあ、そんなことも」

「誰か子供でも気を許しそうな……」

「おっと、そういうことなら、うちの女房《かかあ》を」

「お久さんか」

「お久なら子供好きでもありやすし、それになんといっても、あっしの女房だ」

「それがいいかも知れぬ。済まぬが、頼まれてもらえるか」

「音吉の真似じゃあねえが、がってんだ」

「子供も親の前では話しにくかろう。どこかで汁粉《しるこ》でも食わせてな」

「委細《いさい》承知」

「子供にも親にも、それから隠居にも、よく理を説いてくれ。それぞれの口書きが得られれば富士武など、逃がすものではない。相手は羽振りのいい札差だが、こっちには江戸三百の目明かしがついている。けっして悪いようにはせぬと」

「心得ておりやす。そうと決まったら富士武の野郎、目に物を見せてくれる」

「うむ。それから余五郎、お前は二人を陸尺町へ案内する前に、近所をまわってくれ」

「へい、で？」

「下っ引き連中にご苦労だったと。もう富士武の囲みは解いていい。まさか富士武ほどの財産《しんしょう》で、夜逃げすることもないだろう」

義三がこんとキセルを叩いて煙草入れを始末し、勘助も杯を置いて、肩を怒らせる。

「余五郎、俺と音羽の親分は、俺の家で待っている。付近への連絡《つなぎ》が済んだら線香店へ迎えに来い」

「任せてくんねえ。犬が二つ三つも鳴く間には近所をまわって、おっとり刀で浄念寺へ駆けつけまさあ」

余五郎が腰を浮かして米造に頭をさげ、芝居がかった仕種で尻をはしょって、ごめんよ、ごめんよ、と云いながら土間のほうへおりていく。勘助と義三も膝を立て、その膝を立てた勘助が、中腰で米造の顔をうかがう。

「で、二代目は？」

「俺は山谷堀へ向かう。向こうでも八百善に関して、なにか結果が出ているだろう。いずれにしても今夜が大詰め、鶴吉や隠居の口書きがとれたら、その旨をたき川へ報せておいてくれ」

勘助と義三が着物の裾と羽織の襟を直し、米造に目挨拶をして屛風の向こうへ小腰をかがめていく。米造は二人を見送ってから軽く息をつき、チロリの酒を杯についで、静かに咽をうるおす。探索が思うようにすすまなかった場合は富士武の闇討ちも考えていたが、もうその必要はない。だいいち闇討ちでは富士武ひとりの命が消えるだけで、家も商売も残ってしまう。生かしたまま首に縄をかければ家商売は闕所となり、罪状は世間に曝されて、身柄は三宅島送りになる。そのほうがたんなる死よりも、これまで富士武に地獄を見せられた貧乏人にとっては溜飲《りゅういん》もさがるだろう。

山谷堀へ出向く前に腹ごしらえをすることに決め、店の小女を呼んで、熱い蕎麦を注文する。

〈大川屋〉を出てから道を雷門前広小路にとり、風雷神門、仲見世《なかみせ》、随身門《ずいじん》、馬道、日本堤へと、吉原通いの遊客にまぎれて山谷堀の船十へ向かう。奥州辺の飢饉が目の前に迫っているというのに、江戸市民は気楽なもの。大工か左官体の町衆が三人五人と連れ立っては日本堤の往還をそぞろ行く。新鳥越橋周辺に散らばっている船宿もみなけっこうな繁昌で、各店の提灯が賑やかに大商人や旗本を吉原へと連れていく。そんな喧騒《けんそう》のなか、船十だけは軒行灯に灯を入れず、閉め切った腰高障子の内からは明かりもこぼさない。探索の本拠地は新鳥越町の自身番に移すよう指示したから、喜作も同心の神坂も下っ引き連中も今は向こうに詰めている。

米造は障子戸をあけ、灯も火もない店内へ入って、障子戸を閉める。土間わきの小上がりに清次の寝ていた布団はなく、それでも奥の暖簾向こうからかすかに、行灯の灯らしい明かりがもれてくる。

「ご免、お峰さんはいるか」

その声にこたえて暖簾奥に気配が起こり、すぐ下駄の音が聞こえて背の高いお峰が顔を出す。横鬢《よこびん》がほつれて目も相当に落ち窪《くぼ》んでいるが、腰をかがめて含羞《はにか》むように笑った口元からは、白い歯がこぼれ出す。

「たき川の親分さん、いらっしゃいまし」

「みなは自身番か」

「はい。たまに惣太が様子を見にくるだけで、お父っつぁんも音吉さんもずっと向こうに」

「で、清次は？」

「店先じゃあなにかと慌ただしいし、寒くもござんすから、あたしの部屋へ」

「世話をかけるな。お葉の話では、息も楽になった様子らしいが」

「まだちっと熱が。でもどうぞ、狭いとこですけど、こちらへお越しくださいまし」

お峰が腰を低めて米造をうながし、そのお峰にしたがって暖簾を割る。奥は竈《へっつい》や流し場が並んだ狭い水屋で、すぐ手前には二階への階段があり、土間のつきあたりが裏口の板戸。左手側には板の間があって障子が立てられ、その障子に行灯の明かりが映っている。

「狭くて、散らかしていて、本当に、ご勘弁くださいまし」

お峰が板の間から障子戸の部屋へあがっていき、米造もそれにつづく。内は四畳半で調度は古い桐《きり》の簞笥《たんす》がひと棹、そこに布団が延べられて遠州《えんしゅう》行灯がともされ、箱火鉢にはふんだんの炭火が熾《お》きている。裏庭に面しているらしい雨戸は閉め切られ、質素な部屋ではあるが、それでもかすかに白粉《おしろい》が匂う。昨日はうつ伏せだった清次も今日は仰向けで、額にはしぼった濡れ手拭いがおかれている。米造は清次の枕元に膝を折り、身をのり出して、しばらくその寝息に耳を澄ます。なるほど息の具合はだいぶ楽そうで、ここまでくればよほどの変事がないかぎり、命に別状はないだろう。

お峰が清次の額から手拭いをとって、耳盥《みみだらい》でゆすぎ、しぼり直してまた額にのせる。清次の口がかすかに動き、しかし言葉は出ず、閉じられた目も開かない。その首筋にうっすらと汗が浮いているのは熱と、炭火のせいだろう。

「お峰さん、なにからなにまで世話になって、済まんな」

「滅相もございません。お父っつぁんさえしゃんと……いえ、あたしさえ隅田村のご隠居様に、余計なお頼みをしなければ、清次さんもこんな災難《め》には遭わなかったはず。心底、申し訳なく思っております」

「お前さんのせいではないさ。目明かしが町衆の悶着に目を光らせるのは当然の仕儀。これはすべて、俺や清次の油断が招いたことだ。つまらぬことを気に病むな」

「もったいない」

「それよりお峰さん、少しは休まぬと、躰をこわすぞ」

「ご心配なく。ご覧のとおり根っから丈夫な体質《たち》ですから、四、五日寝ないだって、へっちゃらでございます」

「お前さんに倒れられたら清次の傷にまで障ってしまう。たき川には若い女手が多くあるゆえ、必要と思ったら、遠慮はいらん」

「女将さんにも仰有っていただきました。あたしみたいな者に、重ね重ね、ありがとう存じます」

そのとき布団のほうで、うっと声がもれ、米造とお峰が視線を清次の顔に向ける。額におかれた手拭いがかすかに動き、閉じていた清次の目が、ゆっくりと開く。

「お、清次……」

清次の目が焦点《しょうてん》を結ばないまま米造とお峰の顔を見くらべ、数呼吸のあいだ、無言の視線がゆれ動く。

突然清次の目に光が宿り、額の手拭いがずれて、肩が動く。同時にその口から絶叫に似た声がとび出し、夜着の下からさしのべられた手が、虚空《こくう》を摑む。

「清次、動くな」

お峰が清次の手をとってその額をおさえつけ、米造も片膝立ちになって、清次の肩をおさえる。

「動くな。動くと傷口に障る。起きなくていい。躰の力を抜け」

「お、親分……」

「心配はいらぬ。命は助かる」

「め、め、面目ねえ」

「いいから躰の力を抜け。傷が開いたら元も子もない。話は聞くから、とにかく今は、躰を休めろ」

　清次の肩から徐々に力が抜けていき、頭も枕におりて、うっすらと目が閉じられる。

　お峰がつと座を立って水屋へ歩き、すぐに土瓶をもって戻ってくる。

「清次さん、湯冷ましですよ。清次さん？」

　清次が吐息のような声をもらし、お峰が手拭いを使いながら、土瓶の注ぎ口を清次の口に近づける。清次の咽仏が動いて唇がふるえ、お峰がその唇に、少しずつ土瓶の湯冷ましを含ませる。火鉢の炭がはじけてぱりっと火の粉《ひこ》がとび、店外《みせそと》の往還を酔客の歌声が行き過ぎる。

「清次、ここが船十の家内《いえうち》であることは、分かるな」

　清次の目蓋が動いて舌先が唇をなめ、その様子を見て、米造がつづける。

「昨夜からお峰さんが、寝ずに介抱をしてくれた」

「う、う……」

「返事などしなくていいから、聞け。まずお前の傷だ。これは、相当の深傷《ふかで》ではあるが、養生で治る。腕のいいオランダ医の、見事な縫合だ。傷さえ癒えれば以降、身の動きに不自由は出まい。ただ当分は熱も出ようし、痛みもつづく。そのことは覚悟しておけ」

「お、お、親分」

「うむ？」

「面目ねえ」

「そんなことはいい。俺にもお前にも油断があった。探索に関してはここの喜作さんに門前の勘助、音羽の義三やその下っ引き連中まで動いているから、今日明日にも埒があく」

「す、済まねえ」

「お前を襲った者は、どんなことをしても、土壇場《どたんば》へひき据えてやる。それが叶わぬときは俺が斬って捨てる」

「あ、あ、あんちくしょう」

「お前を斬った男は、浪人だな」

「さ、さよう……」

「黒っぽい着流しで、痩せていて、相当に背の高い男か」

「ああ、や、そいつは……」

清次の目蓋が激しく動き、息が荒くなって、舌がしきりに唇をなめる。お峰がその清次の上にかがみ込んで、また土瓶の湯冷ましを飲ませる。

「辛かろうが、清次、お前を斬った者のことだけは、思い出せ」

「ろ、ろ、浪人」

「うむ」

「髭面の、ず、ずんぐりした、ふ、ふ、古袴の……」

「古袴の、ずんぐりした、髭面の浪人？　着流しの長身瘦軀ではなかったのか」

「三十五、六の、き、汚え面の、く、くそ、あの野郎め。ただじゃあ……」

がくっと清次の顎が落ち、しばらく目蓋がふるえて、それから長く、ほそい息がもれる。額にも首筋にも雨滴のような汗が浮かび、お峰が手拭いをしぼり直してその汗を拭く。清次を斬った男が米造に殺気を打ってきた浪人者か否か、これまで判断がつかなかったが、清次本人が否定した。相手があの浪人者でなかったことの訝《いぶか》しさと、反面どこかほっとしたような安堵感とで、思わず米造の肩から力が抜ける。

清次の目蓋も口も、もうそれ以上は動かず、炭火の燃える音と清次の静かな呼吸が閉め切られた狭い部屋で、細波《さざなみ》のように調和する。お峰は手拭いを濡らしてはしぼり、清次の顔から首からはだけた胸まで、根気よくその汗を拭きつづける。

「清次も、お峰さんが介抱してくれていると知って、安堵したようだな」

「いえ、そんな、べつに」

「済まぬがこのまま寝かせてやってくれ。今の様子なら明日あたり、また気も戻るだろう」

お峰が手拭いをていねいにたたんで清次の額におき、行灯が影をつくる横顔で、小さくうなずく。こうやって座っていればそれほど大柄にも見えないのに、それでも立って並べば清次より、やはり頭半分は出てしまうか。

米造は穏やかになった清次の寝顔を確認し、膝の向きを直してお峰に頭をさげる。

「これから自身番へ出向くが、清次のこと、くれぐれも、頼む」

「この身にかえましても」

「お峰さんも頃合いをみて、休むようにな」

「ありがとう存じます。そんなに仰有られると、あたしのほうが困ります」

腰をあげ、つづこうとするお峰を手で制してその四畳半の部屋から、外の板の間に出る。お峰も障子の前まで膝をすすめて畳に指をそえ、目顔で挨拶をする。米造は土間の雪駄に足をおろし、水屋の暖簾を割って、店から表の戸障子へ向かう。清次の容体に関しては懸念もなくなったが、探索のほうは、はたしてどうなるものか。音吉あたりが八百善の首根をおさえる情報《ねた》でも摑んでいればいいが、もし田沼まで絡んでいるとなれば、話はそれほど単純ではないだろう。

山谷堀を一町半ほど吉原方向へくだると、往還の左手側に馬頭観音《ばとうかんのん》をまつった小祠《しょうし》が見えてくる。その観音先を左に折れたところに付近の自身番屋があって、閉め切った腰高障子の内にふんだんの灯火がうかがえる。吉原と新町の弾左衛門には自治権があるから、周辺の新鳥越町や寺領地町の自身番など、この一屋でじゅうぶんなのだろう。割板の柵で囲われた敷地内には刺股《さすまた》や突棒《つくぼう》などの捕り物道具、消火用具の纏《まとい》や鳶口《とびぐち》などがとりあえず自身番らしく、整然と並んでいる。自身番屋の戸障子は真冬でも開け放ち、というのはたんなる建前。定町廻りの見廻りどきはともかく、冬はどの町内の番屋もちゃんと表戸を閉めている。

米造はその閉め切ってある戸障子を開けて、身を内に入れ、うしろ手に戸を閉める。座敷で火鉢を囲んでいた五人の男がいっせいに顔をあげ、それぞれに腰を浮かして米造に頭をさげる。狭い座敷に火鉢は二つ、一方の火鉢前には同心の神坂と船十の喜作、それに上等の絹物で着膨れた小柄な年寄りが、ちょこんと座っている。もうひとつの火鉢には書役らしい男と町役人代理の大家体《てい》がいて、さし入れでもあったのか、部屋の中央には三つがさねの重と一升入りの貧乏徳利が二本、でんと置かれている。寒風に慣れている米造には火鉢の暖も閉口だが、年寄りが二人もいるのだから、これは仕方ない。

雪駄を脱いで部屋の中央に座を占めた米造に、着膨れの年寄りが膝を直して、からくり人形のように低頭する。藁屑《わらくず》でものせているのかと思うほど貧弱な髷《まげ》に干し杏子《あんず》のような皺顔、一見百歳にも見えるが、実際は七十をすぎた程度だろう。

「堀江町の親分様、お初にお目にかかります。手前は田町《たまち》と新鳥越町で名主をつとめます、吉田屋重兵衛《よしだやじゆうべえ》でございます。この度は町内の不始末でお手数をおかけし、まことに、相済まないことでございます」

「いや。こちらこそ捕り物の不手際で、名主殿にはご迷惑をおかけする。ですがこの騒動にも目処《めど》がつきましたので、ご町内の衆にはご安堵のほどを」

「さようでございますか。なにせ八百善は町内と申しましても、なんといったものか、手前どもにとってはお旗本屋敷のようなもの。つき合いのほうも、とんと疎遠《そえん》でございましてなあ。揉めごとも公事《くじ》ごとも町役人をとおさず、勝手な始末をいたして
おるようで」

　町名主の重兵衛が着物の襟内に首をすくめ、ほとんど残っていない短い髷を、ちょんちょんと指でつく。八百善にしてみれば客の多くが旗本や江戸町人の有力者、くわえて町奉行所の内与力まで取込んでいるとなれば、こんなちっぽけな町の町役人など眼中にないのだろう。今回の始末にしても、お美代が男であれ女であれ、最初から町内に礼を通していればこれほどの騒動にはならなかった。その累《るい》が内与力の山科や札差の富士武、そしてそのうしろの田沼にまでおよんだら、どうせ遠島や闕所《けっしょ》程度では済まなくなる。

　書役の男が米造の前に丸盆を置き、腰を低めて火鉢の前へ戻る。盆には筒茶碗の酒と沢庵、それに金山寺のなめ味噌がそえてある。神坂や喜作、重兵衛や大家までが赤い顔をしているのは、火鉢のせいではないだろう。

「神坂さんに喜作さん、実は、蔵前で……」

　筒茶碗に口をつけ、端座の姿勢で番屋内を見まわしてから、米造は視線を神坂と喜作に向ける。

「札差の富士武の首に、縄をかけられる仕儀になった。これで騒動の半分は片がつく」

神坂、喜作、重兵衛、それに話を承知しているのか大家や書役までもが居住まいを正して、米造に首をめぐらせる。

「富士屋武五郎が十日ほど前、陸尺町で七、八歳の子供を強姦《てごめ》にしたという事実が、つかめてな」

「そいつは……」

「富士武にとっては日ごろからの、つまらぬ道楽。しかし今回は相対済ましがされておらず、子供の親も得心はしていない。子供、親、証人などから口書きをとらせているから、その気になれば今夜にでも首根をおさえられる」

狭い番屋内の暑い空気がねっとりとざわめき、吐息や衣擦《きぬず》れ、煙草盆をひき寄せる音などが、つかの間つづく。浅草のはずれ町といってもとなりには吉原があり、名主も大家たちも富士武の豪遊と非道は、どうせ耳にしている。

「ですが、二代目殿……」

神坂が濃い眉をゆがめて肩をつっ張らかせ、すっかり赤くなっている細い顔に、てらっと行灯の明かりを光らせる。

「その、あれですなあ。せっかくこちらで探索をすすめ、悪名高い札差をお白洲へひき出せるというのに、今夜捕縛したのでは手柄が、月番の南町奉行所へ行ってしまう」

「いや、富士武にとっては江戸で過ごせる最後の正月。捕縛はたっぷり肝を冷えさせたあとの、年明けにしよう」

「おう、それでは、拙者の初仕事に」

「そういうことかな。それに富士武の身柄を北町に預けて、曲淵の出方をみたい」

「北町の、お奉行の？」

「南町の牧野さんなら富士武の始末、まず遠島で決まり。しかし田沼の息がかかっている曲淵では、はたして、どうなるか。最悪の場合は富士屋武五郎、無罪放免にされるかも知れぬ」

神坂の赤い顔から一瞬酒の気がひき、喜作や町役人たちの気配にも、ざわざわと動揺が走る。もっとも名主や大家の恐縮は町奉行を曲淵、牧野さんと云い捨てる、米造の気骨にあるのだろう。

「しかし、その、仮にですなあ。まさかとは思いますが、北のお奉行がご懸念のようなお裁きを出された場合、これは、元も子もないことに」

「そのときはそのとき。富士武の首ぐらい闇夜にでも斬りおとせる」

「あ、あ、はあ」

「冗談だ。真に受けるな。詮議や罪状の決定が吟味方与力の裁量にあることは知っている。それはそれとして、今回の件に関して曲淵が動きを見せるかどうか、そのあたりを見極めたいのだ」

ほっと肩の線をゆるめた神坂に、横から重兵衛が酌用の一合徳利をさし出し、その酒を神坂が筒茶碗に受ける。神坂には「冗談だ」と云って場をつくろったが、札差のひとりぐらい斬って捨てる覚悟は、もとよりできている。しかし内与力の山科大三郎は旗本曲淵家の、私的な用人。町人の富士武はともかく、山科は一応武士でもあることだし、いくら汚い金に手を染めているといっても、それだけでは白洲にひき出せない。場合によっては大川にでも流さなければならず、そしてそのとき曲淵甲斐守は、どう出るのか。飢饉や棄民の流入が間近に迫っている今、町奉行と蚯蚓《みみず》御用とのあいだでつまらない悶着を起こしている暇は、本来なら、ないはずなのだが。

「蔵前のほうはそんな段取りになったのだが、さて、こちらは」

それまで煙草を吸っていた喜作が、動く左手でこんとキセルの雁首を打ち、神坂の向こうから皺顔をつき出す。

「二代目、それは万事神坂の旦那がご手配なすって、下っ引き連中が四方へ散っておりますほどに」

「うむ、で？」

「八百善もさすがに、今日は店を閉めてるとか。酒魚から野菜などを納める商人、女中に下働きの男衆に、八百善の内証を当たらせてございます。それで分かったことなんぞが、ぽつりぽつりと」

喜作が「神坂の旦那が」と云ったのはもちろん、名主や大家に対して町奉行所定町廻り同心の顔を立てたままでのこと。神坂が半刻ごとに八百善へ示威《じい》行為をかけることも、下っ引き連中がこれ見よがしに聞き込みを仕掛けることも、すべて札差の富士屋への対応と同じもの。その方策は昼間のうちにたき川で勘助たちと申し合わせてある。

「そんなこんなで二代目、手前にも初耳のことが、ちっとばっかし知れてございます。まず八百善の今の亭主、善右衛門《ぜんえもん》てえ男は親戚筋から入ったとかいう、養子なんだそうで」

「歳は？」

「五十のちょいと先でしょうかね。それはともかく、先《せん》だってに死んだお美代も妹娘のお喜代《きよ》も、まず店のほうへは顔を出さねえんだとか。八百善てえのは店と住まいが別棟になっておりまして、女中も男衆も、それぞれに行き来はしねえようでございます」

「そういうふうに所帯を別にして、隠しておきたいことがあったわけだな」

「へえ、どうせそんな見当で」

「過日のお美代が男だったという事実は、噂にも出ていないのか」

「へえ、そんな噂……」

出しかけていた言葉を途中で呑み込み、喜作が皺深い目を白黒させて、ぽかんと口をあける。名主の重兵衛も着物の襟から亀の子のように首をのばし、大家、書役さえも膝を直して、唖然とお互いの顔を見くらべる。

「ほーう、過日の娘が、男であったと」

同心としての威厳を示すつもりか、神坂が深く息を吸って、その息を鷹揚《おうよう》に吐く。

米造は酒を口に含んで少し襟元をくつろげ、胸の内だけで、くすっと笑う。

「先ほど云った陸尺町の子供も、実は男子でな。もっとも富士武は男女の別に関係なく、無力で愛らしきものを甚振《いたぶ》って喜びを得るという、心の病があるらしい」

「まあ、金の呪いで、病を得たものでしょうかなあ」

「金の呪いに権力の呪い。老中の田沼もひそかに、八百善へ通っている」

「ほーう、ご老中まで」

「そしてなぜかその田沼にも、衆道の癖があるという。色事の好みなどは人の勝手、しかし八百善でなにが行われていたか、おおよその見当はつく」

神坂が太い眉をゆがめて口をつぐみ、ほかの一同もざわめきは起こさず、天井を眺めたり火鉢に手をかざしたり、呆れ顔でそれぞれ居心地の悪さをやり過ごす。札差の悪行も老中の行状も、もともと市民には無縁。そうはいっても度を過ぎた醜聞《しゅうぶん》は江戸者の心意気を逆撫でする。

「ですが、あれですなあ、もしもご老中までが、その……」

「田沼が表に出てくることはあるまい。いずれにしても今はお美代が男であったか否かを、たしかめるのが先。臨終《りんじゅう》を看取《みと》ったとかいう医者を探し出せば、手証も得られる」

「二代目、そいつはうちの惣太が」

「医者を？」

「あのぼんやりにしちゃあ、珍しいことでございますがね。医者の名前は村井良宅《むらいりょうたく》とかいうそうで、住まいは上野の御徒町《おかちまち》。一刻半ばかし前に音吉さんと二人で、上野へすっ飛んでめえりましたが」

「音吉とか。ちと頼りない気もするが、医者の名と住所《ところ》さえ知れていればあとはどうにでもなる」

「へえ。それよりもちょいと怪風《けぶ》なのは、八百善の伊佐治《いさじ》てえ板前の姿がここ二、三日、見えねえんだとか」

「板前の姿が？」

「下っ引きが女中を脅かしたか小遣いをくれたか、そんなことで、聞き込んできたことでございます」

「ここ二、三日というのは、清次が襲われた前か、あとか」

「あの日の夜中時分から、ということらしくございますが」

「板前の伊佐治か。その男が清次の襲われたあとに姿を消していて、いまだに消息知れず。となると、これは、探さねばならんな」

「二代目殿、手前もそう判断しましたゆえ、手の空いている下っ引きをすべて、伊佐治の探索に当たらせました」

「さすが切れ者と評判のご同心、お見事な裁量です」

「はあ、いや、それぐらいのことは、捕り物のイロハでございますれば」

元佐伯道場の同門ではあることだし、とりあえずは神坂に花を持たせる。当初は曲淵や田沼への内通も懸念されたが、この呑気な顔からして、その心配はないだろう。

書役が神坂や喜作の前から空の徳利を集めてまわり、その徳利に貧乏徳利から酒を注ぎ足して、またそれぞれの前に配る。普段は町内の暇人連中との茶飲み話ぐらいしか用のない番屋だろうに、同心や岡っ引きの元締めにまで出張られては、内心は書役も大家も、気詰まりか。

米造は金山寺味噌をなめてから酒を口に含み、暑すぎる座敷の空気に、手拭いで額の汗をおさえる。

「そういえば、ここへ来る前に船十へ寄ってみたのだが、そのとき清次の気が一時だけ戻ってな。自分を襲った浪人者の風体を古袴をはいた三十五、六の、ずんぐりした髭面男だったと。この町内近辺にそんな浪人者は、おらぬか」

喜作に重兵衛、それに大家と書役が首をかしげながら顔を見くらべ、重兵衛がもぞもぞと尻を動かして、紬《つむぎ》の襟合わせをととのえる。

「親分様のお話をうかがいますと、ナンでございますなあ、俗に申す、尾羽《おは》打ち枯らした貧乏浪人といった体《てい》」

「まずは、そんなところ」

「それでございますと、この近辺ではあまり、見かけませんようで。ご承知のとおりこのちょいと先は吉原、その吉原のドブ板女郎でさえ貧乏浪人など、相手にはいたしません。また山谷堀周辺はみな小町ではございますが、住まいますのは吉原に出入りする芸者や三味線の師匠など粋筋が多く、貧乏なご浪人では、ちと敷居が高いかと」

米造をとり巻く一同がしたり顔でうなずき、米造も婿入る前のおのれを思い出して、苦笑をかみ殺す。云われてみればなるほど、貧乏浪人が生計《たつき》を立てるには不便な土地柄のようで、しかしそれなら清次を襲った浪人者は、どこから湧いて出たのか。八百善から姿を消したという板前と尾羽打ち枯らした浪人者、その二人を追うことで八百善の首にまで、縄をかけられるかどうか。

そのとき番屋の外に大きく人声が起こり、勢いよく戸障子が開いて、三人の男がもつれるようになだれ込んでくる。一人はまっ赤な顔で股間に緋縮緬の褌をちらつかせた船頭の音吉、もう一人は船十の惣太。そしてその惣太に帯うしろを摑まれている坊主頭は、ことの成りゆきからしてお美代の臨終を看取ったという、医者の村井良宅だろう。

「あれあれ、親分、嬉しいねえ。天晴《あっぱ》れ音吉様の晴れ姿。おいらがこの医者《やぶ》をしょっぴいてくることを、最初《はな》からお見通しだよ」

音吉がずるっと鼻水をすすって見得《みえ》を切り、緋縮緬の褌をちらつかせたまま、框の端に腰をのせる。いくら粋が売り物の音吉でも外は相当に寒いらしく、框から腕をのばして、すぐ火鉢に手をかざす。

「音吉、しょっぴいてきたといっても、一応はお医師殿だ。それなりの罪状はあったのだろうな」

「親分、おいらそういうまどろっこしいことは、性に合わねえ」

「お前の性だけで世間は通らぬ。お医師殿がこれこれこうと、お前の非道を御番所へ訴え出たら、どうする」

「やだよう親分、どうするったって、おいら、そんなこと」

坊主頭の村井良宅が惣太の手をふり払い、乱れた裾と黒い長羽織の襟をつくろって、場を威嚇《いかく》するように、大きく空咳をする。固太りの赤ら顔にぎょろりとした目、羽織も上等の羽二重《はぶたえ》で帯も献上の博多《はかた》と、贅沢に決めている。血色はいいが首まわりの肉はたるんでいるから、歳は四十を出たあたりか。

「お役人様、手前は御徒町で本道の医者を営みます、村井良宅にございます。こちらの若い衆に訳の分からぬことを云い募《つの》られ、とんだ迷惑。それにあろうことかこの寒空に小突きまわされ、仕方なくこうやって、出向いてきた次第。どうか理の通ったご分別を、願いたいものでございます」

良宅の言葉は同心の神坂にかけられているが、目配りは座敷の全員に向けられていて、口調には安堵と同時に、威嚇の気配も混じっている。内与力の山科に手をまわせば同心の一人ぐらい懐柔《かいじゅう》できると、その目つきも語っている。

「お医師殿、うちの若い者がご無礼を働いたようで、たき川の米造、この通り、お詫《わ》び申しあげる」

米造の名乗りに良宅が一瞬表情をかえ、しかしすぐに威厳をとり戻して、赤ら顔に薄笑いを浮かべる。

「ねえねえ、親分。こんな野郎に頭なんか、さげちゃいけないよう。このヤブ医者め、近所の評判もさんざん。子供が熱を出そうと年寄りが腰を抜かそうと、金の顔を見なけりゃあ唾も吐かねえ。その上女房を追い出すわ妾をひき込むわ、太え野郎だあ」

「根も葉もなきことを。手前は故沢井純桂《さわいじゅんけい》先生のもとで十年余も医術を学び、先生より直々の看板を賜った本道医。近所で何を聞き込んだかは知りませぬが、そのような戯言《ざれごと》はしょせん、貧乏人の僻《ひが》みでございますよ」

良宅が薄笑いを浮かべたままの顔で、またこほっと空咳をし、羽織の裾をさばきながら框に腰をのせようとする。

「お医師殿、座っていいとは、申しておらぬぞ」

「いや、しかし」

「子分の無礼は無礼。だが江戸町人の治安を預かるこの自身番屋に、お前さんの汚い尻をのせるような畳は、ひと目なりとも備えてはおらぬ」

「いよっ、たき川の二代目、日本一」

「音吉、バカを云っておらず、早くこの幇間《たいこ》医者を土間へひき据えろ」

「そうこなくちゃいけないよ。がってんだあ」

音吉が腰をあげて良宅の脛《すね》を蹴飛ばし、よろける良宅の肩に手をかけて、「この野郎」と云いながら、その躰を土間にひき据える。

「ご、ご、ご無体な。この村井良宅、お旗本衆や日本橋の……」

「なにが日本橋だい。てめえなんざ二本の箸で金持ち連中の食い残しを漁って歩く、禿鷹《はげたか》野郎だあ」

「よ、よくも、そのような悪口雑言《あっこうぞうごん》。許しませんぞ」

「なあ良宅さん、お前さんが蔵前の富士武やそこの八百善へ出入りしていることぐらい、最初《はな》から承知している。北町の内与力、山科大三郎とも入魂《じっこん》なのだろう」

「それを承知でこの村井良宅を……」

「だから八百善や富士武、山科とどれほどの入魂なのか、それを聞きたくて来てもらったのだ。荒井町の曖昧宿で頓死した八百善の娘、そのお美代の死を腸詰まりによる癪熱と謀《たばか》ったお前さんの罪、もはや明白」

「う、いや、それは」

「神坂さん、人の生き死にに関わる届けで奉行所《おかみ》を謀った罪、どれほどになろうな」

「さーて、なにせ死人の出ている事案ゆえ、家財没収の上江戸重追放と、そんなところですかな」

「ま、まさか、いくらなんでも」

「良宅、このたき川を年若《としわか》と思って、見くびってもらっては困るぞ。お前さんにお美代殺しの罪を着せてその太首、獄門台へさらすぐらいの裁量がないと思っているのか」

「いえ、そのようなこと、滅相もない」

「頓死などと謀りおって、大方お前さんがお美代に、石見銀山でも盛ったのだろう」

「いえ、いえ、決して、そのようなことは決して、嘘偽りなく、手前、いっさい、身に覚えのないことでございます」

良宅の坊主頭からたらりと汗が流れ、赤ら顔から血の気が失せて、唇がふるえる。この江戸でまともな医者は大名家や大商人家へ出入りする、本道医ぐらい。ほとんどは貧乏が高じて髪結床《かみゆいどこ》へ行けず、仕方なく頭を丸めてついでに医者でもやってみるか、という輩で、良宅もどうせ似たようなものだろう。清次の手当てをした長谷川順庵が技量《うで》のいい蘭方医だったことは、ただの幸運なのだ。

「なあ、良宅先生」

米造は筒茶碗の酒で口中をしめらせ、膝の上で微妙に動く良宅の白い指を眺めながら、ひとつ息をつく。

「お前さんは今、この場さえしのげれば内与力の山科に連絡《つなぎ》をとり、この件をもみ消そうと考えているだろう」

良宅の口元がぴくっとひきつり、首の肉がゆれて、薄い眉がゆがむ。

「いえ、決して、そのようなことは」

「どうでもいいが、山科には腹を切らせるつもりだから、駆け込んでも無駄だぞ」

「あ、はあ、いや」

「ついでに云うが、蔵前の富士屋武五郎の首には縄をかける。三宅島でゆっくり余生を送ってもらおうという、俺の親心だ。さてそこでお前さんは、どうする。田沼に泣きついたところで、たかが幇間医者の命を救うぐらいのことに老中ともあろうものが、のこのこ顔を出すと思うか。あくまで八百善をかばうか、おのれの命を惜しむか、好きなように分別するがいい」

膝の上で良宅の指がこぶしを握り、そのこぶしが弛んだり固まったり、数呼吸のあいだ、息荒くくり返される。

良宅が突然顔をあげ、それから居住まいを正して、今度は乞食がものでも乞うように、両手と額を、ばったりと土間につく。

「恐れ入ってございます。この村井良宅、自分の身、すべて親分様にお任せいたします」

良宅が土間に低頭している間、番屋内の全員が静かにそれぞれの顔を見交わし、目の合った神坂が米造に向かって、舌を出しそうなほどに顎をゆがめる。いくら米造でも良宅を、まさか獄門首にもできないだろうが、このあたりのハッタリは先代の米造、今は隠居した美水から学んでいる。

「そうと得心してくれれば、良宅さん、こちらに異存はない。話の具合によっては定町廻り殿の、目こぼしがあるかも知れぬ。ちがいますかな、神坂さん」

「うむ、いかにも」

「書役さん。お医師殿も唇が冷えていては言葉を出しにくかろう。その酒を、少しばかり」

「おっと、そいつはおいらが」

音吉が座敷へいざってきて貧乏徳利から茶碗に酒をつぎ、その茶碗を良宅に手渡して、自分でも空いている茶碗に酒を注ぐ。惣太だけは相変わらず戸前に立ったままだが、大家と書役は膝をくつろげて火鉢に手をかざし、喜作と重兵衛はすでにキセルを吸いつけている。

「まず良宅さん、訊《たず》ねたい」

「は、はあ」

「八百善のお美代、世間には娘として通っていたらしいが、実は男子であった。ちがうか」

「まことにもって、ご明察」

「どのような仕儀で八百善は倅を娘と謀っていたのだ」

「それが、手前も、当初のことは存じません。ただ男子にても虚弱に生まれた子供は元服までのあいだ、女子として育てる習慣が間々《まま》ございます。ですから、大方は、そんなところかと」

「お前さんはいつからお美代の素性を?」

「しかと存念いたしましたのは、過日の、通夜の前。ですが……」

「それよりも以前に?」

「幾年《いくとし》か前、母屋に招かれまして、寝込んでいる娘の脈をとったことが。それはただのはやり風邪でございましたが、その脈を診《み》たとき、ちと……」

「娘にしては骨が太かったか」

「さようにございます。ですがまあ、そのような女子も世間に、なくはございませぬゆえ」

ごほっと息をつめたのは喜作で、たぶん目の前にお峰の顔でも浮かんだのだろう。

「そこでだ良宅さん、肝心なお美代の死因、お前さんはなんと診る」

「さて、手前の診ましたところ」

良宅が酒の茶碗を頭の上に押しいただき、いくらか医者らしい威厳をみせて、ぎょろりと目を見開く。

「あの日八百善からの使いが参りまして、さっそく出向いてみますと、話はこれこれ。本所のどこそこでまずいことになったのだが、一応見立ててもらえまいか。ついてはうすうす承知かも知れないが、実はお美代は美松《よしまつ》といって、倅を娘として育てていたもの。そのへんのところをよく了見《りょうけん》してもらいたいと」

「よく了見する見立て代として百両ほどもせしめたか」

「あ、いえ、べつに、手前は」

「まあいいさ。で、見立ての結果は？」

「はい。腰巻までめくって検視いたしましたなれど、打ち傷切り傷絞め傷など、いっさいなく。また口中に毒の臭いなどもなきゆえ、大方心の臓がポックリとまったものかと。もともとが蒲柳《ほりゆう》虚弱な体質《たち》とも聞いておりますし、まずこの見立てに、相違はございません」

「お美代の件は分かった。お前さんの話も見立ても、今は信用しておく。ところで、お美代を男子と承知していた者は、八百善の客にどれほどいたと思う」

「いかがなものか。手前に公言した覚えはなく、またお歴々の宴席に招かれました折りにも、そのような話、耳にしたことはございません」

「みな田沼を憚って口にしなかったと、それだけのことだろう」

「手前などの町医者に、そこまでは、分かりかねますが」

「だがお前さんは、お美代が田沼の愛玩物《あいがん》であることを知っていたのだな」

「その、なんと申しますか、それは、いろいろ、あれやこれや、そういう事情で、そんな訳合いでございます」

どんな訳合いかは知らないが、相手は権勢をほしいままにする田沼主殿頭。その衆道癖もお美代への寵愛《ちょうあい》も、知っているか否かにかかわらず、誰も口になどしなかったろう。しかしいつか喜作も云っていた、「八百善の繁盛は田沼が老中に就任した十年ほど前から」という話も、お美代とのいきさつで説明はつく。そのお美代が荒井町の松葉屋で富士武と逢引きをし、かつ頓死までしてしまったのだから、八百善、富士武、山科が泡をくらうのは当然のこと。今回の騒動、その筋書きですべて合点はいくが、そこに清次の災難が、どうかかわるのか。

「ねえねえ、親分。それだてえと、清次兄いは……」

音吉がぐびっと酒を飲みほし、貧乏徳利に手をのばしながら、金壺眼を精いっぱいに見開く。

「清次兄いはいったい、誰に斬られたんだろうね」

「古袴をはいた三十五、六の髭面浪人だという」

「なーんだ、それじゃあ八百善の用心棒かあ」

「いや、お若いの。八百善にそのような用心棒は、おらぬと心得るが」

「良宅さん。お前さん、たき川の船頭が八百善の裏手で斬られたことを、どこで知った？」

「それは八百善より、男衆が報せに」

「ということは八百善も承知しているわけだな」

「そうなりますかなあ」

「で、八百善が報せに来て、なんと」

「困ったことになったが、これ以上騒ぎが広がらぬよう、当分は鳴りを潜めるのが良策と」

「今ごろ鳴りを潜めても遅いが、良宅さん、板前の伊佐治という男は知っているか」

「手前、調理場のことにまでは、不案内にございますれば」

「それもそうだ。しかし伊佐治という板前の消息、八百善とのかかわりで耳にするようなことでもあったら、ぜひ報せてもらいたい」

「それはもう、間違いなく、ご注進申しあげます」

　良宅がぐびりと酒を飲みほして深く息をつき、やっと頭の汗を思い出したのか、懐から手拭いをとり出して、ていねいに汗をふく。どうやら自分の首が飛ぶことまではあるまい、と理解したらしく、息遣いや目つきに幇間医者らしいふてぶてしさが戻ってくる。

「さて、いかがかな神坂さん、高名なお医師殿ゆえ、まさか夜逃げをする心配もあるまいと思うが」

「さようですな。堀江町の元締め殿を謀れば、首などかんたんに肩から離れることも存じておりましょう」

「良宅さん、聞いたとおりだ。この寒空にわざわざ番屋まで来てもらって、礼を云う。今夜のところはひきとってくれて、構わぬ」

ほっとしたような顔で膝を立て、框に茶碗を置きながら、良宅が座敷の一同にぎょろりと目を配る。

「それでは皆様、ご無礼をいたします。手前の不心得からあれやこれやお騒がせをして、申し訳ないことでございました」

手拭いで膝を払いながら良宅がきびすを返し、その良宅の肉の厚い背中に米造が声をかける。

「だが良宅さん、初詣はご府内に留めておけよ。川崎《かわさき》の大師あたりまで足をのばしたら逃亡とみなして、追っ手をかけるぞ」

良宅が一瞬ぎくりと首をすくめ、それでも足はとめず、そそくさと戸障子をあけて夜の闇にまぎれていく。惣太がしばらく良宅のうしろ姿を見送り、それから戸障子を閉めて、框の一番端に腰をおろす。あれだけ威《おど》しをかけられた良宅に、まさか虚言《きよげん》をとおす度胸もなかったろうから、まずその言葉は信じられる。これで八百善を中心にしたお美代、田沼、富士武、山科とすべての関係は明白になったが、まさか衆道の癖があるからといって老中に切腹を迫るわけにもいかず、八百善に対しても、倅を娘と云いつくろったからといって店仕舞《みせじま》いも迫れない。清次の一件さえなければ、なんのことはない、たんに金と欲と色に目がくらんだ亡者どもが演じた田舎《いなか》狂言。本来なら定町廻りや蚯蚓御用までが顔を出す幕など、なかった芝居なのだ。

神坂が肩を上下させて顔をしかめ、筒茶碗を手のひらにのせたまま、肩をつっ張らかす。

「しかし、あれですなあ、良宅の話だけではなかなか、八百善の首に縄は……」

「清次の件にしても良宅に『困ったことになった』と云ったらしいから、八百善の仕掛けではないだろう」

「鍵は姿を消している板前の、伊佐治ですか」

「まずはそういうことかな。喜作さん」

「へ、へえ」

「この一件、最悪の場合、大山《たいざん》鳴動して富士武の首ひとつ、という顛末《てんまつ》になるかも知れぬが、それでお前さんの憤懣《はら》は癒えようか」

「そりゃもう、わっしがつまらねえ繰言《くりごと》を云ったばかしに……」

喜作がこんとキセルを打って腰をのばし、皺顔をひきしめて、重兵衛、神坂、米造に深々と頭をさげる。

「皆様方にこんな煩《わずら》いをおかけして、相済まねえことでございます。八百善も相当に肝を冷やしましたろうし、くわえて富士武の首。この年寄り、もういつ死んでも本望でございますよ」

「八百善のように虚飾を膳に盛って暴利をむさぼる商売、俺も本心では斬って捨てたいほど腹が立つ。いつかは灸《きゆう》を据えねばなるまいが、それはまた、べつの機会《おり》になるかも知れぬ」

「あれもこれもすべて、二代目にお任せいたします」

「承知した。音吉、聞いてのとおりだ」

「ええと、親分、なんのとおりだって」

「師走もおしつまった吉原の周辺町、目明かしだの下っ引きだのがいつまでも嗅ぎまわっていては、町衆が迷惑すると」

「船十の親分が？」

「うむ」

「そうかねえ。おいらにはまるで聞こえなかったけどね」

「心の耳で聞けばちゃんと聞こえる」

「あれあれ、あんなこと云ってるよ。心に耳なんぞ生えてるわきゃねえのに、どうも親分の云うことは、お武家の癖が抜けなくていけねえ」

音吉が金壺眼をぱちくりやって着物の襟を合わせ、肩に豆絞りの手拭いをかけ直して、筒茶碗の酒をくいっと呷《あお》る。米造は懐から財布と鼻紙入れをとり出し、財布に入っている二両ほどの小粒金を、ざらっとあける。

「芳松や正太もこの近辺に散っているのだろう」

「そりゃもうみんな、息を切らして八百善を攻めてるよ」

「板前の行方を追っている下っ引きだけを残して、お前たちは矛《ほこ》を収めていいぞ」

「ええと、親分がそう云うんなら、おいらに異存はないけどね」

鼻紙で包んだ金を音吉の膝に放り、空の財布と鼻紙入れを懐へ戻す。

「親分、この金は？」

「いくら音吉兄いが男前でも、資金《もとで》がなくては吉原《なか》へくり込めまい」

「え、え、えーえ？」

「正太や亀二郎にも声をかけて、今夜はゆっくり遊んでこい。ただし、あまり、羽目《はめ》をはずしすぎぬようにな」

音吉が金包みを握りしめてやおら片膝を立て、芝居がかった仕種で、大きく見得を切る。

「どうだい皆の衆。親分の心の耳ってのは、まるでお釈迦《しゃか》様の耳だよ。おいらがちょいと気持ちの端で思っただけで、みんな聞こえちまうんだから」

「お前の思いぐらい耳で聞かなくても、顔を見ればわかる。四の五の云っておらず、早く芳松たちの躰を温めてやれ」

「おっと、がってんだあ。それじゃ神坂の旦那に船十の親分、それに並みいるご一統様。まっぴらご免なすって」

音吉が勢いよく裾をまくって土間にとびおり、ほっほっと声を出しながら戸障子をあけて駆け出していく。名主の重兵衛も大家たちも笑いを堪え切れないように、下を向いてなにやら、もぞもぞと顎をさする。

「神坂さん、俺たちのような無粋《ぶすい》な人間がとぐろを巻いていては、町内も迷惑。伊佐治の探索は下っ引き連中に任せて、今夜のところはひきあげよう」

神坂が右手側に置いてある刀をとりあげ、その鐺《こじり》でとんと、畳をつく。重兵衛、喜作、大家、書役がそれぞれに居住まいを正し、腰をあげた米造と神坂に頭をさげる。

「さて、あとは清次を斬りつけた浪人者だけ。これも板前を探し出せばおのずと目処は立つ」

五

昼四ツ刻の陽射しを受けた若い者の肩が、てらりと光る。搗《つ》き方も返し方も双方が片肌脱ぎで頭に手拭いを巻き、草履もどこかへ蹴飛ばして尻を大きくはしょっている。たき川の店前に据えた臼にも日が当たり、往還の人まで足をとめるなか、よいしょ、ほい、よいしょ、ほいと賑やかに餅が搗かれていく。は組の若い衆はもう七ツ刻から餅を搗いているそうで、今日もたき川が三軒目。この十五日すぎから始まったひきずり餅も除夜の鐘が鳴るまで、あと七軒もつづくという。

「ほい、一丁あがりだい」

搗き方が手をとめて杵先を桶につき入れ、返し方がほらよっ、ほらよっと臼から餅をすくいあげて、その搗きあがった二升餅を女中のお清が延板《のべいた》に受ける。襷《たすき》に前垂れかけのお清も、はいはいはいっと声をあげながら餅を店内《みせうち》へ運んでいく。餅つきの若い衆にはお種がすぐ茶碗酒をさし出し、鳶の者が一気にその酒を呷って、「うーい、御馳走様《ごち》」と声をそろえる。その酒を飲み終えるやいなや、もう調理場見習いの捨吉《すてきち》が蒸しあがった米を運んできて、臼にあける。そして今度は控えの若い衆が杵を担ぎあげ、休む間もなく、よいしょ、ほい、よいしょ、ほいと餅を搗きはじめる。たき川ではこの二升餅が二十臼、そんな大量の餅をどうするのか、と思ったが、これには神田で所帯を持っているお種の弟夫婦、同じく近くの長屋で所帯を持っている番頭の利助と料理人の弥吉、それに隅田村の隠宅と船十のぶんまでが含まれるという。去年の米造は北森下の長屋でとなりの女房《かみ》さんから、二つ三つの餅をふるまわれただけ。白河から江戸へ出てきて以来、どの正月も似たようなものだった。この威勢のいい餅つき風景を眺めながら、故郷の白河では今年、餅など搗けているのだろうかと母親のことを思い出す。

暖簾が割れて、内からお葉が顔を出し、ちょっと口を尖らせながら米造のほうへ下駄を鳴らしてくる。

「ねえお前さん、云いたくはありませんけどさ。ちょいと船頭たちを、甘やかしすぎじゃあござんせんか」

「音吉たちはまだ起きないのか」

「起きるには起きましたけど、手伝いもしないで、帳場でごろごろ」

「勘弁してやれ。一昨日《おとつい》からみんな寝ていなかったし、騒動にも目処が立って肩の荷がおりている」

「そりゃ承知してますけどさ。寝てないなら早く帰ってきて、ちゃんと寝ればいいものを。どこをほっつき歩いてたんだか、四人ともへべれけで朝帰り。これがお父っつぁんならみんなの頭に、ひとつ二つ拳骨を落としてますよ」

音吉たちもまさか、大門の木戸があくまで吉原に入り浸《びた》っていたわけではないだろうが、帰ってきたのは今朝の明け方。みな独り身の遊び盛りではあるし、探索にも区切りがついたのだから仕方ない。富士武のほうも子供と親と隠居からの口書きがとれて、あとは三が日明けにでも神坂に縄を打たせればいい。八百善と山科大三郎の始末はなにか工夫も必要だろうが、これは板前の伊佐治と清次を襲った浪人者を見つけ出したあとでも遅くない。除夜の鐘を聞くまでにすべて決着、というわけにはいかなかったが、少なくともお葉と二人、洲崎まで初日の出を拝《おが》みにいく約束だけは守れるだろう。

「ねえねえお前さん、聞いてるんですか」

「聞いているさ。音吉たちに遊んでこいと云ったのは俺だ。小言があれば俺に云えばいい」

「いえね、べつにお前さんが……」

お葉が寄ってきて肩を往還側へ向け、着物の袖で周囲の目をさえぎるように、米造の手に指を絡ませる。

「あたしはさ、そのうちお前さんまで、音さんたちと遊び歩くようになったらと、それが心配でさあ」

「つまらぬことを」

「だって、お前さんてお人は、見かけによらず口が上手なんだもの」

「俺の口はお前の口を吸う以外に、使わぬものと決めている」

「あれ、いやですよ、お前さん、そんな、人が見てるのに」

人が見ているのに指を絡ませてきたのはお葉のほうなのに、そのへんの女心は分からない。分からなくても困りはしないし、夫婦などというものはしょせん、亭主が女房の尻に敷かれ、そして双方の敷き心地と敷かれ心地がよければそれでいいのだろう。

よいしょ、ほい、よいしょ、ほい、よいしょ、ほい。

「そんなことより、お葉、杵をふるう若い衆を見てみろ。足の配りに腰の構え、あれで木剣を握らせればそこそこに、打ち合いができそうだぞ」

「そうですかねえ。あたしにはただの、若い衆に見えますけど」

「人にはそれぞれ、その道において達人がいるものなのだ。船頭などにもたまに、目を見張るほどの艪上手がいたりする」

「そんなことを云ったら、料理人にも職人にもお百姓にも、みんな達人がいる理屈になりますよ」

「ある意味、そういうことだろうな。これまでは剣術のことしか頭になかったが、たき川へ婿入って以来、ずいぶん世間が広くなった。お前にも店のものにも感謝をしている」

「本当にお前さんは、変わったお人で……あたしはさ、理屈はどうでも、お前さんがそばにいてくれさえすれば、それでいいんですけどさ」

そのとき、餅つきを見物する人垣の向こう側、親父橋の方向に奴凧《やっこだこ》のような人影が見え、勘助のところの竹治が息荒く駆け寄ってくる。その竹治が腰を低めて人垣の向こうをまわり、息をととのえながら米造の前に頭をさげる。

「元締め、とんだことが……」

「どうした。勘助親分がお久さんから、離縁でもされたたか」

「そんなことなら驚きもしねえが、いえね、実は、蔵前の富士屋に……」

「うむ？」

「富士屋に、賊が押し入ったようで」

お葉が知らん顔で絡めていた指を放し、人垣から二人の話を隠す位置に、すっと身を移す。

「竹治、富士屋に賊とは、どういうことだ」

「詳しいことは、まるで。おいらもうちの親分もまだ寝てたんですが、自身番からの使いに叩き起こされて。押し入られたのは昨夜のことらしいとか。それで死人《しびと》も、相当に」

「主の武五郎は？」

「それもまだ分からねえ。親分は富士屋へすっ飛んでいって、とにかくおいらには、たき川へ報せてこいと」

「分かった。支度をしてすぐに出向く……お葉」

「あいよ、猪牙をお出しかえ」

「いや、蔵前あたりなら走れる。それにせっかくの餅つき、店のものは騒がせるな」

お葉が目で返事をして暖簾の内に下駄をすすめていき、竹治も小腰をかがめただけで、また奴凧のように親父橋方向へ駆けていく。その間も餅つきはつづいていて人も行き来し、番頭の利助まで見物の輪に肩を並べてくる。暮もおしつまって明日はもう大晦日《おおみそか》、富士武の件には目処が立ったと思って、油断があったか。昨夜のうちに縄を打って大番屋へ留め置くか、あるいは何人かの下っ引きに、見張らせておけばよかったか。

餅つきが賑やかにつづく店前から、米造は腕を懐手に決めて、暖簾をくぐる。洲崎への初日の出見物が流れたら、今度はお葉の頭に、何本の角が生えるのだろう。

＊

昨日と同じ道順を芝居町から馬喰町へとり、浅草御門をすぎると、すぐに蔵前の往還に出る。往還の大川側は幕府の米蔵だから、森田町や元旅籠町《もとはたごちょう》はすべて片側町。昨日も寄った大川屋という蕎麦屋の半町ほど先に札差の富士屋があり、その前にはすでに、回向院《えこういん》の出開帳かと思うほどの人がたかっている。この暮にきてみな忙しいはずなのに、人だかりには掛取り途中ふうの番頭や手代、托鉢《たくはつ》の坊主に近所の女房《かみ》さんに酔っ払ったヤクザ者、門付けの乞食芸人に暇をもてあました隠居に鼻水をたらした子供に子守っ娘、くわえて身形《みなり》のいい旗本やその草履取りや槍持ちまでも富士屋の店先をとり囲んで、それを奉行所の小者と町役人が必死の形相《ぎょうそう》で押し返す。少し離れた軒下にはあざとい商人が天麩羅《てんぷら》や蒲焼《かばやき》の担ぎ屋台を出し、唐人飴《とうじんあめ》までラッパを鳴らして売り歩く。富士屋武五郎にこれほどの人気があったのかと、人だかりを外側から眺めながら、米造は憮然《ぶぜん》と腕を組む。

店の内から米造に気づいたのか、門前の勘助が人垣をかき分けて、真っ黒い顔を真っ赤に上気させて顔を出す。

「へい、二代目、お早いお越しで」

「早くもなかったが、ひどい騒ぎだな」

「店の内はもっとひでえ有様でね。富士武の野郎、死んだあとまで人様に面倒をかけやがる」

「というと、武五郎は、やはり」

「そりゃあもう、真正面からバッサリと」

勘助が顔をゆがめながら左右に目を配り、へっとひとつ息を吐いて、身振りで米造をうながす。二人は五、六歩軒ぞいに人垣から離れ、天水桶《てんすいおけ》の手前で足をとめる。

「そりゃあもう、あとでご覧になりゃあ分かりますが、なかはひでえもんでしてね。

となり近所で聞いてみたところによると、富士屋の所帯は番頭手代に小僧女中をいれて、十二人。このうちには富士武に倅の武松《たけまつ》、それに二人の用心棒も含まれておりやす」

「まさかその十二人が……」

「なにせ店内はごった返しておりやして、ご検使も出張ったばかし。ただざっと見ましたところ、あるいは」

「女中や小僧までもか」

「へえ。富士武がいくら悪党でも、女子供にまで罪はござんすまいに、まったく、ひでえことをしやがる」

勘助が無精髭《ぶしようひげ》の生えている頬を手のひらでこすり、鼻水をすすりながら、ちらっと冬晴れの空をのぞきあげる。目には目やにがたまって着物の襟もはだけ、いつもはきれいに撫でつけている横鬢《よこびん》にも寝起きの乱れがある。たき川の船頭たちが朝まで遊んできたのと同様、門前の一家も昨夜は相当に酒が入ったのだろう。

「こうなってみると、勘助さん、富士武から目を離したのは、俺の迂闊《うかつ》だった」

「そんなこと云ったって、ねえ、陸尺町の隠居に面検《つらあらた》めをさして、もう間違いねえと。あすこまで段取りがととのえば、誰だって見張りなんぞ、必要とは思いませんんや」

「まさかこの暮にきて……賊は、例の夜盗か」

「さーて、どんなもんだか。穴倉は空っぽで、金がごっそり盗まれたことだけは間違いねえ。富士屋のことだから千両箱がひとつ二つってことも、あるめえし」

「押し入りの手口は」

「そいつはいつもの通り、塀をのり越えるかなんかして、店内から表のくぐり戸を」

「今回の騒ぎは誰が見つけた」

「このちょいと先に、やっぱし札差で近江《おうみ》屋ってのがありましてね。そこの番頭が寄り合いの相談かなんかで富士屋を訪ねてみるてえと、さて大戸があいてねえ。あっしなら昨日の今日、富士武も寝込んじまって奉公人は店仕舞いの支度と、まあそんなふうにも思うんでしょうが、近江屋の番頭は知らねえ。五ツも小半刻ほど過ぎていて、ちょいと怪風《けぶ》だなと思いながら、くぐり戸の桟に手をかけてみるてえと」

「戸があいて、なかを見たら、帳場が血の海か」

「二代目、お前さん、役行者《えんのぎょうじゃ》みたようだ。まあそれはともかく、その番頭野郎は腰を抜かすわ小便をもらすわ、それでもとにかく近くの自身番屋まで這っていって、これこれこうと。それから先は、お決まりの手順で」

「神坂さんには報せたのか」

「それも思ったんですがね。御用納めのあととはいえ、年内《としうち》はまだ南の月番。御番所も縄張りには、うるせえところですからねえ」

　唐人飴売りがラッパを吹きながら二人の前を行き過ぎ、今度は浅草橋方向から花梨《かりん》糖《とう》売りの婆さんと浅蜊《あさり》売りの子供がやってきて、野次馬の間でそれぞれの荷を売り歩く。花梨糖はともかく、こんな状況で浅蜊が売れるとも思えないが、子供にしても年越しの銭が欲しいのだろう。

　神坂に連絡《つなぎ》をとったものかどうか、米造が腕をこまねいたとき、向こうの往還から股間に緋縮緬の褌をちらつかせた音吉が、よろけるような腰つきで走ってくる。

「お、親分、なんでおいらが、置いてけ堀なんだよう」

「柱に寄りかかって鼻提灯を咲かせていたのは、お前だ」

「だからって知らん顔はないよ。おい、音、ちょいと蔵前まで野暮用《やぼよう》ができた。出かけるから猪牙の支度をしろ、とかなんとか云ってくれりゃあ、おいらもう、ぴょんと飛び起きちまう」

「しかしこのとおり、お前の猪牙より俺の足のほうが早かった」

「やだねえ。そこが親分の水臭えところ。富士武がせっかく首をくったてえのに、

「蚊帳《かや》の外は間尺《ましやく》に合わねえ」

「武五郎は首くくりではなく、賊に斬られたのだ」

「あれあれ、だてえと、どこで話がちがったのかね」

「大方寝ぼけて、まあいい。勘助さん、この暮にきて無理に死人《しびと》の顔など見たくはないが、一応は検めておこう」

勘助がうしろ首をさすりながら野次馬を割っていき、そのあとに音吉と米造がつづく。見物人のなかにはすでに花梨糖を頬張っている乞食もいて、そしてなぜか、浅蜊まで売れている。

「旦那さま……」

花梨糖売りの婆さんがふと米造の鼻先を横切り、小さく目配せをしたあと、口を動かさずに低く言葉を出す。

「忠兵衛配下の下人でございます」

「うむ」

「ご老中田沼主殿頭様のご次男が養子に行った先の旗本の抱え屋敷に、十日ほど前より尋常ならざる浪人者が寄宿している模様。素性のほどはまだ知れませぬが、とりあえずの、お報せを」

花梨糖売りはそのまま人混みにまぎれていき、いつだったか隅田村の隠宅から権助が姿を消していったように、忽然《こつぜん》とその身を消してしまう。昨日の福寿草売りを見ていたから驚きはしないが、花梨糖売りの婆さんまで赤城忍軍の手下だったとは、恐れ入ると同時に、苦笑さえ感じてしまう。

米造は胸内で吐息をついただけで、意識を富士屋に戻し、くぐり戸から店内へ身を移す。外との対照で一瞬目の前が闇になり、しかしすぐに目が慣れて、予想どおりの光景と魚の腐ったような血の臭気が迫ってくる。倒れているのは土間に二人、帳場の板の間に二人。丸まったり天井を向いたりうつ伏せになったり、そのどれも三和土《たたき》や板の間に大量の血を流し、柱の一本には抜き身の刀まで刺さっている。店の奥や二階にも人声と足音が聞こえ、二階からは雨戸を払ったらしい明かりがこぼれてくる。

死んでいる四人を見くらべ、着物の質と髷の形から判断して、米造は結界前の男に顎をしゃくる。勘助がうなずき、米造は雪駄のまま帳場へあがる。これまで富士屋武五郎の顔を見たことはなかったが、それは思っていたのとちがって色白で小作り。共地の羽織と着物は桐生《きりゆう》あたりの紬らしく、色も品のいい銀鼠《ぎんねず》で決めている。生きていればそこそこの男前でもあったろうに、今は天井を向いた顔が、白目を剝《む》いている。

「なるほど。勘助親分の見立てどおり、横一文字にバッサリだな」

「着ているものから、框との境に丸まってるのが番頭でしょうが、こいつは横っ腹を、ズブリと」

「匕首《あいくち》でか」

「まず間違いねえ。刀での刺し傷なら傷口が、もうちっと開いておりましょう」

「少なくとも賊は二人以上。これが例の夜盗なら、十人前後はいたことになる」

「奥の座敷では倅の武松に二人の女中、二階では手代や小僧連中が、みんな似たような有様で」

「一人も生かしてはおかぬと、最初《はな》からそのつもりで押し入ったものかな」

「そこが怪風といやあ怪風。いつもは騒がねえ女子供は縛りあげるだけで、命まではとらねえんですがねえ」

「あるいは……」

「ねえねえ、親分。おいらなんだか、気分が悪くなってきた」

「昨夜飲みすぎたせいだろう。いいからどこかで、吐いてこい」

「が、がってん」

「ただ吐くところを人様に見られるなよ。粋で評判の音吉兄いが死人を見てもどした、などと読売に書かれたら、吉原の女郎《なかねえ》さんたちに泣かれる」

もう「がってんだあ」は叫ばず、音吉が首をふりふり駆け出していき、それと同時に階段に足音がして、羽織袴の武士が草履に小紋の足袋《たび》でおりてくる。

「お、これは真木……いや、滝川殿。元締め殿が直々に、お出ましですか」

人のよさそうな顔で笑った中年男は南町奉行所年番与力の、大久保光政《おおくぼみつまさ》。松平定信に招かれた席で佐野善左衛門や根岸鎮衛《やすもり》とともに会ったのが初めてで、お葉との婚礼にも出席してくれた。年番与力は実質的に町奉行所を支配する、最高執政官でもある。

「そちらこそ。年番与力殿が直々のご検視とは、富士屋武五郎もさぞかし、本望《ほんもう》でしような」

「なにせ昨日が仕事納めで、それに殺されたのが富士武ともなると……」

大久保が番頭の屍骸《しがい》をよけながら身を寄せてきて、背後の同心を手で制してから、米造を水屋口との境までみちびく。

羽織の襟をととのえ、あらためて目礼をしてから、大久保が勘助や同心たちを憚るように声をひそめる。

「なにせこの富士武、性質《たち》が陰険で商いがあくどいところへもってきて、金だけは腐るほどある。南北を問わず、御番所の与力同心にも相当の数が、金の臭いを嗅がされておるとか、おらぬとか。そういう次第で、やたらの者を出張らせるわけにもいかんのですよ」

「金の臭いを一番多く嗅いだのは、さしずめ北の内与力、山科大三郎でしょう」

「北の、山科?」

「山科とこの富士武、山谷堀の八百善とその娘などが絡んで、つまらぬ悶着を起こしましてな。その探索の過程で富士武の首に、縄をかけられる手証が出ました」

「なんと」

「墓場の裏で子供を強姦《てごめ》にしたというもの。つまらぬ罪状といえばつまらぬ罪状。それぐらいの罪、これまでにも腐るほど犯してきたと思われますが、今度《こたび》はこれで括《くく》れるかと」

「富士武ともあろう者を、強姦の罪状で」

「正月の三が日明けにでも、と考えていました」

「しかし、富士武ならそれまでの間に、あれやこれや手回しをしたのでは?」

「それも見ておきたかった。武五郎がどこへ手をまわすか、奉行所、勘定方、あるいは幕閣のしかるべき筋まで、どうせ富士武の金に手をつけている。その人定めのつもりでいたのですが」

「つまり夜盗に、先を越されたと?」

「どんなものですかな。札差や両替商など、もともと戸締りは堅いものと聞く。金があることは分かっていても、ただの夜盗があえて、狙うかどうか」

「富士武の首に縄が、というところまでは知りませなんだが、それを考えるとただの夜盗では、なくなりますかなあ」

大久保が羽織の組紐《さなだ》に指をからませ、目じりの皺に苦労人ふうな翳《かげ》りを浮かべて、肩で息をつく。富士武を白洲に据えて取調べをはじめれば、強姦以外にも不都合な話がこぼれ出したとも限らず、その意味では大久保も、ほっとしたか。

「しかし大久保さん、富士屋のこの騒ぎ、とりあえず表向きは夜盗の仕業《しわざ》、ということに」

「それはこちらも願うところ。なにせ明日の先はもう正月。当分は探索など、御番所でも手にはつきますすまい」

「盗まれた金高《かねだか》に見当は」

「はあ、それが、なにせ家人は皆殺し。生き残った者でもおれば見当もつきましょうが、今のところ皆目《かいもく》。店の帳面を奉行所へもち帰って調べてみんことには、埒があきません。ただこの富士武という男……」

それまでひそめていた声をいっそう低くし、その髷が米造の顎先に触れるぐらいまで、大久保が肩を寄せてくる。

「この富士武、札差の規模としては中程度のようでしたが、なにやら、さるお方への賄賂《まいない》を仕切っているとかいう噂が」

「さるお方？」

「このような場所ではちと、云いにくいほどの」

「なるほど」

「札差の口銭《こうせん》など米百俵に対して三分、それだけなら大した利得にはならぬもの。儲けの大半は貸付金の高利にありまして、利子が年間に一割八分。この貸付金と高利で多くの旗本御家人が、命を搾《しぼ》りとられる仕組みでしてな」

「浪人の私には無縁でしたが」

「ごもっとも。ですがこの一割八分という高利、かりに一割までひきさげましたなら、なんとなりましょう」

「旗本御家人は救われ、逆に札差の利得は半減する」

「ご明察。ですから幕府《おかみ》が利子ひきさげのお触れなど発せぬよう、札差連中がまとまって、さるお方に賄賂を、と」

「幕府への正式な運上金のほかに、という意味ですな」

「さようさよう。ただしこれはあくまでも噂、もし越中守様のお耳にでも入ったら、幕閣にひと騒動起こるは必定。そのあたりは……」

「心得ております。してその賄賂とは、どれほどに」

「身共などには見当もつきませんが、江戸の札差株が百九。それぞれが百両ずつ拠《きょ》出《しゅっ》しただけで、すでに万両を超えましょう」

「田沼への賄賂が万両余も」

「お声が高い。滝川殿、身共が申したことはあくまでも巷《ちまた》の噂。そのへんの分別は、よしなに」

大久保が暑くもないのに額の汗をふく真似をし、米造からすっと身を遠ざけて、苦い虫でも嚙みつぶしたように頰をゆがめる。田沼の賄賂好きはこの江戸じゅう、酒屋の小僧まで知っている事実。なにを今さら、とは思うものの、万両余という金高には米造も口のなかが苦くなる。老中とは本来、旗本御家人にとっては親のようなもの。その親がそうでなくとも困窮《こんきゅう》している子から金を搾りとって、なんとする。

「さて、滝川殿……」

大久保がわざとらしく威儀を正し、一度うしろの同心をふり返ってから、向き直って深く頭をさげる。

「こちらは検使の任も終えましたのでな、御番所へ戻って帳面の吟味をしなければなりません。この暮にきて、いやはや、大儀なことでござるよ」

そのまま大久保が帳場から土間へ足をおろし、風呂敷包みを抱えた若い同心を従えて姿を消していく。それでも二階にはまだ人声と足音がするから、同心や小者は残っているのだろう。

米造は暗処《くらみ》に慣れた目であらためて店の惨状を見わたし、框との境にうずくまっている番頭の遺体まで歩をすすめて、その傷口を検める。なるほど勘助の云うとおり「横っ腹を、ズブリ」で、これは匕首の柄頭を自分の腰骨にあてがい、躰ごと相手の腹に刃をぶつけていくという、ヤクザ者などが使う手口。主人の武五郎を横一閃《いっせん》に斬って捨てた太刀筋とは、あきらかに異なる。帳場と土間にころがっているもう二体は、用心棒らしい浪人者。しかし二人とも綿入れの着流しに羽織まで着ていて、いわゆる対談方《たいだんかた》だろう。髭面に古袴、という清次を襲った浪人者の風体とは異なり、よく見ると板の間や土間の血溜りには土足で踏みにじった痕跡もあって、奉行所の役人が現場を荒らすはずはないから、これは賊たちのものだろう。

帳場に倒れている浪人者の遺体を検め、その太刀筋が武五郎を斬ったものと同じであることを確認して、最後に土間の浪人者に向かう。

「ねえ二代目、今ふと思ったんでやすが」

勘助が米造のうしろまで来て、うしろ首をさすりながら、米造と同じように浪人者の遺体を見おろす。

「となり近所で富士屋の騒ぎに気づいた家は、一軒もねえ。となると賊が押し入ったのはどうせ丑三《うしみ》ツ時分」

「うむ」

「それにしちゃあこの四人、みんな着てるものを、着ていましょう」

「なるほど、たしかに」

「女中や小僧たちは夜着にくるまってるか、寝床から這い出してきたところを殺《や》られてます。主人に番頭に二人の用心棒、いったいこいつら、夜更《よふ》けまで帳場にとぐろを巻いて、何をしてたんでしょうねえ」

「身のふり方の相談だろう」

「と、仰有《おつしや》いますと？」

「富士武に降りかかった災難を、どう切り抜けるか。誰にどれほどの金をわたし、誰に泣きつくか。もしかしたら勘助さんやたき川にも、千両箱のひとつぐらいは、はこんできたかも知れんな」

「おっと、そいつは」

「あながち冗談ではない。富士武にしてみれば金など、あとでいくらでも稼げる。陸尺町にも金を積んで、内済の細工もするつもりだったろう」

「往生際《おうじょうぎわ》の悪い野郎だ」

「それよりも、勘助さん。お前さんに云われて気づいたのだが、賊はどこから、どうやって忍び込んだのだろうな」

「ですからそりゃあ、いつものとおり」

「身の軽いものが先に塀をのり越え、家内《いえうち》に忍び込んで、なかからくぐり戸をあけた」

「と、思いやすが」

「だがそれは家人がみな寝入っていて、初めて可能な業《わざ》。昨夜の富士屋はこのとおり、四人もの人間が起きていた」

勘助が口をあけて相槌《あいづち》を打ちかけ、周囲を見わたしてから、困ったように眉をひそめる。

「こりゃあ二代目の云うとおりだ。雨戸を抉《こ》じあけるにしても床下から忍び込むにしても、いくらか物音はしたはず。用心棒が二人も起きていて気づかねえなんてことは、まずござんすめえ」

「奥の部屋や二階は、どうだ。賊が踏み散らかした足跡など、残っているのか」

「そういやあ、殺された連中の、血が飛び散ってるぐれえで」

「つまり今回の手口はまず二、三人の賊が、起きている家人にも気づかれぬほど素早く忍び込み、帳場の四人を殺したあとで、外の仲間を招き入れたことになる」

「そんな夜盗は聞いたこともねえが」

「しかし理屈では、そうなる。千両箱など手にしたことはないが、聞くところによると大の男でも、ひとりでは持ちあげるのがやっと、というほどの重さだという。店にあった金が万両以上だとしたら二、三人ですべてをはこび去るには、無理がある」

「まあ、そりゃあ、ねえ」

「金を盗んでいる以上、夜盗にはちがいない。だがこれは今までの夜盗とは、別物ではないかな」

「別物の夜盗が、またぞろこのお江戸に？」

「そこまでは分からんが」

米造はうつ伏せに倒れている浪人者に視線をやり、背面がまるで無傷であることを確認してから、その躰を仏壇返しに仰向《あおむ》ける。

「うむ?」

「どうかしましたかい」

「いや、この傷は……」

仰向けになった浪人者は三十前後の鍛《きた》えた躰つき。指と額には竹刀胼胝《しないだこ》や面胼胝があって、腕の筋肉にも相当の張りがある。土間と柱との位置関係から、柱に刺さっている刀はこの男のものだろう。しかし男の胸にも腹にも傷はなく、ただ一カ所、咽仏の上に薄く浅くひと筋、糸をひいたような傷があるのみ。

「あれ、この用心棒。こんなかすり傷で死んじまうなんて、運の悪い野郎ですねえ」

「運が悪かったのか、よかったのか」

腰をかがめて男の傷口を見つめる米造の背に、ぞくりと、寒気が走る。その傷は刀の切っ先がほんの五分ほど咽仏を払ったもので、ほかの遺体にくらべれば血もほとんど見られない。斬りあいの最中に相手の刀がたまたまそこをかすっただけ、などという偶然は、まずないだろう。

本来刀というものは刀身の上方、三分の一だけを使うもの。相手の躰を深々と斬りさげるのは一見豪快でも、技量《うで》自体は未熟であることが多い。佐伯道場時代に真木倩一郎が相弟子から慕《した》われたのは、その太刀筋が柔らかかったことも理由にある。たとえ木剣で小手や胴を打たれても衝撃が小さく、若い門弟には安心だったらしい。しかし木剣と真剣のちがいを心得ている上級者なら、まず倩一郎の技量に息を呑む。それは師の佐伯谷九郎も荒井七之助も認めていたことで、真剣なら切っ先が一分でも小手をかすめただけで手の筋が切れる。そしてそれが咽なら、たった五分でも相手は絶命する。今のこの江戸において、これだけの技量を持つ剣客が、何人いるものか。過日の山谷堀で堀向こうから殺気を放ってきた浪人者のうしろ姿が思い出され、あらためて米造は、背中の寒気を自覚する。花梨糖売りの、田沼の次男が養子に行った先の抱え屋敷に尋常ならざる浪人者が寄宿している模様、との報告を合わせ考えれば、これはもう、ただの夜盗ではないだろう。

「そうか。八百善が、まずいな」

「へえ?」

「勘助さん。ここはお前さんに任せて、俺は八百善へ向かう」

「へ、へえ」

「音吉はどこへ行った」

「親分親分、おいら、ここにいるよう」

音吉がくぐり戸の向こうから首だけをつき入れ、金壺眼をぱちくりやって、しゅっと鼻水をする。

「音、そんなところで何をしている」

「なかは寒《さみ》いんで、ちょいと日向《ひなた》ぼっこを」

「まあいい。で、猪牙はどこへつけた」

「天王橋の橋袂《たもと》で」

「分かった。お前は酔いを冷ましながら、ぶらぶら宿へ帰っていろ」

「あれあれ、あんなこと云ってるよ。荒物屋の婆さんに塩水をもらって、おいらもうしゃっきりすっきり。親分の行くとこなら火のなか水のなか。ねえ親分、どうかひとつ、おい音、お前の粋な艪で山谷堀まで飛ばしてくれ、とかなんとか、云っておくれよう」

「うーむ。おい音、お前の粋な艪で、山谷堀まで飛ばしてくれ」

「いいね、いいね。親分、そうこなくちゃいけないよ。がってんだあ」

音吉がばたばたと音をたてて戸口から離れていき、米造は腰をのばして、ちらっと二階からの明かりに目をやる。階上にはまだ人声が聞こえていて、奉行所の検視がつづいているのだろう。

「勘助さん、この始末、夜盗の仕業に見せかけてはいるが、狙いは金ではなく、富士武の命だった気がする」

「へ、へえ」

「だとすればこれ以上の詮索《せんさく》をしても、意味はない。適当に切りあげて、たき川で待っていてくれぬか」

「そりゃもう、二代目が仰有るなら」

「今ごろは新餅も搗きあがっているだろう。神坂さんにも声をかけて、まあ、餅でも食っていてくれ」

＊

門の屋根を柿板《こけら》で葺いてひなびた風情を装ってはいるが、二階家造りの家屋は瓦葺き。敷地自体は板塀で厳重に囲いつくし、その内側に百姓家を模した柴垣をめぐらしている。木戸の内側には年古《としふ》りた五葉松《ごようまつ》、木戸の外には竹を添えない門松が立ててあり、そして柱には『蒙御免休業仕《きゆうぎようごめんこうむりますꜥ》』と書かれた半紙が貼ってある。二階座敷の雨戸も閉め切られ、敷地のどこにも人の気配はなく、しかし風のなかに血の臭いは混じらない。

米造は八百善の木戸前で足をとめ、羽織内に腕組みをしてその二階座敷を見あげる。深川にある枡屋などという料理屋は出入り口も禅寺の玄関ふう、建物は朱塗りの欄干《らんかん》に金箔《きんぱく》貼りという俗悪さだが、八百善はその対極を意識したものか、すべてを侘《わ》び寂《さ》びふうに決めている。侘び寂び好みも派手好みも人の勝手、そうはいっても所詮はあぶく銭をかき集める料理屋の本性を考えれば、枡屋の俗悪趣味のほうがいくらか愛嬌《あいきよう》がある。

「ねえねえ親分、八百善の連中、夜逃げでもしちまったのかねえ」

「いや、雀が軒先にとまりかけて、とまらずに逃げていく。内に人がいることの証拠だ」

「まるで千里眼みたようだねえ。両国の見世物に出たら親分、大もうけだよ」

「俺の千里眼など当てにならぬ。八百善にはそれが、幸いだったろうがな」

「どういう意味かね」

「ひょっとして富士武同様、皆殺しにあっているかと」

「あれあれ、それじゃ夜盗のはしごだよ。田舎侍《あさぎうら》の女郎買いじゃあるめえし、いくらなんでもちっとばっか、忙しすぎらあ」

音吉が首にかけた手拭いで鼻水をかみ、袢纏《はんてん》の襟をかき合わせてくしゃみをする。

日は中天を過ぎたあたりで上野方向の空も明るく、このぶんなら明日の大晦日も、天気はいいだろう。

「どうだ音、せっかく山谷堀まで艪を伸《の》してきたんだ。一杯一両何分とかいう茶漬けを試していくか」

「そりゃ構わないけどね。でもそんな金があったらおいらまた、吉原《なか》に願いたいよ」

「茶漬けはたとえ話だ。八百善も俺たちの顔を見て、まさか多摩川まで水を汲みには行くまい」

米造は腕組みをしたままぐいと木戸をくぐり、黒竹や椿の前栽《せんざい》わきをすすんで、母屋の戸口へ向かう。そのうしろに音吉がつづき、庭の結構や垣根向こうの離室《はなれ》の様子に、首をふりながら目を見開く。離室の裏手にはまた別棟になった平屋が見えるから、それが店とは別になっているという、住居なのだろう。

二階家の表は素朴《そぼく》な丸太格子、戸には腰高の親子格子が使われていて、米造と音吉がその戸格子をあけて内へ入る。料理屋だから玄関とは呼ばないが、内は数奇屋《すきや》を模した玄関ふう。沓脱《くつぬぎ》部分には平石を敷いて式台もしつらえ、式台の奥には山水画の額が飾ってある。

「頼もう、家人はおらぬか」

米造がわざと武家ふうに声をかけ、家奥の気配に耳を澄ますうち、廊下に足音がして、老下男風の年寄りが袢纏姿で顔を出す。

「いらっしゃいまし。ですが、店のほうは……」

「休業は承知している。ご亭主に、たき川の米造がまかり越した、と伝えてくれ。大方ご亭主殿も俺の到来を、待ちかねていることだろう」

年寄りが梅干を飲み込んだような顔で口をあけ、そのまま言葉は返さず、腰を低めて奥へさがっていく。あがり口のすぐ横には二階座敷への階段があり、しかしその階段にも二階にも一階の店奥にも、人声や足音は聞こえない。いくら商いを休んでいても奉公人ぐらいはいるだろうに、それとも八百善もすでに、廃業を覚悟したか。

しばらく間があり、じれた音吉が米造の袖をひきかけたとき、店の奥から三十五、六の大年増がさっきの年寄りを従えて、床に着物の裾をひいてくる。衣装《なり》は総裾模様の絹物に角出し結びの帯、丸髷に鼈甲の櫛を飾って簪《かんざし》も鼈甲の三本挿し。半襟の首にはたっぷり肉がついているが、目尻に紅をさした目はいくらか落ち窪んでいるか。

「堀江町の元締め様、お初にお目にかかります。わたくしは当店《とうや》の女房、お万《まん》でございます。主の善右衛門は床についておりますが、ただ今身支度をととのえておりますので、暫時《ざんじ》、離室にてお待ち願いとう存じます」

框向こうに指をついたお万の口調には、凜とした気概があり、米造を見あげる目つきにも胆《はら》をくくったような、落ち着きが感じられる。亭主の善右衛門は婿養子だというからお万は家付き女房、歳も二十歳近くはちがうはずで、案外この八百善を仕切っているのは女房の、お万のほうか。

年寄りの下男がお万のうしろから沓脱にまわり、草履に足を入れて、米造と音吉を戸の表へうながす。米造は式台のお万に会釈を送り、下男のあとにつづいて母屋を出る。下男は腰を低くしたまま米造と音吉を利休《りきゆう》好みの菱垣《ひしがき》へみちびき、垣根の枝折戸《しおりど》を押して、二人を離室の庭へ案内する。日当たりのいい庭内には梅の古木が満開の花を咲かせ、丈低く剪定《せんてい》した侘助《わびすけ》がひっそりと赤い花を咲かせている。垣根の前から五、六羽の雀が飛び立ち、騒ぎながら吉原方向の空へ飛んでいく。

「若い衆、見事な梅だな」

「へ、へえ」

「早咲かせの工夫でもしているのか」

「染井から庭師が参りまして、地面を覆《おお》うやら何やら。この近辺では一番咲きの梅とか申すそうで」

「ふーん、たかが梅一木《いちぼく》に、八百善とはいえ、贅沢なことだな」

老下男が表情をかえずに離室の戸口へ向かい、その腰の曲がった背中に、米造が声をかける。

「この日のあたる縁先で休ませてもらう。構わなくていいぞ」

「へえ、まあ、ですが」

口のなかで何か云いながら、老下男が戸口へ入っていき、すぐ内から物音がして離室の雨戸が払われる。なかは茶室ふうにつくられた六畳の座敷に床の間がつき、床の間には唐物らしい軸がかかっている。

米造は日のあたる縁先に腰をおろし、少し離れて、音吉も縁側の端に腰をのせる。老下男は戸口から庭を通って母屋へ戻っていき、米造は馥郁《ふくいく》と香を放つ梅の古木を、あらためて眺める。隅田村の隠宅で二、三分咲きの梅を見たのは、ほんの二日前。北森下の長屋からたき川へ移してきた盆栽の梅など、昨日やっと咲きはじめたばかり。八百善では金をかけて無理やり早花を咲かせ、その工夫によって富裕層からあぶく銭をかき集める。それを粋と見るか不粋《ぶいき》と見るか、考え方は人によってそれぞれだろう。

「ねえねえ親分、こんなつまらねえ場所で大根や牛蒡《ごぼう》を食わせて、八百善は本当に、五両も十両もとるのかねえ」

「五両や十両の金、目くそ鼻くそと思う連中もいるさ」

「おいらいつだったか、両替屋の店先で百両の小判を見たことがあるけどね。あんときは目がくらんじまって、半日もまっすぐに歩けなかったよ」

「俺などたき川で搗く二十臼の餅を見ただけで仰天《ぎょうてん》した。人など本来、雨露《あめつゆ》がしのげる場所があって腹いっぱい飯が食えれば、それで満足すべきものなのにな」

「腹いっぱい飯が食えて酒が飲めて女郎が買えりゃあ、おいらはいつでも満足だよ」

「普通は誰でもそれで満足する。しかしなぜかこの世には、小判の風呂に首までつからぬと、満足せぬ人間がいる。理由は知らぬが、神武《じんむ》以来この世とは、そういうものであるらしい」

離室の内に音がして奥の唐紙があき、向こう側に渡り廊下でもあるのか、女将のお万が茶の盆と茶津引《ちゃっぴき》をもって顔を出す。お万は座敷に入ったところでまたていねいに指をつき、盆の茶と茶津引の菓子を縁側へさし出す。塗り鉢にはさりげなく干菓子《ひがし》が盛られているが、どうせ京からのくだり物だろう。

あいている唐紙に影がさし、白髪《しらが》に細縞《ほそじま》の綿入れ羽織を着た長身の男が、縁側の手前まで折った膝をすすめてくる。羽織も着物も帯も上物だが痩せた顔は灰色に近く、月代《さかやき》ものびて鬢《びん》もほつれている。お万が「主の善右衛門は床についている」といった言葉も、嘘ではなかったらしい。

「お越しくださいました。八百善の主、善右衛門でございます。本来なれば手前どものほうからお伺いせねばならぬところ、ちと加減を悪くして、ご無礼をいたしました。これをご縁に、なにとぞ、お見知りおきくださりませ」

「ご亭主殿の病、村井良宅の匙《さじ》ぐらいでは癒えませんか」

「まことに、だらしのない有様で」

「卑《いや》しい家業の俺が不粋《ぶすい》を承知で顔を出した理由は、分かっていような」

「はあ、その、おおよそは」

「それでは昨夜、蔵前の富士屋に夜盗が押し入って、主の武五郎をはじめ店の者十二人が皆殺しにされた件は、知っているか」

善右衛門が戸板にでもぶつかったように顔をあげ、そのままうしろに倒れそうな身を、かろうじて腕で支える。亭主のわきに控えていたお万も腰を浮かせ、簪が外れそうになるほど、ぐいと首をつき出す。二人の顔が糸で手繰《たぐ》られたように向き合い、しばらくお互いの目が見交わされて、それからその目が同時に、米造の顔へ向けられる。

「堀江町の旦那様、ただ今のお話は、まことと、真実で?」

「駄法螺《だぼら》を吹くために山谷堀まで出向くほど、俺も暇ではないさ。日暮れまでには江戸じゅうの噂になる」

「押し入ったのは、昨年あたりから評判の、例の……」

「一応はそういうことになる。奉行所もその建前で繕うだろうが、お美代の騒動にかかわっていた富士武がここにきての災難、誰ぞやにとってはあまりにも、都合がよすぎると思わぬか」

「それは、ですが、いくらなんでも、手前どもは……」

「俺が蔵前からここまで足を延ばしたのは、お前さんを疑ったからではない。富士屋同様にこの八百善も血の海になっておらぬかと、それを案じたまでのことだ」

善右衛門がごくりと息を呑んで目を白黒させ、そうでなくとも悪い顔色を鉛色《なまり》にかえる。お万も膝の上で手を握りしめて、肉付きのいい肩を、荒く上下させる。富士武が惨殺《ざんさつ》され、その下手人が通常の夜盗ではない、と米造の口から聞かされれば、八百善にしても背後の理屈ぐらい、想像はできるだろう。

さっき飛び立った雀が庭に戻ってきて、その群れが梅や椿の枝で遊びはじめる様子を眺めながら、米造は出された茶菓に手をつける。茶は宇治《うじ》の上品《じょうぼん》、菓子は落雁《らくがん》。音吉などはすでに茶を飲みほして、口いっぱいに落雁を頰張っている。

善右衛門が頽《くずお》れるように畳に手をつき、少し遅れてお万も、ゆっくりと畳に手をそえる。ふだんは大名家の留守居や札差大商人とわたり合っている八百善も、自分の首が飛ぶか否かの場面ではさすがに、見栄も意地もなくなったか。

「ご亭主、事の発端から聞かせてもらえれば、こちらも手間が省ける。それでよろしいか」

「いかようにも」

「まずお美代の件だ。お美代は美松という倅を娘として育てていたもの。そこまでは分かっているが、その理由は？」

「美松は生まれながらに、躰が弱く、ある法印《ほういん》様に、成人までは女子として育てるがよいと託宣《たくせん》され……」

「そこで娘のような髪型をさせ、娘のような着物を着せ、名もお美代と」

「さようでございます」

「そのお美代を老中の田沼が見初《みそ》めた。すべての発端は、それだな」

善右衛門が口をもぐもぐやって頬をひきつらせ、ななめうしろのお万と目を見交わして、あらためて米造に、頭をさげる。

「恐れ入ってございます。ですが、旦那様、手前のような者の口からあのお方のお名前を申しあげることは、あまりにも、憚られますゆえ」

「なあ八百善、田沼とて登った峠《とうげ》は下りねばならぬ。それどころか田沼が今立っている峠そのものも、いつかは瓦解《がかい》する。今回の富士屋の件、今のところ手証はない。だが斬られた対談方の太刀筋に、ただの夜盗とは思われぬ気配がある。江戸三百の目明かし、南北の両町奉行所、それらがみな田沼のかかわりを疑っていると、それとなく田沼に知らせる。そうなればいかな田沼とて、これ以上の愚挙には出られまいと思うが、どうだ」

「まことに、まことに、恐れ入ってございます」

「田沼の動きは俺が、なんとしても封じてやる。ここはこのたき川を信じて駕籠を乗りかえることが、お前さんたちのためではないのかな」

善右衛門がゆっくりと背筋をのばして深く息をつき、お万がななめうしろから善右衛門の横顔をうかがって、その膝に、強く手をのせる。この夫婦においてもやはり女房のほうが気が勝《か》っているようで、場所柄もわきまえず米造は苦笑する。

「堀江町の旦那様、この八百善の行く末、すべて旦那様に、お任せいたします」

「それほど大げさなことではない。田沼の衆道癖は他所《よそ》からも聞いている。ただそれをご亭主に認めてもらわぬと、話が先にすすまぬ」

「そのことは、お見通しのとおりでございます。ちょうど十年ほど前、田沼様がさる藩のお留守居様と当店で宴席《とうや》をもたれまして、その折り迷い込んだ美松をお目にとめられ、膝にのせられたり頭をなでられたり。それはもうお優しい好々爺《こうこうや》といった風情で、手前どもも世間の風評とは異なる気さくなご老中様と、ただ喜んでいた次第にございます」

「うむ」

「また商いに関しましても、田沼様お気に入りの料理屋という評判でもたてばと、下《げ》司《す》な算盤《そろばん》を」

「そしてその算盤の勘定が、合ったたか」

「はい。お客様の口から口へと評判が広がったものか、お大名やお旗本、日本橋の大店から蔵前の札差衆などもお見えくだされ、このとおり、繁盛させていただきました。また田沼様も度々お忍びでお越しくだされ、ときにはお泊まりになることも。その折りはいつも美松を可愛がっていただき、また美松もなつきまして、寝屋なども共に。それでも手前どもは当初、田沼様はただ子供として美松を可愛がってくださるものとばかり、思っておりました」

「それが、そうではないと分かったのは？」

「二年ほどのち、田沼様がお帰りになったあとで、どうも美松の様子がおかしいと」

「で、問いただしてみると？」

「さようでございます。手前ども夫婦、そりゃあもう仰天いたしましたが、相手はなにせご権勢比類のないご老中様。抗《あらが》うわけにもまいらず、美松を寝屋に、とご所望されれば、お断りもできず」

「商いのためとも割り切ったのではないか」

「恥ずかしながら、そのような存念も、なくはなく」

「事情は分かった。この世には子供を陰間茶屋に売りとばす親もいれば、みずからすすんで坊主や旗本に囲われる子供もいると聞く。たとえ商いの算盤をはじいたとはいえ、ある意味では八百善も、田沼の被害者。それはそれとして、美松が北本所の曖昧宿で頓死した件のいきさつは、どういうことになる」

「はあ、それでございますが」

　善右衛門が懐から手拭いをとり出して口にあてがい、二つ三つ咳をして、肩を落としながら首をかしげる。

「それが、なんと申しますか、この夏ごろより、田沼様のご寵愛が妹のお喜代に
……」

「妹も、実は倅か」

「いえいえ、このほうは正真正銘、女子でございます。田沼様もどういう気まぐれを起こされたものか、最近は美松よりお喜代をお召しになることが多く、親としては不甲斐なくもございますが、これもまた、ご威光には逆らえず、なされるがままといったていたらく。ただ人の心というのは不可解なもの、美松も田沼様に思いを寄せていたわけでもありますまいに、ご寵愛が自分から妹娘に移ったと知ると、なにやら、気がおかしくなったようで」

「ふーむ、そういうものか」

「日々の振舞いが、なにからなにまで、粗暴になりまして。もっとも美松もこの節分明けで十六、元服をさせて男に戻し、大坂あたりの料理屋へ修業に出そうと、家内とも話を決めていた矢先でございました」

「うむ、で、それが？」

「美松が死にましたあとで、あれやこれや思案したことでございますが、どうやら富士屋さんは前々から、美松に懸想《けそう》をしていたらしく。それをどこでどう内与力の山科様が知ったものか」

「なるほど、老中の寵愛者である高嶺《たかね》の花。富士武のような男なら涎《よだれ》が出るほど、踏みにじってみたかったろうな」

「あるいは、そのようなことも」

「富士武が山科に頼んだか、山科のほうが富士武にもちかけたか。いずれにしても相当の金が動いて、美松とのあいだに橋をわたしたと」

「それはすべて、あとになって分かったことでございます。知っていれば、手前どもは決してそのようなことを、許してはおりません。美松も尋常であれば富士屋さんの話になど、のらなかったはず。ただ先にも申しましたとおり、田沼様のご寵愛が妹に移り、そのあたりで美松の気も、へんになっていたものかと」

「人の心というのは分からぬものだな」

「まことに、まことに、親としても、面目ない次第でございます」

「だが美松の死そのものは、心の臓の発作による頓死と、納得を」

「美松はもともと蒲柳の体質《たち》、気もあれやこれやへんになっていたことを思うと、これはこれで、仕方のなかったことと存じます」

善右衛門が口を押さえてまた咳をし、お万も着物の袂をもちあげて、目頭を押さえる。自分の子供を老中の威光によって色子に仕立てられ、あげくの果てに本所の曖昧宿で頓死までさせられた。それがいくら商売の繁盛とひき換えとはいえ、親の気持ちとしては、どんなものか。まして今は妹娘まで田沼の愛玩物にされているのだから、善右衛門が病の床についてしまうのも無理はない。逆に田沼のほうも気持ちがほかへ移ったとはいえ、十年近く寵愛してきた色子を札差風情に寝取られたとあっては、腹の虫もおさまるまい。

二十何年かの昔、お葉の母親をめぐって美水隠居と恋慕《れんぼ》の鞘当《さやあて》をくりひろげ、その経緯をいまだに根にもっている性格《たち》の田沼のような人間が、美松を寝取ったあげくに頓死までさせた富士武を、許したはずはない。富士屋は主人もろとも皆殺し、夜盗を装えば万両以上の金も懐に入るから一石二鳥。戸締りの堅い札差に忍び入るには根来衆が使われたのかも知れず、加えて用心棒の咽仏を一閃した、あの浪人者もいる。そうかといって手証はなし、正面からの談判が通用する相手でもなく、当分は蚯蚓御用と田沼とのあいだで心理的な駆引きをするしか、方法はない。しかしその駆引きがつづくうちは田沼も、八百善に手を出すことはないだろう。

「なあ、ご亭主に女将」

香りのいい宇治茶をゆっくりと味わい、茶碗を盆に戻して、米造は善右衛門とお万の顔を見くらべる。

「今回の騒動、最初《はな》から理を分けて名主の吉田屋と船十の喜作さんに話を通せば、これほどの大事《おおごと》にはならなかったと思うが」

「手前どもの、まったくの不明。たかが八百屋あがりの料理茶屋、お歴々にご贔屓いただくうち、知らず知らず、心に驕《おご》りが生じておりました」

「それが分かっていてくれたら、俺やうちの子分が出張るまでもなかった。ただ知ってのとおり、清次という若い者がこの裏で斬られ、そのことに八百善の板前がかかわっている。俺としてもこの件にけじめをつけねばならぬ」

「恐れ入りましてございます。あの騒ぎのとき、すぐお届けにあがればよかったものを、これもまた自分可愛さ。身を潜めておれば騒ぎもいつかおさまるかも知れぬと、浅はかな分別をいたしました」

「うむ。で、伊佐治という板前は、どうかかわっている」

「しかとは存じかねますが、騒ぎがあって伊佐治が姿を消したあと、女中や店の者に問いただしてみましたところ、伊佐治は悪い手遊びに、嵌まっていたとか」

「博打《ばくち》か」

「そのようで。ただ伊佐治は料理の腕もよく、男っぷりもまずまず。店の者も博打狂いを知ってはいたものの、手前どもの耳には、入れなかったもので」

「その伊佐治にあの夜、何があったのだ」

「これは、女中の話でございます。お信《のぶ》という女中があの夜たまたま、店の裏手で伊佐治と浪人風体の男がなにやら、話し合っているような争っているような様子を、見かけたと。どうもいやな気がして物陰から見ておりますと、不意に提灯がつきつけられて、『兄さん、御用の筋で聞きたいことがあるんだが』と、知らない男の声が」

「それがうちの、清次か」

「あとから思いますれば、そのようなことかと。で、その声を聞いたとたん、浪人者が刀を抜き放ち、声の主に斬りかかったらしゅうございます。女中が見ていたのはそこまでで、伊佐治がいつから姿を消したのかははっきりいたしませんが、たぶんそれから、間もなくのことと存じます」

「つまらぬいきさつだな」

「まことに、相済まないことでございます」

「清次の命が助かったからよかったものの、そうでなかったらこの八百善、叩き潰《つぶ》さねば俺の気が済まなかったぞ」

「手前の不明、自分可愛さからの身勝手。このとおり、重ねて、お詫び申しあげます」

善右衛門が畳に手をついてまた咳き込み、その顔色の悪さと乱れた横鬢に、米造は込みあげてくる怒りを奥歯で嚙みしめる。自分の身が可愛いのは料理屋も棒手振りも老中も、同じこと。しかし節目の折りに善右衛門がもう少し毅然《きぜん》と事に対処していたら、お美代こと美松の身の上にも妹のお喜代にも、それに清次の災難に関しても、また別な結果が出ていたのではないのか。もっとも婿養子の善右衛門が理に適《かな》った対処をしたくとも、家付き女房のお万が商売を優先させた可能性が、なくはない。

「過ぎたことは、まあ、いいとしよう」

「重ねて、お詫び申しあげます」

「だが女中か誰か、伊佐治が通っていた博打場に心当たりぐらいはあるだろう」

「それは、千住《せんじゅ》宿らしいとか」

「千住、か」

「千住宿なればご朱引き外、お代官所のご支配地でございますれば、公儀《おかみ》の目も届きにくいように聞いております」

「ねえねえ、親分。千住宿を縄張りにしてる貸元てえと……」

それまで落雁を頰張っていた音吉が腰をあげ、米造の向こうをまわって、縁側の反対側に片足組《やだいじん》を決める。権力と金がからんだ衆道の愛憎《あいぞう》話より、斬った張った逃げた捕らえた、とかいった正しい捕り物話のほうがやはり、音吉の血も騒ぐのだろう。

「あのあたりはね、たしか榎下《えのきした》の久蔵《きゅうぞう》って貸元が仕切ってるはずだよ」

「音吉兄いは千住の女郎《めしもり》にまで馴染みがいるのか」

「やだね親分、おいら亀二郎に誘われて、一遍《いっぺん》だけ冷やかしに行っただけだよう」

「ふーん、まあいい。だが今日も下っ引きがまだ、何人かは伊佐治を追ってるだろう」

「どうせ四、五人はね」

「それなら今ごろは誰か、久蔵とかいう博打うちにも辿《たど》りついている。この暮にきて面倒なことだが、千住まで出向かねばなるまいな」

米造は茶を飲みほして浅草寺方向の空に目をやり、まだ八ツの鐘を聞いていないことを確認してから、庭の陽射しに目を移す。山谷から千住宿など小塚原を越えれば目と鼻の先、たき川では勘助や神坂も待っているだろうが、ここは一気に片をつけてしまうのが筋だろう。

「ご亭主に女将、聞いてのとおりの始末で、今日のところは暇《いとま》をする」

善右衛門とお万がそろって居住まいを正し、善右衛門がまた咳をして、手拭いを口にあてる。

「最後に、俺のほうから頼みがあるのだが、是《ぜ》が非《ひ》でもその頼みを聞いてもらいたい」

お万が紅をさした目尻をゆっくりともちあげ、米造の顔をのぞき込みながら、静かに首をかしげる。

「実は、八百善の名と財産《しんしょう》を見込んで、合力《ごうりき》を頼みたいのだ」

「金でございますか」

「そうだ、金だ。ただし千両箱をいくつか、たき川へはこんでこいという話ではない。奥州辺のうちつづく飢饉、加えてこの夏に起こった浅間の山焼けがかの地を疲弊《ひへい》させている事実は、聞いているだろう」

「各藩のお留守居様などのお話から、多少は」

「この江戸にいては想像もつかぬが、奥州の飢饉は未曾有のものらしい。さる仁《じん》の話によると、食えなくなった百姓どもが田畑を棄《す》て、早ければこの春にでも、何万という数が江戸へ流れ込むという。幕府《おかみ》も何か策は講じるだろうが、田沼が仕切っている幕政では当てにならぬ。そこでだ、八百善……」

「手前どもに、合力を」

「何万もの棄民が飢えて江戸の町をさまよえば、追剝、盗人、人殺しなども横行し、市民の暮らしさえ危うくなる。そうなっては町奉行所などで手に負える仕儀ではなく、これはお前さんたちの力を借りねば、始末がつかぬ」

「奥州の飢饉が、そこまで」

「米に金に雨露をしのげる紙合羽にボロ布、吐き出せるものはすべて、吐き出してくれぬか。評判の八百善がすすんで棄民の救済にあたるとなれば、名主大商人札差にまで、倣《なら》う者も出てこよう。富士武の例もあるように、千両箱などいくつ貯め込んだところであの世へはもっていけぬ。棄民への慈悲《じひ》で名を残せば、この八百善、行く末までの繁盛が、約束されるのではないか」

善右衛門とお万がしばし顔を見合わせ、善右衛門が手拭いを懐に戻して、その白い頭を、深く畳につける。お万も着物の襟をととのえて畳に指をそろえ、落ち窪んだ目を、きっぱりと見開く。

「仰《おお》せのとおり、この八百善、財産《しんしょう》つづくかぎりの合力を、このとおり、お約束申しあげます」

「得心してくれればもう云うことはない。今回の騒動、このたき川が責任をもって、不問に付そう」

縁側から腰をあげ、音吉に会釈を送り、膝を立てかけた善右衛門お万夫婦を手で制す。

「見送りは不要。ただし八百善、騒動に巻き込まれた町内の手前、ひと月ほどは戸閉めをしてもらうぞ。なーに、ご亭主の療養をかねて箱根《はこね》へでも湯治《とうじ》に行けばいいさ。そのあいだには伊佐治の処分も含めて、すべて片付けておく」

また頭をさげた夫婦にうなずいてやり、懐手に腕を組んで、米造は縁側前から庭へ歩き出す。また雀が飛び立って二階座敷の上空へ旋回していき、ちょうどそのとき浅草寺の鐘が、八ツを打ちはじめる。

離室《はなれ》の庭から母屋側の庭、そこから柿板葺《こけらぶ》きの門をくぐって表の往還へ出たところで、米造の左頬に、ぴりっと、痛いような殺気が届く。

「む……」

そこで米造は足をとめ、ついてきた音吉を、さりげなくふり返る。

「音吉、俺はこの足で千住へ向かう。猪牙はまた帰りにでもとりに寄る」

音吉が寄ってきて米造の前にまわり、右肩の手拭いを左肩にかけなおして、ぐいと鼻を上向ける。

「榎下に殴り込みだね。清次兄いを斬った浪人てなあ、どうせ賭場の用心棒だあ。その野郎と伊佐治がなんか揉めてるところへ、間が悪く清次兄いが顔を出しちまったと」

「そんなところだろう。清次も運が悪かったが、だからといってその浪人は許せぬ」

「おいらも同意見だよ。その野郎、ひっくくってひっぱたいて切り刻んで、獄門首を小塚原にでも晒してくれべい」

「お前は船十の喜作さんを駕籠にでも乗せて、御徒町へ走れ」

「あれあれ、やだよ親分。おいらも千住へ行くよう」

「八百善も云ったように、千住は代官所の支配地。江戸の目明かしがやたらの騒ぎを起こしても、代官が迷惑する」

「分かっちゃいるけどね。おいらを捕り物に加えてくれねえなんて、親分も水臭えや」

「お前は御徒町で、あの幇間《たいこ》医者をひっくくればいい。ついでに脂《あぶら》ぎった坊主頭、草履で二つ三つひっぱたいてやれ」

「それならそれでもいいけど、だけど親分、あの幇間医者を、なんの咎《とが》で？」

「知らぬ。ひっくくって大番屋へ叩き込んで、咎などあとで探せばいい。あの程度の幇間医者、匙違いでどうせひとりや二人は殺している」

「そりゃあ、まあ、そんなことも」

音吉が手の甲で鼻の下をこすり、いつ調達したのか、八百善で出された落雁を口に放り込んで、その口をもぐもぐやりながら金壺眼を見開く。

「ええと、親分、おいらにはちょいと、理屈が分からねえ」

「富士武の首に縄がかかることを知っていたのは、誰と誰だ」

「そんなの、おいらも門前の親分も船十の親分も……」

「昨夜自身番にいた名主も大家も書役も、みな知っていた。だがそのうちの誰が、田沼などに注進する」

「あれあれ、するてえと」

「村井良宅。自身番では殊勝《しゅしょう》な顔をしていたが、あの足でそのまま、田沼の屋敷にでも駆け込んだにちがいない。そうでなければこうも都合よく、富士武が襲われるはずがない」

「そうだよ親分、それで理屈が符合するよ。あんちくしょう。音吉様をナメやがって、もう許さねえ」

「大番屋の差配が四の五の云ったら、富士屋へ押し入った夜盗の一味、とでもなんとでも、適当にはぐらかしておけ。どうせ松の内は探索も吟味も、手控えになる」

「いいね、いいね。おいらあの蛸坊主《たこぼうず》みたような間男面《まおとこづら》が、最初《はな》から気に食わなかったあ」

手証もなしに医者ひとり、奉行所送りを前提の大番屋へ収監することなど、ずいぶん無茶な話。米造もそれぐらいは承知しているが、村井良宅が田沼へ注進したという推理《よみ》に、まず間違いはない。注進したからといって、もちろんそれが罪になるわけでもなく、また田沼が富士屋への押し込みを手配した、という証《あかし》にもならない。要は蚯蚓御用の元締めが良宅の首根を押さえた、という事実を、田沼の側に知らせてやることなのだ。

「だが音吉、良宅の頭はお前が叩《は》るにしても、縄は喜作さんに打たせろ。老いたりとはいえさすが腕っこきの目明かし、事の発端はすべて、喜作さんの眼力にあったのだからな」

「分かってるよう。親分もくどいねえ。万事この音吉兄いに、任せておきなよう」

珍しく「がってんだあ」は残さず、音吉が尻をはしょって駆け出していき、その背中を見送ってから、米造は懐手に入れた手で顎の先をさする。その間も殺気は恐ろしいほどの痛みで左頬を刺しつづけ、米造は音吉のうしろ姿が山谷堀の向こうへ消えるまで、その殺気に、じっと耐えつづける。

不意に殺気が消え、同時に米造の左耳に空気の圧迫音と熱に似た振動が、鋭く押し寄せる。米造は懐手を抜いて飛来物を受けとめ、手に入った異物をぽいと、地面に放り捨てる。それは一膳飯屋などで使われる古びた竹箸で、もし小柄《こづか》や手裏剣だったら米造の指は五本とも、根元から断たれていた。しかしもちろん、その飛来音と速度からそれが刃物でないことぐらい、米造も最初から見切っていたのだ。

　米造は腰の鉄扇に軽く拳を打ちつけ、八百善の塀前から千住方向へ、ずいと足を向ける。そのまま十間ほどすすむと右手の土塀わきに塗笠《ぬりがさ》の縁が形を見せ、つづいて黒っぽい無紋の着流しが影のように、飄然《ひょうぜん》とあらわれる。笠の陰になって顔は口元しか見えないが、体形は長身痩軀。今は殺気を消していても古箸を打ってきた技量から、それが過日の浪人者であると知れる。米造は男から三間の距離をとって足をとめ、相手の撃剣に備えて右足だけを、半歩前に出す。

「富士屋の対談方に残した太刀筋、あれは、酔狂《すいきょう》か」

　男の右腕がかすかに動き、しかしその手は刀の柄《つか》にまでのびず、笠の下で薄い唇だけが、にやっと笑う。首筋の皮膚を見る限り歳は三十をひとつ二つ出た程度、肩や腰からは不可解なほど力が抜けていて、本来ならこんな体勢から抜刀することなど不可能なはずだが、男の気配にはそれでも真上から切っ先が降ってきそうな、いやな気配がある。

「佐伯の青鬼と謳《うた》われた真木倩一郎、二刀を捨てたことが、惜しまれる」

「まず、姓名を聞こう」

「名など知っても詮方《せんかた》なかろうが、三枝多門《さえぐさたもん》と覚えておけ」

「その三枝多門がなにゆえ、田沼の飼い犬に?」

「お主ほどの剣客とて賤《いや》しき蚯蚓に身を落とす。人の生きざまなど、理屈では云えぬわ」

「理屈で云えねばさっさと、刀を抜けばよいものをな」

「さよう。なれば、言葉に甘えて」

塗笠の縁がじわりとさがり、三枝多門の顔がすべて隠れて、かわってその腰から反《そ》りの浅い三尺長の大刀が、音もなく抜き出される。多門は抜いた刀を構えもせず、だらりとわきに垂らし、まるで能でも舞うように、すっと米造のほうへ腰を寄せてくる。

二人の距離が一間《けん》にまで迫り、突如多門の口から野犬の絶叫に似た、「きえーっ」という気合いがほとばしる。同時に多門の躰が二尺ほど宙に浮き、ふりかぶった刀が米造の頭頂めがけて、稲妻《いなずま》のように打ちおろされる。米造は腰の鉄扇を抜き、左腕の肘で額をかばいながら、多門の打ち込んだ刃を鉄扇の親骨で、がきっと受ける。多門の足が地におり立ち、米造の足が地を踏んばり、そしてそのままの体勢がひと呼吸、二呼吸、三呼吸と、凍りついたようにつづく。

多門が放った真上からの打ち込みは、一見薩摩《さつま》の示現《じげん》流。しかし示現流なら後先をかえりみずに、相手が辟易《へきえき》するまでひたすらの打ち込みをくり返す。多門のように刀を振りおろしたまま相手の呼吸をうかがう刀法など、まずないだろう。今、かりに多門が二の太刀に備えて刀をひけば、米造がその間合いで多門の懐へ飛び込み、鉄扇に仕込んである小柄で相手の腋《わき》の下をえぐる。また逆に、米造のほうからその技を仕掛ければ一拍だけ多門の側に余裕が生じ、米造の肩から背中は深々と斬りさげられる。鉄扇に重なっている刃を多門が左に払えば、米造が身を左にかわして鉄扇がその首根を打つ。右へ払えばやはりその左懐へ飛び込み、米造の側に鉄扇から小柄を抜く余裕が出る。しかしこの体勢はもともと米造が受けるしかない状況で、小柄を抜いて自分のほうから多門に仕掛けても、最初から勝ち目はない。米造はその手順のすべてを読みきり、そして多門も同時に、すべての手順を読みきっている。

二人の呼吸が十度ほど重なり、お互いにその乱れを探り合ううち、どこかからあらわれた茶色い近所犬がのんびりと、二人の横を歩き過ぎる。

ふと多門の刀から殺気が消え、刀を振りおろしたそのままの腰構えで、ふわりと米造から距離をとる。米造は乱れそうになる呼吸を胆力《たんりき》で自制し、自分でも二歩ほど多門から距離をとって、鉄扇を腰におさめる。近所犬は一度二人をふり返っただけでそのまま土塀の破れ目に姿を消し、多門も刀をおさめて、くっくっと、喉を鳴らして笑う。

「真木倩一郎、お主が小野派一刀流に合わせて、富田《とだ》流小太刀まで使うとは、知らなんだわ」

「俺も示現流にお前さんのような太刀筋があるとは、知らなかった」

「俺の剣などは生まれつきの我流《がりゅう》だ。だが真木、お主がなんと思おうと、俺は田沼の飼い犬でないぞ。そのことだけは心得ておくがいい」

多門が正対したまま身をうしろにずらし、あらわれたときと同じように、土塀の破れ目へ煙のように消えていく。あとを追うことに意味はなく、追う気力もわかず、米造は往還に佇《たたず》んだまましばらく、脇の下ににじむ汗の音に耳を澄ませる。三枝多門が死をかけて打ち込みをつづけていたら、はたして鉄扇と小柄だけで、防げたかどうか。諸国を経巡《へめぐ》っている間の立合いも、真剣で三十余たび。相手を傷つけ、また死なせもし、自身も総身に数カ所の刀傷を負ってはいるが、あれほどの打ち込みと間合いを見切る遣《つか》い手に出会ったことはない。受けたのが鉄扇でなく刀だったらこちらの刃が折れたかも知れず、身の処し方を間違えば腕の一本ぐらいは飛んでいた。その恐怖と、そしてそれとは逆に、生死をかけて立合える相手の出現が、米造の五体に、奇妙な陶酔《とうすい》感をもたらす。たき川へ婿入って以来忘れていた剣術使いの本能に、米造自身、不可解に苦笑する。

「それにしても、世間というのは、広いものだな」

米造は意識的に独言を口にし、懐から手拭いを抜いて、土をかぶっている足袋のつま先をていねいに払う。三枝多門ほどの剣技があればその名は国中に聞こえるはずだし、禄《ろく》をもって抱えようという大名だって、少なくはない。それほどの剣客がこれまで世間に知られることもなく、今になって突然田沼の縁者に寄宿し、くわえて富士屋の押し込みにまで加担した。それでいながら米造には「田沼の飼い犬ではない」と公言し、実際に意外なほど、あっけなく刀をひいていった。金で雇われた刺客ならもっと執拗《しつよう》に命を狙うはずで、多門の身熟《みごな》しや太刀筋にもどこか、米造との立合いを楽しんでいる気配があった。

三枝多門とは、何者なのか。田沼につながりのある抱え屋敷に寄宿しているといっても、それがそのまま、田沼の関わりを示すものなのか。

いずれにしても多門の狙いは、米造の命ひとつ。たき川やお葉にまで危難のおよぶ惧《おそ》れのないことに、大きく安堵する。

*

日本堤から新鳥越町、浅草寺の寺領町を抜けて泪橋《なみだ》を渡ると、そこから先の往還が奥州街道になる。奥州街道は千住大橋の手前で日光《にっこう》街道に合流するが、それまでの往還と周辺地がいわゆる、小塚原。どこかの寺内に光る石を埋めた小塚があったとかいういい伝えから、この地名があるらしい。しかし江戸で一般的に小塚原といえば、それは刑罪場《けいざいば》をさし、宗延寺《そうえん》に接した往還の左手側に広さ一千坪ほどの回向院領がある。獄門刑でもあれば街道の晒し台に首級《くび》でものっているのだろうが、さすがに暮の二十八日、非人の番小屋もひっそりと静まり返っている。それでも遠くの火葬場に白い煙がのぼっているから、浄土真宗《じょうどしんしゅう》の門人に死人でも出たのだろう。

その刑罪場の横手を北へすすみ、町屋の多くなった小塚原町から千住大橋をわたって、対岸の橋戸町《はしどちょう》に出る。この橋袂から先が千住の掃部宿《かもん》、旅籠《はたご》が櫛比しているのは掃部宿から千住一丁目、二丁目にかけての往還で、今日もこの暮だというのに荷駄や荷車が行き来する。

真木倩一郎が父の倩右衛門に従って白河松平家を離藩し、蜩《ひぐらし》が狂ったように鳴く日の夕刻に千住宿へ到着したのは、もう十年以上もの昔。あの日止宿した旅籠がどこだったのか、往還を眺めても記憶は戻らない。十六歳の倩一郎にとって、隅田川をわたれば初めて見る江戸。江戸にはどれほどの人が住んでいるものか、将軍家の居城とはどれほどの規模なのか、どれほどの剣術道場があり、どれほどの剣客がいて、将軍家剣術指南の柳生や小野派一刀流とは、どれほどの技を使うものなのか。そんな期待と不安を胸に抱きながら、それでも白河に残してきた母の千枝や由紀江の顔を思い出していた自分を、千住宿の往還に立って、米造はあらためて思い出す。

一里塚、高札場、掘割にかかった小橋の向こう側には宿《しゆく》の問屋場《といやば》があって、この暮にきて急ぎの荷でも運ぶのか、荷駄と人足が忙《せわ》しなく出入りする。榎下の久蔵とかいう二つ名をもつ博打うちなら宿場でも顔役のはずで、問屋場で聞けば住まいも知れるだろう。

「親分、二代目の親分、ちょいとお待ちを」

立場茶屋《たてばぢやや》の奥から若い男があらわれて腰を低め、横から米造の顔を見あげて、ぽんとうしろ首を叩く。

「おう、青物問屋の色男、余五郎兄いか」

「またまた、二代目もお人が悪い。いえね、今腹ごしらえでもしてから、誰か堀江町へ走ろうかって、みんなで相談してたところで」

「みんなとは」

「へえ、益蔵と卯之助で」

「そうか。この暮にきて、兄いたちには世話をかけるな」

「滅相もねえ。だけどちょうどよかった。きたねえ飯屋ですが、まあなかへ」

余五郎が露払いをするように広床机《ひろしょうぎ》のあいだを縫っていき、薄暗い店の奥へ米造もつづく。千住宿には泊まらず、そのまま江戸入りする旅人のために、往還には立場茶屋と飯屋をかねたような小店が点在する。表は腰掛け用の床机、なかは板の間の入れ込みで、その入れ込みでは焼接ぎ屋の卯之助ともう一人の若い男が胡坐をかいている。内からは明るい往還が見わたせるから、余五郎か卯之助が外の米造に気づいたものだろう。これまで会ってはいなかったが、卯之助のとなりで膝を直した男が、下駄の歯入れの益蔵か。

「へい、二代目の親分、お初にお目にかかります」

「お前さんが益蔵さんか。これまで顔を合わせることはなかったが、今後ともよろしく頼む」

「そんな改まられると、おいら小便をちびっちまうよ。それにしても余五や卯之の云うとおり、とんでもねえ貫禄《かんろく》で」

「町家の振舞いに慣れぬだけのことだ。それよりいい若い衆が、飯だけか」

「誰が堀江町へ注進するか、それを決めてからと、ね」

「もうその用はなくなった。余五郎、酒と肴を、適当に見繕ってくれ」

余五郎が店の小女を呼んで酒と肴を注文し、薄暗くてだだっ広い入れ込みで、改めて四人が対面する。ほかには馬喰《ばくろう》体《てい》の男が酒を飲んでいたり商家の小僧が団子を食っていたり、八ツも過ぎているせいか、店にもたいした客はない。

米造が座に着くと、すぐにチロリの酒と芋や蒟蒻の肴がはこばれてきて、まず米造が三人の茶碗に酒をつぐ。

「みなには家業もあるところに、手間をかけさせた。ただ今回の一件も、どうやら先が見えてきた」

「おっと、そいつは上首尾」

「余五郎、お前は昨夜、あれから？」

「へえ、音羽の親分と門前の親分を陸尺町へ案内して、あとはその足でずいっと、千住までね」

「御用のためとはいえ、苦労をかけたな」

「えーと、そこはそれ、いろいろあれやこれやと、まあ、そんな按配で」

余五郎だけではなく、卯之助も益蔵も同じように髷に指を這わせて、もじもじと尻を動かす。考えてみれば千住宿は江戸北郊第一の盛り場、昨夜は音吉たちが吉原で遊んできたように、余五郎たちも飯盛り女郎を相手に羽目でもはずしたか。

「なるほど。それはいいとして、ならば富士武の件はまだ耳に入ってないだろう」

「強姦《てごめ》の罪科《かど》で、くくっちまいやしたか」

「いや、昨夜賊が押し入って、奉公人もろとも、斬殺された」

「え、え、え、あ、あ、あ、あの富士武が」

三人が腰を浮かせるやら膝を立てるやら、茶碗をおくやら箸をとりあげるやらしながら、それぞれに顔を見くらべて、それから気が抜けたように、すとんと腰をおろす。

「二代目、そいつはまた、どういう講釈話で」

「主従全員が殺されて、万両以上はあったと思われる金も、盗《と》られた」

「するてえと、例の、夜盗の？」

「表向きはそういうことだ。ただ俺は、老中の田沼が絡んでいると見る」

「ありゃりゃ、こりゃりゃ、そいつはいけねえ」

「そうはいっても手証はなし、たとえ手証が出たところで、老中を町奉行所の白洲へひき出すわけにもいかん。詳しいことはまたいつか話すが、そういうことでこの件はこれで、一応の手仕舞いにする」

卯之助が自分の頬を叩いて茶碗酒をあおり、天井へ向かって、大きくため息をつく。たき川の庭に駆け込んできたときは汗まみれの泥まみれ、しかし今日は髭も剃って鬢《びん》もなでつけて縞の綿入れも、小ざっぱり決めている。本命は千住での探索ではあっても、大方飯盛り女郎に馴染みでもいたものか。

「ちっくしょうめ。余五から話を聞いて、富士武の野郎に石でもぶつけてくれべえと思ってたのに、死なれちまったら、それもできねえ」

「卯之よ。それならご老中様のお駕籠に、石を投げるのはどうだえ」

「バカ云いやがれ。おいらはご老中様のお駕籠なんてものとは、相性が悪いんだい」

「二人とも、まあいい。そのかわりと云ってはナンだが、商いの最中にでも、富士武殺しの黒幕は老中の田沼、とかなんとか、噂を広めてくれ」

「云っちまって、いいんですかい」

「たっぷりと、だが密かにな。田沼は根来の忍びを手先に使っている。お前たちが噂を広めていると知れたら、命を狙われるかも知れん」

「そんなことなら屁の河童《かっぱ》だい。なあみんな、天下のご老中様相手に一戦闘わせるなんぞ、江戸っ子の誉れってもんだぜ」

「卯之、おめえの出身《で》は、葛西《かさい》だったろうよ」

「やだなあ余五、それだから商人の倅は、細かくていけねえ。おいらは葛西は葛西でも、ずずっと日本橋寄りの、亀戸《かめいど》村だい」

益蔵が米造の茶碗に酒を注ぎ、米造はその酒に口をつけて、余五郎、卯之助、益蔵と、それとなく三人の顔を見くらべる。そういえばこの三人は探索のために、清次が最初に招集した連中で、気心も知れているし見かけ以上に下っ引きとしての、目鼻もきくのだろう。

「ところで余五郎、最初に、俺への報せがどうとか云っていたが」

「おっと二代目、富士武の件で肝をつぶしちまって、あやうく忘れるところだったよ」

「うむ、で?」

「いえね、まあかいつまんで話すてえと、卯之が昨日から千住へ目をつけて、女郎宿へ時化込《しけこ》んでたと思いなせえ」

「余五、おめえ、そりゃねえだろう」

「話には順番てものがあるんだい。えーと、なんでしたっけ。ええい面倒くせえ。卯之、てめえが自分で申しあげろい」

余五郎が舌打ちをして胡坐を組みかえ、腰から煙草入れを抜いて、そばの煙草盆をひき寄せる。

「ええと、要するに、そういうことで……」

卯之助の話が長いことは一昨日《おととい》の夜で承知しているから、米造も腹を決めて、茶碗酒をゆっくりと口へはこぶ。

「それでね二代目、八百善の女中で、お信って女がいると思いなせえ」

「うむ」

「おいらが昨日の夕方、八百善の裏手で誰か出てこねえかと見張ってるてえと、このお信が風呂敷包みなんぞ抱えて、ひょいと。でもってつつっと寄っていって、おい姉さん、今時分風呂敷なんぞ抱えて、まさか質屋へお参りでもあるめえ。お前さんにも見当はついていようが、御用の筋だ、ちょいと話を聞かせてくれねえかと。するてえとこのお信、いいえ、これから目黒の親戚まで行かなきゃならないもんで、そんな暇はどうとかこうとか。ふーんそうかい、それなら今夜はそこの自身番に泊まって、目黒の親戚には明日にでも、ゆっくり行くがいいぜ、と脅しをかけるてえと、いえいえ、そりゃ困ります。あたしは何も存じません……」

余五郎も益蔵も卯之助の長話には慣れているのか、それぞれにキセルを吸いつけたり箸を使ったりしながら、呑気な顔で相槌を打つ。

「卯之助、焼接ぎ屋というのは手より、口で商いをするものか」

「やだねえ二代目、そりゃあ長屋の女房《かみ》さん連中を相手に……と、ねえねえ、話の腰を折っちゃいけないよ。ええと、そうそう、でね、おいらがお信に、何も存じませんとはどういうことだ、こっちはまだ、おめえの名も聞いちゃいねえんだぜ。あらそうですか、あたしはこれこれこういうもので、ねえ兄さん、後生ですから堪忍してくださいな。これから目黒まで歩いたら一刻半はかかります。向こうへ着いたら真っ暗で、あたしは狐に誘拐《ひ》かれちまうじゃありませんか。いやまあ、こっちだって何も、姉さんみたようないい女を甚振《いたぶ》りたくはねえんだぜ。ただおいらの大事な兄貴分が八百善との絡みで斬られちまって、そうなりゃあ黙ってるわけにもいかねえ。そのへんの加減は姉さんにも分かるだろう。あれまあ怪我をなすったお方は兄さんの、そりゃまあとんだ災難でしたねえ。最近はナンですか、店もあれやこれや騒動が多くて、あたしなんかも困ってるんですよ。だからその困ってる訳合いってやつを、ひとつぶっちゃけてくれねえか。そうは仰有いますけど、あたしにもお店に義理があるんですから、兄さんもその加減は分かってくださいな。いやいや、分かってるからこそこうして……」

卯之助のその話には身振り手振りがついていて、おまけに声色まで交じるとあっては、くだらないとは思いながら米造もつい、聞き入ってしまう。

「ところで姉さん、風呂敷を抱えて目黒の親戚までってのは、躰の具合でも悪くしたのかい。いえいえそんな、大きい声じゃ云えないんですけど、ここんとこ店も災難つづきでしてねえ。その厄落としってことかどうか、正月の三が日過ぎまで商いを休むから、そのあいだお暇を。そりゃまあ八百善も災難だ、だけど姉さん、いくら親戚ったって四日も五日も厄介《やっかい》になるんじゃあ、ちっとばっか肩身が狭くねえかい。それもそうなんですけど、あたしの在《で》は宇都宮《うつのみや》の先なもんで、そこまでは帰れないんですよ。そうかい、姉さんの出身は宇都宮かい。それじゃあ目黒がせいぜいだろうが、その親戚にゃどうせ年寄り子供もいるだろう。まあ子供に小遣いでもくれてやりゃあ、ちったあ安気に過ごせると思うぜと、おいらもここが攻めどきと思ったもんで……」

「お信に何銭《いくら》か握らせたか」

「さすが二代目、ご明察」

「それにお信はちょいと渋皮のむけた、なかなかのいい女」

「あれ、二代目、見てたんですかい」

「見てはいないが見当はつく」

「さすがヤットーの名人、その見当もご明察。でね、おいらもここで酒手をケチったら江戸っ子の名折れ、音兄いから探索の元手も預かってることだし、太っ腹にぽーんと、二朱ばかり」

「酒手が功を奏して、お信が口を開いたわけだな」

「開いた開いた、もうひと押しすりゃあ上の口どころか、下の口まで……と、そりゃこっちの話だけど、料理人の伊佐治って野郎は、博打に嵌まっていたらしいと」

「通っていた博打場は千住宿、この辺の顔役は榎下の久蔵で、清次を斬った浪人者はどうやらそこの、用心棒らしいか」

「いよっ、ご明察、そこでもっておいら……あれ？　だけど二代目、どうしてそんなことまで？」

「知っているから出向いてきた。八百善の亭主から同じ話を、聞き出したものでな」

「なーんだ、知ってるなら知ってるで、云ってくださいよ。おいらなんだか草臥《くたび》れて、腹がへっちまったい」

卯之助がくたっと胡坐をくずして首をうなだれ、里芋に箸をつき立てて、ぽいと口に放る。余五郎と益蔵は呆れたような顔で笑い、米造も意味もなく可笑しくなって、ほっと息を吐く。江戸の職人や棒手振りはこんな罪のない連中がほとんどで、しかし奥州の飢饉はそういう江戸者の気楽な暮らしにも、どうせ宿痾《しゅくあ》のように水をさす。

「それでね、二代目の親分、卯之の話はただの前口上で……」

　益蔵が片頬をゆがめて茶碗酒をあおり、やっと自分の番がまわってきたというように、軽く膝を直す。下駄の歯入れを生業《なりわい》にしているわりには身熟しに粋な感じがあり、その目付きにもほかの二人にくらべると、気骨の気配がある。右の眉尻にちょっとした刃物傷もあるから、以前は相当に遊んでいたものか。

「まあ概要《あらまし》はそんなところで、昨夜《ゆんべ》は卯之と余五とおいらの三人、この千住宿で飯盛りをからかってね。今朝から榎下一家の近辺をあれやこれや、探索していたと思いなせえ」

「うむ」

「そうこうするうち、午前《ひるめえ》んなって、掃部堤の用水から水死体《どざえもん》があがったと」

「ほーう」

「でもっておいら、そっちへすっ飛んでいったところ、水死体はこの先の慶元《けいげん》寺って小寺にはこばれたあと。仕方ねえからそっちへ行ってみるてえと、こんな田舎に水死体も珍しいのか、もう縁日みたような人だかり。その人だかりを掻き分けて見たら、水死体はどうやら、簀《す》巻《ま》きにされて用水へ放り込まれたような按配。夏の水の多い時分なら大川まで流れちまったもんだろうけど、どうせ今の水嵩《みずかさ》で、枯れ葦にでもひっかかったんでござんしょう」

「その水死体は、もしや？」

「さあ、それが分からねえ。それとなくまわりの連中に当たってるうち、卯之と余五も慶元寺へ駆けつけてきてね。だけどおいらたち三人とも、伊佐治の顔を知らねえ。地元《ざい》の連中も知らねえ男だと云うし、水死体も水膨れで顔なんか土饅頭みたよう。ただ着ているものは細縞の小粋なもので、歳もどうやら三十前後。簀巻きなんてのはもともと博打うちと座頭がやる私刑《しおき》で、水死体も座頭ってことはねえから、辻褄《つじつま》からいやあ、伊佐治ってことになるんですがねえ」

「なるほど。清次の件はもともと、伊佐治と浪人者が何か話をしているところへ、清次が『御用の筋で』と声をかけたことが発端らしい。伊佐治が通っていた博打場は千住宿、そこで博打うちの私刑である簀巻き遺体が出たとなれば、兄いたちの推量も、的を射ている」

「へえ。それに聞いていた風体に合った浪人者も、どうやら榎下の一家で用心棒をしているようで。名前は角野辰之進《かどのたつのしん》とかなんとか」

「すべての符節が合ったわけだな。清次の災難は博打絡みのとばっちり、富士武もつまらぬ色欲から財産《しんしょう》ごと地獄に落ちて、さて、誰が得をしたのか、損をしたのか。案外この寒空に走りまわってバカをみたのは、俺たち目明かしだけかも知れぬな」

三人が同時にうなずいて茶碗酒を口にはこび、米造は小女に酒の追加を云いつけて、自分でも茶碗に口をつける。益蔵の云い草ではないが、簀巻きでの始末は博打うちと座頭の私刑。座頭には座頭の仕来りと高利貸し関係の揉めごとがあり、博打場には博打場の仕来りがある。簀巻きの遺体は町奉行所でも打ち捨てが習慣《ならわし》で、探索も詮議もおこなわない。その理屈は代官所でも、同じことだろう。

「益蔵、簀巻きの死体はこの千住でも、やはり打ち捨てか」

「へえ、代官所の手代が慶元寺の裏に、穴を掘らしてるようで」

習慣としては打ち捨てでも、御定法を厳密に執行すれば罪は罪。その気になれば下手人を捕縛して死罪に処すことも、できなくはない。

「済まぬが埋葬《まいそう》を中断させて、八百善まで走ってくれぬか」

「そんなこたあ、お安いご用」

「たぶん伊佐治だとは思うが、念のために面検《つらあらた》めをしておきたい。八百善に年寄りの若い衆が残っているから、訳を云って、足をはこばせてくれ」

「そういうことならこれから、さっそく。山谷堀なんざ行って帰って、せいぜい半刻でござんす」

茶碗酒をくいっとほして益蔵が身軽に腰をあげ、あらよっと云いながら、裾をはしょって店の外へ駆け出していく。益蔵ひとりなら行って帰ってたしかに半刻、しかしあの八百善の年寄りを連れ帰るとなれば、それは無理だろう。

追加の酒が来て、余五郎が米造と卯之助の茶碗にチロリをかたむけ、そののっぺりした顔の眉根を、ちょっと寄せてみせる。

「で、二代目、あっしらはこれから、どうしましょうかねえ」

「探索もここまですすめば、あとは仕上げだけだ。そうはいっても、その仕上げが……」

注がれた酒を口に含み、日の射す往還と往還を江戸方向へ歩く六十六部の白い装束《しょうぞく》に目をやりながら、米造は顎の先をさする。

「余五郎、卯之助、榎下の久蔵については、何か聞き込んでいるか」

「そりゃもう、あっちこっちで、なあ卯之」

「おうよ。それがね二代目、博打うちなんてのはどこでも評判の悪いもんだけど、この久蔵ってのは、ちょいと違うようで」

「ほーう、どう違う」

「飯盛りも煮売り屋も旅籠の番頭も、悪く云うやつは一人もいねえ。余五のほうはどうだい」

「おいらも悪い評判なんざ、ひとつも聞いてねえ」

「そうだろう。いえね二代目、この久蔵、歳はもう五十の先なんだそうですが、もとは信州《しんしゅう》かどっかから流れてきた、修験《しゅげん》くずれだとか」

「山伏《やまぶし》が博打うちの元締めに、か」

「へえ。三十年がとこ昔にこの千住へ流れついて、どんないきさつだったか、榎下の一家に身を寄せて、そこで先代から杯を受けて娘婿に。修験をやってたせいか学問もあったようで、問屋場の役人や名主連中とつき合っても、まず退《ひ》けはとらねえ。子分や人足の面倒見もよくて、飯盛りの周旋《しゅうせん》やら問屋場の口入れやら、顔は広くなるいっぽう。博打場のほうもこれだけの宿場だし、御府内より取り締まりもゆるいってんで、江戸からそこそこの商人なんかも橋をわたってくるんだとか。今は二丁目に、江戸屋って人足の口入れ屋を構えて、そりゃ結構な羽振り。子分も十五、六人はいるんじゃねえですかね」

卯之助がひと息入れて酒を飲み、ついでに丼飯もかき込んで、ういっとゲップを吐く。本所荒井町の松葉屋でも主の兵六は御家人くずれ、女房のお八重なんか旗本のお姫様だったというから、人の世はそれぞれ。米造自身も剣術使いから蚯蚓御用の元締めに立場をかえたことを思うと、山伏から博打うちに身をやつした久蔵という男に対して、ふと身近なものを感じてしまう。

「でね、二代目……」

煙草を吸いつけていた余五郎が、こんと雁首を打ち、竹管《ラオ》の残煙を吹いて、キセルを煙草入れの筒に始末する。

「この久蔵、女房は十年ほど前に死んだんですが、妾のほうはあっちに一人、こっちに二人と。今はお粂《くめ》とかって若え女と暮らしてるそうですが、古手の妾にはそれぞれ小料理屋だの小間物屋だのをもたせてやって、妾同士が今でも、仲がいいんですと」

「話だけを聞くと、なかなか出来た男のようだな」

「まったくだよ。うちの親父に爪の垢《あか》を煎《せん》じて、飲ませてえようだ」

「久蔵はふだん、口入れの江戸屋へ出ているのか」

「榎下……いえね、ちょいとこの奥に掃部稲荷って神社があって、なんでも昔、その神社の境内に何百年も生きてたとかいう榎があったそうで、榎のなくなった今も一帯の通り名が榎下。久蔵はそこの仕舞屋《しもたや》で若え妾と、ちんちんかもかも。羨ましいのなんのってもう、こんちくしょうめ」

　始末したキセルをまたとり出し、余五郎がため息をつきながら煙草をつめて、煙草盆の火をキセルに移す。余五郎や卯之助の話を聞くかぎり、久蔵という博打うちもそれほどの悪党には思われず、用水からあがった水死体がたとえ伊佐治であったとしても、どうせ博打絡みのいざこざ。本来なら打ち捨てでも構わないのだろうが、それでは清次が斬られ損になってしまう。

　米造は財布をとり出して店の勘定に見当をつけ、一朱ほどを膳において、それとは別に一両分の小粒を鼻紙に包む。

「さて、千住まで出向いた以上、久蔵親分とやらの顔を、拝んでいかねばなるまいな」

「おっと、そういうことなら、おいらたちがご案内を」

「いや、いくら出来のいい親分でも、ヤクザはヤクザ。兄いたちの顔や名が知れると、あとで災難《しり》がまわってこないともかぎらぬ。ここは俺に任せておけ」

　鼻紙に包んだ一両の小粒を余五郎にわたし、腰の鉄扇につっと手刀をくれて、米造は腰をあげる。

「二代目、ええと、この金は？」

「この三日ほど、つまらぬ騒動で骨を折らせた。慶元寺で待っていれば益蔵も、おっつけ戻るだろう。死体の面検めが終わったら兄いたち三人、昨夜馴染んだ飯盛《ねえさん》たちに、裏を返してやるがいい」

余五郎と卯之助が眉を大きく開いて、二人同時に髷の刷毛先に指を這わせ、その二人にうなずいてから、米造は土間のほうへ座を離れる。

「二代目、お気をつけなすって」

「うむ。幸い清次の命にも別状はなかった。今日でこの騒動も終わり。年が明けたらたき川へ、酒でも飲みに来てくれ」

表通りの賑わいだけなら千住宿の往還も、馬喰町の旅籠街とたいして変わらない。櫛比《しっぴ》する旅籠屋のあいだに荒物屋や生薬《しょうやく》屋、下駄屋に蕎麦屋に横丁の髪結床に湯屋。表店の裏側には職人や日傭《ひようと》取り連中がかたまって暮らす棟割《むねわ》り長屋がつづき、そして暮の二十八日、どこかから餅を搗く杵音も聞こえてくる。ただ神田や日本橋と異なるのは路地を抜けるとすぐに畑が目立ちはじめることで、隅田川の方向には上野の森、ふり返って北空を仰ぐと遠くかすかに、筑波《つくば》の峰までが目に入る。

千住一丁目と二丁目の境を左に曲がっていくと、余五郎の云ったとおり掃部稲荷という小さい社《やしろ》が見えてきて、葉の落ちた欅が境内から大きく枝をのばしている。この神社にはその昔、樹齢何百年とかいう榎が植わっていたというし、掃部宿などという古地名が残っているぐらいだから、訊ねれば神社にもそれなりの縁起はあるのだろう。

米造は稲荷の鳥居前を過ぎて槙垣《まきがき》のわきをすすみ、地本屋で聞いたとおり、槙垣にそった小道を右手側に折れる。つきあたりは狭い畑になっていてほうれん草が芽を出し、冬越しの葱《ねぎ》が一列、二十本ほど土寄せがされている。畑の向こう側には丈の低い青木の垣根が見え、落ちかかった西日が木戸の柿板屋根を朱《あか》く照らしている。

風が吹いて畑に土埃が舞いあがり、その土埃を分けて畑の畦《あぜ》を木戸へ向かう。木戸の板戸を押して内へ入るとそこは鶏が遊ぶ広い庭、陽溜りには薄茶色の犬がうずくまっていて、犬はそばを鶏が通っても前足に顎をのせたまま、ただ面倒くさそうな目でやり過ごす。

盥《たらい》の前にかがみ込んでいた若い女が顔をあげ、すぐ腰もあげて、前垂れで手を拭きながら米造の顔をのぞき込む。小柄で骨太で色が黒くてお多福《たふく》のような丸顔、手拭いを姉さん被りにして赤い襷《たすき》をかけているが、着物は裾長で半襟にも上等のビロードを使っているから女中ではないだろう。

まさか口がきけないわけでもあるまいが、女がびっくりしたような目で米造の顔を見つめ、そのまま言葉を出さず、頭をさげただけであいている戸口へ駆け込んでしまう。残された盥にはよく太った薩摩芋が五、六本水につかり、その水面《みなも》にも西日が反射する。

あけ放ってある縁側の奥に人の気配が起こり、恰幅《かっぷく》のいい年寄りが太縞のどてらにくるまって、とば口の向こうに膝を折る。米造は庭を歩いていって縁側へ向かい、座敷から米造の顔を見あげる年寄りと、しばし目を合わせる。歳はたしかに五十を過ぎているが髪は黒くて肌にも艶《つや》があり、胡坐をかいた鼻にぶ厚い唇。一見悪相だが小さい目には善良そうな光があって、尖った耳の先が可笑しそうに、ぴくぴくと動いている。

久蔵が肉の厚い顔でにっこり笑い、どてらの膝に手をそえて、悠然と頭をさげる。

「たき川の元締め様でございますな。お待ちしておりましたよ。手前が千住宿で悪党どもの束ねをしております、久蔵でございます。いつか折りを見てお顔を拝見したいと思っておりましたが、そちら様から足をはこんでいただくなど、まことにもって、恐縮でございます」

なるほど、千住宿一帯の顔役ともなればなかなかの貫禄で、背後に子分が控えているわけでもなく、座敷の内には長火鉢と白い猫が見えるだけ。猫は本当に猫板にのっていて、唐紙の向こうにはもうひと間か二間はあるらしい。

「足などはこびたくはなかったが、俺もこの稼業に身をおいた以上、けじめをつけねばならんのでな」

「さようでございましょうな。今朝方より御用の筋らしい若い衆があれやこれや、手前どもの周囲を嗅ぎまわっている、というような話を耳にしましたもので、お越しは近いものと思っておりましたよ。まあ、悪党の棲家《すみか》などにあがられてはお裾も穢《けが》れましょうほどに、どうぞそちらの縁先にでもお掛けくださいまし」

米造は云われるまま羽織の裾をさばいて縁側に腰をおろし、西日が目に入らない角度に身をひねる。

「それにしても、奇妙なご縁でございますなあ。お江戸の目明かし衆を支配なさる元締め様に、こんな田舎のヤクザ者がお目にかかれるとは、思ってもおりませんでしたよ」

「以降入魂《じっこん》に、と云いたいところだが、お互い、そうもいかぬ」

「仰有るとおり。思慮の浅いバカどもが要らぬ騒ぎを起こしまして、この始末をどうつけたものか。場合によっては手前の鍬首もさし出さねばならぬものかと、覚悟は決めてございますが」

部屋の奥からさっきの女が茶をはこんできて、茶と平角鉢《すずりぶた》を縁側におき、煙草盆と手炙りも甲斐がいしく給仕する。硯蓋《すずりぶた》には茶津引《ちゃっぴき》のつもりか、蒸《ふ》かした薩摩芋が一本、でんとのっている。

女が台所へさがっていき、久蔵が煙草入れからキセルを抜いて、煙草盆の火でキセルを吸いつける。久蔵と女の様子から、女はやはり余五郎が云っていた「若い妾」らしいが、美水の隠宅で会った怖いように色っぽいお園という女も、やはり妾。妾も様々でそれを好む男も様々、そうは思うがこの榎下の久蔵、女に関しては特殊な趣味をもっているものか。

米造は渋い煎茶をひと口咽に流し、湯呑を盆において、この庭でも咲きはじめた古木の梅に視線を向ける。

「いきさつはすべて承知しているようなので、無粋《ぶすい》は云わぬ。その首をもって帰るかおいて帰るか、分別はあとにしよう」

「恐れ入ってございます。お身内の船頭衆、命はとり留めたと聞きましたが、その後按配は、いかがでございましょう」

「手当てが早かったことと、医者の腕がよかったこと。それが幸いして恢復《かいふく》に向かっている。傷が癒えれば身の動きに不自由も出ないだろう」

「さようでございますか。聞いて安心いたしました。お見舞いになどあがれる面《つら》ではなく、もしものことがあったらと、それだけを案じておりましたが」

「うちの船頭を斬ったのはこちらの用心棒であることに、間違いはないのだな」

「はい、角野辰之進と申す浪人でございます。ただ、もちろん、たき川のお身内とは知らず、存念のちがいで、とっさに刀を抜いてしまったもの。翌日になって親分様のお身内と知れたときには、そりゃもう角野など、腹を切るの切らぬのと大騒ぎ。それを手前が、まあここはしばらく様子を見よう、ということに」

「あの夜、八百善の板前と角野は、何をもめていたのだ」

「それは親分様、恥ずかしながら、博打場でのいざこざでございますよ」

「聞かせてもらおう」

「伊佐治という八百善の板前、ここ何年かうちの賭場へ通ってくる常連客。手前が申すのもナンでございますが、博打などというものは勝ったり負けたりしているうちに、所詮は負けが込んでくるもの。伊佐治も日がたつうちに五両ほどの借金ができまして、それだけならまあ、よくある話。そうこうするうち、この夏あたりから、客の手元から一分二分と、金が消えるような出来事が。博打場でのやり取りのことゆえ勘定ちがいも、と当初は思っておりましたところ、そんなことが二度三度四度とつづき、うちの子分たちもさすがに、怪風《けぶ》だろうと。それでああだのこうだの無い頭で思案してみますと、客の手元から金が消えた日はいつも伊佐治が顔を出していたようで。ただそうはいってもそれだけのこと、誰か見たわけでもなく、手証があるわけでもございません。仕方がないので、今度伊佐治が賭場に顔を見せたときはみんなでバカな目を見開いていよう、などと申し合わせておりましたのに、伊佐治にも思うところがあったものか、ここひと月ほど、ぷっつり姿を見せず。その間は客の手元から金が消えるような不始末もなく、これはやはり伊佐治が怪しいということになりまして、あの日のあの夜、角野を八百善まで、使いに出したような訳合いでございます」

「そこでどうのこうの、千住まで顔を貸せ、いや貸さぬともめているところへうちの清次が、『御用』と」

「あとで話をつなぎ合わせてみますと、どうやらそのような成り行き。なにしろ悶着は博打での揉めごと、いくら御目溢《おめこぼ》しにあっている、とはいえ、ご法度《はっと》はご法度でございます。それに場所が千住ならまだしも、御府内となれば角野にも勝手が分からず。やたら奉行所《おかみ》に目をつけられては自分の身も危ないと、前後もかえりみず、気を狂わせてしまった、と」

「つまらぬことをしてくれたな」

「まことに、お武家などというものは、いや、これはご無礼」

「どうせ思慮分別に欠けているから、目明かしなどに身をやつしたのだ」

「ご冗談を。まあ、それはそれとして、その夜は角野も千住へ帰ってまいりまして、八百善でこんなことが、と。手前も奉行所の手先など一人や二人、生きても死んでも構わぬとは思いましたものの、何やら胸騒ぎのようなものがございまして、翌日子分を山谷へやってみますと、つまりは、このような有様でございました」

「伊佐治も八百善から逐電《ちくでん》したが、蛇《じゃ》の道は蛇《へび》。子分衆が伊佐治を探し出し、賭場での盗みを白状させて、以降は金輪際わるさをせぬよう、始末をつけたわけだな」

「煎じ詰めると、結果的には、そういうことでございますかなあ」

　久蔵が薄くなった眉をひそめて口の端を曲げ、灰を吹いたキセルにすぐ煙草をつめなおして、雁首を火種に寄せる。そのとき米造の背後に音がして女が戸口にあらわれ、笊《ざる》の芋を笊にあげてすぐまた内へ姿を消す。女の器量に意見を云う趣味はないが、しかしこれならたき川の女中たちのほうが誰でもみな、数等倍器量がいい。

　ふーっと長く煙を吹き、米造の視線を読みとったのか、久蔵が短く、声を出さずに笑う。

「親分様、町で聞いてもございましょうが、あれはお粂と申しまして、手前の妾でございますよ」

「うむ。女子は丈夫が、何より」

「となり村の、潰れ百姓の娘でございましてなあ。あの器量では飯盛りに出しても、どうせ客はつかず。不憫《ふびん》ゆえここへおいて、身のまわりの世話をさせております。あれでも昨今のような寒い時季には、湯たんぽより働きますのでな」

久蔵がまた笑って煙を吹き、キセルの雁首をこんと叩いて、下から米造の顔をのぞく。手の内はすべて明かした、さあこの始末、蚯蚓御用元締めとしてどう片をつけるのだと、半分は恐れ、そして半分はたぶん、楽しんでいる。

米造は茶を飲んで蒸かし芋にも手をのばし、芋を半分に割って、皮をとらずに口に入れる。

「いかがでございます。在の者は川越《かわごえ》芋よりずっと上品《じょうぼん》、などと自慢いたしますが、手前に云わしますれば、芋は芋」

「されどこの芋が奥州辺《へん》でもとれれば、何万、何十万の命が救われる」

「芋にもそのような仕事がございますかなあ」

「それより久蔵」

「は、はあ?」

「唐紙の向こうにいる仁《じん》にひき合わせてくれぬか。俺も千住宿まで来て、芋だけ食って帰るわけにもいかぬのでな」

久蔵が小さい目を一文銭ほどに見開き、胡坐をかいた鼻の穴を、五呼吸ほどのあいだぴくぴくと開閉させる。尖った耳の先端もぴくぴくと動いていて、最初は笑っているように見えたその耳の動きも、実際は緊張のあらわれたものか。

どてらで盛りあがっていた久蔵の肩から、ふと力が抜け、その肩が半分ほど奥の唐紙へ向けられる。

「角野さん、親分様は最初《はな》から、お見通しだったようだ。日も射さぬ座敷では息もつまろうゆえ、どうぞ唐紙をあけて、風を通しなされ」

また四、五呼吸ほどの間があり、それから敷居がかすかに鳴って、山水の描かれた唐紙が横に払われる。敷居の向こうにあらわれた顔はなるほど三十五、六の日灼けした浪人。着物も色の抜けた縞物に折り目のない木綿の袴で、清次の云ったとおり猪首《いくび》のずんぐりした体型だが、しかし髭だけは剃ってある。腰からはずした刀が正座した膝の左側においてあるのは、まだ抜刀《ばっとう》の意図もあるのだろう。

角野辰之進がかたく口を結んで頭をさげ、一度米造の目をのぞいて、すぐまた顔をうつむける。

「親分様、この夏より榎下の一家に逗留《とうりゅう》しております、角野さんでございますよ。お顔はこのとおりの悪人面ですが、これでなかなか、ご家族思いのご性格で」

「ほーう、ご家族が」

「ご新造に十ほどにもなる倅さんがおりまして、ただ今はちょいとこの先の、長屋に」

「もともとのご浪人か」

「それがまた、以前は何とかいう小藩の禄《ろく》を食《は》まれておったようで、この夏に奥州からこの千住宿に流れついたものでございます」

久蔵が話しているあいだも角野はうつむいたままで、息をとめたり吐いたりしながら、膝の上でじっと両拳を握りつづける。刀はたしかに膝の左側においてあるが、すでに抜刀の意志は消えたようで、微妙に動く濃い眉にもどこか、気弱な気配がある。清次が斬られた直後は自分でも不可解なほど怒りが心頭に発し、草の根分けても下手人を探し出して首を刎《は》ねてやらねば腹が癒えぬ、とまで思い込んでいたあの怒りが、米造の血のなかに、なぜか戻らない。

「ご自分の口からは云いにくかろうと思いますので」

久蔵がまたキセルを吸いつけながら角野と米造の顔を見くらべ、長く煙を吹いて、正座を胡坐に組みかえる。

「手前から申しあげると、この角野さん、奥州のさる藩で十五石ほどの俸禄《ほうろく》をとっておったとか。それが三年前にあれやこれやで致仕《ちし》いたし、以降は町道場の師範代などをされて、この夏まで。ですがナンですか、奥州の飢饉は手前どもの思っているよりひどいらしく、とてもではないが誰も剣術どころではないいんだとか。道場も店仕舞いになって、それならば江戸へ出て糊口《ここう》をしのごうと。そうやってご新造、お子ともども奥州街道をのぼられて参ったそうですが、もともと路銀などいくらもなく、百姓や町人のように物乞いをするわけにもいかず、食うや食わずでなんとか千住までたどり着いたものの、ここでバッタリ。ちょうどこの夏、みんみん蟬《ぜみ》が鳴きはじめました時分でしたか、そこの稲荷に倒れているお三方を見受けまして、抱き起こしてみますと、三人ともかろうじて息をなさっている。仕方なくこの家《や》へはこび、まあ、養生などをさせまして、以降は角野さんに博打場の始末などをお願いし、ご新造には繕い物や仕立物などの賃仕事をまわさせて、この半年、ご一家もやっと安穏《あんのん》なお暮らしを始められたと、かいつまんで申せば、そんな訳合いでございます。それがこの師走に入って、なんとまあ……」

「分かった。角野さんにとって俺は、疫病神《やくびょうがみ》なんだろう」

「いえいえ、理由はどうあろうと、非はあくまでもこちらにございます。こう云っては失礼ですが、角野さん程度の剣技《うで》で親分様に敵うはずはなく、またこの榎下一家十幾人、束になってかかったところで、そのお袖に触れることもできますまい。となれば縄を打つも首を刎ねるも、親分様のご随意《ずいい》。角野さんも手前どもも、逃げよう隠れようなどという気はさらさらなく、このとおり覚悟を決めて今朝から、首を洗っておった次第でございます」

久蔵が長広舌《ちょうこうぜつ》を並べているあいだ、米造は蒸かし芋を頬張りつづけ、最後に残ったへたの部分を、ぽいと硯蓋に放る。

「久蔵、たしかにうまい芋だが、一本も食うとちと胸がつかえるな」

「いや、これは気がつきませんで、失礼をいたしました」

久蔵が手を打って妾を呼び、顔を出したお多福顔に、茶のかわりを云いつける。女がすぐ急須をもってきて米造の茶碗に茶をつぎ、下を向いたままままた奥へさがる。

米造は渋くて熱い茶をゆっくりとすすり、うつむいたまま相変わらず拳を握っている角野の日灼け顔を、しばし眺める。稲荷神社に倒れていたという角野と女房と子供、どうせ腹がへって動けなくなっていたのだろうが、その光景にみんみん蟬が暑苦しく鳴きかける。真木倩一郎が父の倩右衛門と奥州から千住宿にたどり着いた日も、蜩が狂ったように鳴いていた。

「久蔵、さっきから、気になっていることがあるのだが」

「何でございましょう」

「庭にうずくまっているあの犬、まるで動こうとしないが、病でも得ているのか」

「いえいえ、親分様。ここからでは見えませんが、あの犬、うしろ足が二本とも、失せておるのでございますよ」

「ふーむ、足が」

「日の当たるあいだはお条が日向に出し、日が落ちましたなら土間へはこび入れまして、それでもかれこれ一年ほど、ああやって生きております。あの犬も誰ぞやに足を乱暴され、やはりそこの稲荷に捨てられていたものにございます」

「人も犬も、生きているあいだは、生きていかねばならぬか」

「命とは、そのように、できておるもののようで」

「うむ、邪魔をした」

帯間の鉄扇にがつんと手刀を入れ、縁側から腰をあげて、米造は座敷の久蔵と奥の角野に向きなおる。久蔵が胡坐の膝を正座に直し、角野も顔をあげて、拳を握ったまま背筋をのばす。

「親分様、手前どもに、お咎《とが》めは」

「日も翳ってきた。お粂さんとやらも犬をそろそろ、土間へ移したいだろう」

「それは、そのような」

「久蔵、理を分けて話せば俺がお前さんたちの首をとらぬことを、知っていたな」

「滅相もございません、ただ……」

「なんだ」

「ただ、手前もこの稼業に長く身をおきますゆえ、先代の米造親分には二、三度お目にかかったことがございます」

「義父殿《おやじどの》に、か」

「あの先代様が見込まれたほどの婿様なれば、まず没義道《もぎどう》なことは、云わぬものと」

「この、タヌキめ」

　くるっと縁側に背中を向け、両うしろ足がないとかいう犬とそのまわりで遊ぶ鶏を一瞥《いちべつ》して、米造が木戸へ歩きかける。同時に戸口から下駄の音が聞こえ、大きい風呂敷包みをささげもった妾が、にこりともせずに顔を出す。

妾が黙って米造に風呂敷包みをさし出し、受けとって、そのずしりと重い風呂敷包みに思わず苦笑する。

「芋か」

「へ、へえ」

「頂戴《ちょうだい》しよう、造作をかけたな」

お多福顔が初めて笑い、しかしそれ以上は言葉を出さず、また下を向いて戸口の奥へ駆け込んでいく。

重い風呂敷包みを右手にさげ、二、三歩木戸のほうへ歩いてから、思い出して、米造は座敷をふり返る。

「久蔵、近在の百姓衆に触れを出して、今からこの芋を蓄えてもらえぬか」

「薩摩芋を？」

「奥州からの流民《るみん》が江戸を目指したら、まずたどり着くのはこの千住宿。年明けの春には万とも十万ともつかぬ潰れ百姓が、江戸へ流れ込むかも知れぬ」

「それほどの数が……」

「人の生き死になど時の運。しかし一本の芋で救われる命も、でてこよう」

「承知してございます。芋といわず、米麦稗粟《ひえあわ》などもできるかぎりの蓄えをするよう、百姓衆に手配いたします」

「人も犬も、生きているかぎりは、生きていくものだ」

久蔵とそのうしろまで膝をすすめてきた角野に会釈を送り、重い風呂敷包みを肩に担ぎあげて木戸に向かう。風呂敷包みは嵩《かさ》と重さがちょうど人の頭ほど、こんなものをもって帰ったらたき川で待っている勘助も神坂も船頭たちも、たぶん久蔵の首級《くび》だと思うだろう。騒動にかかわった人間で始末がついていないのは、これで内与力の山科大三郎一人だけ。いざとなれば町奉行の曲淵甲斐守に談判をかけ、山科には腹を切らせる。しかし色子を寝取った富士武を許さなかった田沼が、仲介《ちゅうかい》をした山科を、許すかどうか。米造がのり出すまでもなく、正月の松でもとれれば山科も大川あたりでどうせ、水死体《どざえもん》になる。

ふと米造の頭に、薩摩芋の包みを首級と勘違いする船頭たちの顔が浮かんで、その光景の可笑しさに、自覚もなく笑ってしまう。

六

「ねえねえ、お前さん、眠っちゃいやですよう。せいぜいあと小四半刻なんですから」

「眠ってなどおらんさ。ちと酔いがまわって、目蓋が重くなっただけだ」

「そういうのを居眠りって云うんです。ほら、あすこの若い衆、見てごらんな。いくらなんでもあれじゃ寒いと思うけど、いい威勢なもんですよ」

桟敷《さじき》から少し離れた汀《みぎわ》には職人らしい男が十人ほどかたまっていて、さっきから何か喚きながら、褌《ふんどし》裸《はだか》で海への悪戯をくり返す。波の寄せない砂地には莚《むしろ》や毛氈《もうせん》が隙間なく場所をとり、芝の海はもう天下祭りのような賑やかさ。気の早い連中は、除夜の鐘が鳴り終わると同時に初日の出見物にくり出すというから、誰もがもう相当に酒が入っている。商人も職人も大晦日は明ける直前まで仕事をし、そのまま歳取りをして深川の洲崎や芝、品川や湯島《ゆしま》の高台にその年最初の日を拝みに出る。前夜から眠っていないことの疲労と酒と、正月の浮かれ気分と真冬のこの寒さで、洲崎では毎年何人かの死人が出るという。今褌裸で騒いでいる連中もどうせ酔っ払い、心の臓がとまるかどうかは知らないが、あとで熱ぐらいは出すだろう。

「ほら、お前さん、お豆腐にも味が染《し》みましたから、ちゃんと食《あが》ってくださいな」

お葉が手炙りにかけた土鍋から豆腐と葱を小鉢にとり、箸をそえて米造に手わたす。鍋には鮪《まぐろ》の脂身《とろ》を湯通しさせた切り身と葱、豆腐、蒟蒻が煮えていて、これがこの桟敷（さじき）での名物なのだという。鮪の脂身など町場の魚屋ではみな捨ててしまうものだが、それをあえて鍋仕立てにするのが漁師料理らしい。同じような桟敷は海沿いに十以上も並んでいて、それぞれに雪洞《ぼんぼり》をともして客に手炙りを出し、漁師の娘や女房さんが酒肴の接待をする。米造たちのとなりにも商人夫婦とその舅《しゅうと》姑《しゅうとめ》が手炙りを囲んでいて、物静かに語りながら初日の出を待っている。桟敷といっても三方に葦簀《よしず》を巡らしただけだから、夜明け前の寒風が切れるような冷たさで吹き抜ける。

「だけどさ、やっぱし洲崎へ一緒したほうが、よかったかねえ。今ごろ音さんたち、海に嵌まってなきゃいいけど」

「音吉や芳松なら海のほうが遠慮するさ」

「そりゃそうですけど、あんなに酔っ払ってて、あたしはなんだか、心配になってきちまったよ」

除夜の鐘が鳴る前の大晦日、たき川では掛取りにまわっていた利助とお種も五ツ過ぎには帰ってきて、船頭女中料理人から飯炊きまで、総顔ぞろえの年越しがおこなわれた。年越し料理だけは女中たちでつくるのが毎年の習慣らしく、昨日はもう朝から、合戦場の賑やかさ。隅田村からも美水隠居とお若が来ていたし、船頭たちは昼間から酒を飲んで女中たちをからかって、そこに手伝いと称する利助と弥吉の女房や娘まで加わったのだから、米造なんかその喧騒《けんそう》に、唖然とするばかり。年を越したら越したで酔った船頭と女中たちが洲崎へくり出すと騒ぎはじめ、「二人だけで初日の出を」と云っていたお葉の、むくれること。米造もさすがに気分が疲れて、場所を深川の洲崎から芝の浜に変更し、お葉と二人、一刻半ほど前にたき川を抜け出してきた。

その洲崎ほどではないにしても、下の浜では相変わらず酔っ払いが騒ぎつづけ、「いやいやい、この天道《てんと》様野郎、いつまでチンタラ寝てやがるんだい。こちとら江戸っ子で気が短えんだ。ぐずぐずしてねえで早えとこ、とっとと顔を出しやがれ」とかなんとかバカなことを喚き、それをまた大勢の見物人が囃《はや》したてる。この光景だけなら、江戸という町も、ずいぶん平和に見える。

「お前さん、ねえ、空がいくらか明るくなったような」

「下の酔っ払いに呼ばれて、お日様も目を覚ましたのだろう」

「まさかそんな。でもさ、去年もいろいろありましたけど、まずはいい年でござんしたねえ」

「清次も粥《かゆ》が食えるようになったというし、まずは、めでたいかな」

「お前さんはお武家をやめちまって、ご苦労ではなかったかえ」

「毎日お前の顔が見られて、苦労などあるものか」

「あれ、そんな、いやですよう。お前さんてお人は、本当に、見かけによらず……」

「しかし正直に云うと、気は少し疲れたかも知れんな」

「そりゃそうですよ。なにせ家《うち》はこのとおりの、大所帯なんだから」

「以前は人を斬る工夫だけしていればよかったものを、今は人を斬らぬ工夫をせねばならぬ。たき川の婿になってみると、考えねばならぬことが多すぎる」

「そうですかねえ。町場の暮らしなんて、こんなもんだと思うけど」

「町場の暮らしとはこんなものかも知れぬな」

「お前さんもいつかは慣れますよ」

「いつかは慣れるだろう。それより、どうだ、桜の咲くころになったら安房にでも、出掛けてみるか」

「安房って?」

「佐伯の大先生が安房の佐貫藩《さぬき》で養生をされている。大先生を見舞い、ついでに成田《なりた》の不動あたりまで足を延ばしても、いい気がする」

「お前さん、本当かえ」

「この芝でさえお前と二人だけの外出《そとで》は、初めてだものな」

「嬉しいねえ。成田のお不動様、あたしも一度はお参りしたかったし。店は利助さんとお種さんに任せておきゃいいんだから、ねえお前さん、本当に、連れてっておくれよ」

お葉がチロリから酒をついで米造に杯をさし出し、その酒を半分ほど飲んで、残りの半分を、米造がお葉の口に含ませる。桜の咲くころはもしかしたら、奥州からの流民が江戸にあふれているかも知れず、そうなれば夫婦二人で呑気に安房見物、どころではなくなってしまう。田沼の動きも相変わらず不気味、あの怖いような剣を使う三枝多門と田沼との関わりも分からず、加えて旧主家筋の白河松平にも、なにやら不穏な動きがある。江戸の町も米造の心中も、今目の前に広がる光景ほど平和ではないが、せめてこの正月ぐらいは何事もなく、無事に過ぎてほしい。

白みはじめていた東の空が不意に明るさを増し、桟敷と汀の見物人からどよめきに似た歓声が、地鳴りのように湧き起こる。東の水平線が見る見る金色《こんじき》にかわって、この年初めての太陽が、ずいと顔を出す。

お葉がのぼりはじめた太陽に向かって両手を合わせ、目を閉じて、「お天道様お天道様。今年一年、家内一同、どうか無事に過ごせますように。それから亭主が、本当にあたしを、お不動様へ連れてってくれますように」と、声に出して、同じ願《がん》を、三度もくり返す。

このぶんなら元日の江戸は上天気、今ごろは深川の長屋から移してきた鉢植えの梅も、たき川の庭で満開の花を咲かせているだろう。

あとがき

皆さんご存知、吉川英治《よしかわえいじ》の『宮本武蔵《みやもとむさし》』。あの武蔵がどうやって食っていたのか、どなたか知っているでしょうか。誰も知らないでしょう。理由は、作品中に「武蔵の収入源」が書かれていないからです。無理やり解釈すれば決闘で殺した相手の懐《ふところ》から金品を奪っていた、という理屈もつけられますが、そんな場面はありません。

その矛盾《むじゅん》を不愉快に思った柴田錬三郎《しばたれんざぶろう》は、やはり武蔵を主人公にした『決闘者宮本武蔵』という作品のなかで、武蔵は庄屋の息子で毎年一度、故郷の宮本村へ年貢《ねんぐ》の取り立てに出向いていた、と語らせています。当然ですよね、武蔵だって金がなければ食事もできないし、旅館にも泊まれません。

江戸を舞台に小説を書くとき、難しいのはこの「当時の経済感覚をどうやって読者に伝えるか」です。今も昔も金がなければ社会は動かず、市民生活も成り立ちません。登場人物はどうやって稼いでいて、その金をこの場面で何円使うのか、買い物をしたとき、それは何円なのか、全体として登場人物の生活は成り立っているのか否《いな》か。時代小説（映画でもテレビドラマでも）でこの経済問題を描写している作品はまずありません。実際にそれは不可能で、私にも不可能なんですが、でもこの「経済」を描写しないかぎり、作品中の人物に存在感は生まれません。

ある大御所の時代小説を読んでいたとき、たんに言伝《ことづて》をもってきただけのオヤジに主人公が二両のチップをはずむ場面に出くわして、貧乏な私なんか、唖然《あぜん》とした覚えがあります。面倒な解説は省略しますが、一両は今の十万円ぐらい。いくら剣客のご隠居様でも、伝言オヤジに二十万円のチップはないでしょう。

重箱の隅をつつくようですが、もともと江戸庶民《しょみん》は一両小判なんか持ち歩きません。今の時代に十万円札があったとして、そんな札を日常的に十枚も二十枚も持ち歩く人間はいないでしょう。江戸時代だって同じことで、よく千両箱をあけると小判がびっしり、とかいう場面がありますが、あれは嘘《うそ》。実際は一分金《いちぶ》（一両の四分の一）、一朱銀《いっしゅ》（同十六分の一）などの通貨を千両分まとめてあったものです。ついでに言うと、「切り餅《きもち》」という単位にも小判は使われません。切り餅とは二十五両のこと、よく悪徳商人がお代官様などに「この度《たび》はよしなに」とかいってさし出す、あれです。二十五枚の小判が白い紙に包まれていて、お代官様などは「中国屋、お主も悪よのう」とご満悦《まんえつ》。ですがね、小判は楕円《だえん》形でしょう。それなら切り餅ではなくて丸餅のはず。あれもやはり四角い小額通貨を二十五両分白い紙に包んだものですから、本当は四角い切り餅でなくてはいけません。当時は四進法（「だんご三兄弟」という歌がありますが、江戸の団子は一串が四個でした）と十進法の併用なので二十五両は百両の四分の一、それでも二百五十万円は大金です。勝新太郎《かつしんたろう》の「座頭市《ざとういち》」をインターネットで見ていたとき、市さんが三十両ほどの小判を手拭《てぬぐ》いに包んでぶらぶら歩いていく場面があって、思わず、「それはないよなあ」とつぶやいたもの。そういう「経済」を的確に表現できていない作品は、小説でも映画でも駄作です。

とはいえ、先にも言ったとおり、江戸の金銭価値を現代に置き換えるのは不可能です。不可能ながら、「でも大体これぐらい」という感覚は出せます。たとえば十六文の蕎麦《そば》、どこかに二千円三千円の高級ラーメンはあるにしても、町のラーメン屋さんでは五百円前後でしょう。江戸時代の一文を三十円と仮定すれば十六文の蕎麦は四百八十円で、まずまず、こんなもの。最低単位の一文が三十円、最高単位の一両が十万円、中間にある一分金や一朱銀などという通貨も慣れれば推量できるでしょう。もちろん江戸時代は二百六十年間ありますから、前期と後期では通貨や貨幣価値が異なるし、物価も変動しています。でもそんなことは歴史の専門家に任せればいいわけで、小説ではアバウトにしておきます。アバウトとデタラメとは本質的にちがいます。
本作では女房のお葉《よう》が米造《よねぞう》の財布に、いつも二両ほどの金を用意しておきます。現代の金銭感覚では二十万円。米造はそんな大金を持ち歩いているのか、と思うでしょうが、なにしろ米造親分は江戸に三百人もいる目明かし下っ引きの元締めですからね、本作のように急な出費もあるわけで、理屈としてこれぐらいの用意は必要です。お葉のこの心遣い、実務能力、自分で書いておいて言うのもナンですが、いい女ですよね。

この作品は二〇〇九年に筑摩《ちくま》書房から出版された単行本の、初の文庫化です。もう十年以上も前の作品で、こまかいところは私自身忘れていたのですが、読み返してみると、やっぱり面白《おもしろ》い（特に忘れていたこまかい部分が）。前作『変わり朝顔』では真木倩一郎《まさきせいいちろう》が武士を捨ててお葉と結婚し、船宿〈たき川〉の婿《むこ》におさまるところで終わって、本作はその後日談のようなもの。武士から町人に転身すると生活も周囲の人間も変わり、米造の社会観も人間観も変わっていきます。一応は事件も起こりますが、天下国家がどうというほどのものではなく、二代目蚯蚓《みみず》御用元締めとなった米造や女房のお葉、それに奉公人や目明かしやその他町人たちとの交流が淡々と描かれています。いわば次に起こる事件の、ウォーミングアップといったところ。

読者の皆さんに、「次の事件」の予兆を感じていただければ幸いです。

令和二年四月一日　沖縄県那覇市の自宅にて

樋口有介

（本作品は平成二十一年一月、筑摩書房から刊行された『初めての梅　船宿たき川捕物暦』を、著者が改稿・修正したものです）

一〇〇字書評

初めての梅

切り取り線

購買動機（新聞、雑誌名を記入するか、あるいは○をつけてください）	
□（　　　　　　　　　　　）の広告を見て	
□（　　　　　　　　　　　）の書評を見て	
□ 知人のすすめで	□ タイトルに惹かれて
□ カバーが良かったから	□ 内容が面白そうだから
□ 好きな作家だから	□ 好きな分野の本だから

・最近、最も感銘を受けた作品名をお書き下さい

・あなたのお好きな作家名をお書き下さい

・その他、ご要望がありましたらお書き下さい

住所	〒				
氏名		職業		年齢	
Eメール	※携帯には配信できません		新刊情報等のメール配信を 希望する・しない		

この本の感想を、編集部までお寄せいただけたらありがたく存じます。今後の企画の参考にさせていただきます。Eメールでも結構です。

いただいた「一〇〇字書評」は、新聞・雑誌等に紹介させていただくことがあります。その場合はお礼として特製図書カードを差し上げます。

前ページの原稿用紙に書評をお書きの上、切り取り、左記までお送り下さい。宛先の住所は不要です。

なお、ご記入いただいたお名前、ご住所等は、書評紹介の事前了解、謝礼のお届けのためだけに利用し、そのほかの目的のために利用することはありません。

〒一〇一－八七〇一
祥伝社文庫編集長　坂口芳和
電話　〇三（三二六五）二〇八〇

祥伝社ホームページの「ブックレビュー」からも、書き込めます。

www.shodensha.co.jp/
bookreview

祥伝社文庫

初《はじ》めての梅《うめ》　船宿《ふなやど》たき川《がわ》捕《と》り物《もの》暦《ごよみ》

令和 2 年 5 月 20 日　初版第 1 刷発行
令和 2 年 7 月 10 日　　　第 2 刷発行

著　者　樋口有介《ひぐちゆうすけ》

発行者　辻　浩明

発行所　祥伝社《しょうでんしゃ》
東京都千代田区神田神保町 3-3
〒 101-8701
電話　03（3265）2081（販売部）
電話　03（3265）2080（編集部）
電話　03（3265）3622（業務部）
www.shodensha.co.jp

印刷所　堀内印刷
製本所　ナショナル製本
カバーフォーマットデザイン　中原達治

 ISBN978-4-396-34632-4 C0193